W0244516

CHERUB

Mission 16 :
HORS-LA-LOI

www.casterman.com

casterman
Cantersteen 47
1000 Bruxelles

Publié en Grande-Bretagne par Hodder Children's Books, sous le titre: *Lone Wolf*.


ISBN : 978-2-203-08588-6
N° d'édition : L.10EJDN001385.N001


Achevé d'imprimer en novembre 2014, en Espagne.
Dépôt légal : janvier 2015 ; D.2015/0053/125
Déposé au ministère de la Justice, Paris (loi n°49.956 du 16 juillet 1949
sur les publications destinées à la jeunesse).

MISSION 16

# HORS-LA-LOI

Robert Muchamore

Traduit de l'anglais
par Antoine Pinchot

casterman

## Avant-propos

CHERUB est un département spécial des services de renseignement britanniques composé d'agents âgés de dix à dix-sept ans recrutés dans les orphelinats du Royaume-Uni. Soumis à un entraînement intensif, ils sont chargés de remplir des missions d'espionnage visant à mettre en échec les entreprises criminelles et terroristes qui menacent le pays. Ils vivent au quartier général de CHERUB, une base aussi appelée « campus » dissimulée au cœur de la campagne anglaise.

Ces agents mineurs sont utilisés en dernier recours dans le cadre d'opérations d'infiltration, lorsque les agents adultes se révèlent incapables de tromper la vigilance des criminels. Les membres de CHERUB, en raison de leur âge, demeurent insoupçonnables tant qu'ils n'ont pas été pris en flagrant délit d'espionnage.

Près de trois cents agents vivent au campus. Ils sont généralement recrutés entre six et douze ans, parfois plus tôt lorsqu'ils accompagnent une sœur ou un frère aîné. Ils sont autorisés à participer aux missions d'infiltration dès l'âge de dix ans, pourvu qu'ils aient obtenu la qualification opérationnelle à l'issue du programme d'entraînement initial de cent jours. Les recrues sont sélectionnées au regard de leurs facultés intellectuelles, de leur endurance physique, de leurs capacités à résister au stress et de leur esprit d'initiative.

L'organisation remplissant à la fois les fonctions d'internat scolaire et de centre de renseignement opérationnel, elle dispose d'importantes installations sportives, éducatives et logistiques. De ce fait, CHERUB compte davantage de personnel que d'agents : cuisiniers, jardiniers, enseignants, instructeurs, techniciens et spécialistes des opérations d'infiltration.

**ZARA ASKER** occupe le poste de directrice de CHERUB.

## Rappel réglementaire

En 1957, CHERUB a adopté le port de T-shirts de couleur pour matérialiser le rang hiérarchique de ses agents et de ses instructeurs.

Le T-shirt **orange** est réservé aux invités. Les résidents de CHERUB ont l'interdiction formelle de leur adresser la parole, à moins d'avoir reçu l'autorisation du directeur.

Le T-shirt **rouge** est porté par les résidents qui n'ont pas encore suivi le programme d'entraînement initial exigé pour obtenir la qualification d'agent opérationnel. Ils sont pour la plupart âgés de six à dix ans.

Le T-shirt **bleu ciel** est réservé aux résidents qui suivent le programme d'entraînement initial.

Le T-shirt **gris** est remis à l'issue du programme d'entraînement initial aux résidents ayant acquis le statut d'agent opérationnel.

Le T-shirt **bleu marine** récompense les agents ayant accompli une performance exceptionnelle au cours d'une mission.

Le T-shirt **noir** est décerné sur décision du directeur aux agents ayant accompli des actes héroïques au cours d'un grand nombre de missions. La moitié des résidents reçoivent cette distinction avant de quitter CHERUB.

La plupart des agents prennent leur retraite à dix-sept ou dix-huit ans. À leur départ, ils reçoivent le T-shirt **blanc**. Ils ont l'obligation – et l'honneur – de le porter à chaque fois qu'ils reviennent au campus pour rendre visite à leurs anciens camarades ou participer à une convention.

La plupart des instructeurs de CHERUB portent le T-shirt blanc.

# PREMIÈRE PARTIE

## Décembre 2012

# 1. Cash

*Kentish Town, nord de Londres*

La neige tombée au cours des jours précédents avait formé de larges plaques de glace sur le trottoir. Craig Willow, son écharpe de Tottenham remontée sur les oreilles, foulait d'un pas prudent la rue bordée de maisons de style victorien. Sa haute stature et son nez cassé trahissaient son passé de boxeur, mais deux décennies s'étaient écoulées depuis qu'il avait fait ses adieux à la compétition.

Si la plupart des habitations avaient été rénovées et investies par des Londoniens aisés, le bâtiment qui occupait le numéro seize se trouvait dans un profond état de délabrement. Sa façade était zébrée de fissures et ses antiques fenêtres à guillotine voilées par une couche de crasse verdâtre.

Craig gravit les marches menant au perron puis pénétra dans le hall. Jusqu'en 2009, la maison avait fait office de foyer pour étudiants. Sur le mur de gauche se trouvaient un compteur électrique, une rangée de casiers et un téléphone à pièces désormais hors service.

Il se tourna vers la droite, ôta ses gants en peau de mouton, se frotta énergiquement les mains puis frappa à la porte métallique d'un appartement en duplex. Deux secondes plus tard, des bruits de pas précipités parvinrent à ses oreilles.

— C'est toi, Craig ? fit une voix teintée d'accent gallois.

— Non, c'est ce putain de père Noël en avance d'une semaine ! Tu n'as pas jeté un œil à l'écran de surveillance avant de descendre au rez-de-chaussée ?

— Désolé, mais Hagar a insisté pour que tous les visiteurs donnent le mot de passe.

Craig serra les poings.

— OK, le voilà ton mot de passe : ouvre la porte, tête de nœud, ou je traverse le mur pour défoncer ta sale petite gueule !

Après quelques secondes de silence, l'individu posté à l'intérieur tourna le verrou de la porte blindée. Craig la poussa, fit trois pas en avant puis ébouriffa les cheveux de l'adolescent qui se trouvait face à lui.

— Je t'en foutrais des mots de passe, grogna-t-il. Un de ces jours, je vais vraiment finir par t'en coller une.

Jake ne prit pas la menace au sérieux.

— N'oublie pas que je suis le fils du patron, ricana-t-il en précédant Craig dans un escalier tapissé de moquette élimée. Bientôt, si ça se trouve, tu devras m'appeler Monsieur.

— Tu es le *beau-fils* d'Hagar, rectifia Craig. Quand il en aura ras le bol de ta mère, il te jettera comme un vieux Kleenex.

Ils gravirent les marches menant au premier étage et entrèrent dans une vaste pièce aux fenêtres garnies de stores occultants. Sur la droite, deux longues tables et une compteuse de billets électronique. Sur la gauche, un salon constitué de deux canapés défoncés, d'une table basse et d'un immense écran LCD branché sur Sky Sports.

Âgés d'une cinquantaine d'années, les deux hommes qui s'y trouvaient saluèrent Craig d'un hochement de tête respectueux.

— Bon, qu'est-ce qu'on a ? demanda ce dernier.

— Trois cent seize mille livres, dit le plus grand des hommes en désignant un large coffre-fort. Billets triés et emballés sous vide par paquets de dix mille. L'autre coffre contient deux cent douze mille livres. Et il y a dix-huit kilos de coke dans le sac de sport, sous la table basse.

— Vous vous foutez de ma gueule ? rugit Craig. Combien de fois faudra-t-il le répéter ? Pas de marchandise dans la salle de comptage ! Pourquoi personne ne m'a appelé ?

— Il y a eu un imprévu. Une urgence, si tu préfères. Hagar a dit que ça faisait beaucoup de matos et que c'était l'endroit le plus sûr pour le garder jusqu'à nouvel ordre.

Profondément contrarié, l'ancien boxeur observa quelques secondes de silence.

— On attend de la visite ? demanda-t-il.

— Non, rien de prévu.

Craig se tourna vers les deux hommes.

— OK, dans ce cas, vous pouvez aller retrouver vos bonnes femmes. Et surtout, pas un mot à qui que ce soit sur ce qu'il y a dans le sac de sport.

— Plusieurs revendeurs n'ont pas rempli leurs objectifs, dit l'un des individus en désignant un cahier posé sur la table basse. L'équipe d'Archway, comme d'habitude. Tout est noté dans le registre.

— Quelques coups de batte dans les genoux devraient les remotiver, dit Craig, que cette perspective semblait enchanter.

— Bim, bim ! lança Jake en mimant gaiement un tabassage en règle.

Craig accompagna les deux hommes jusqu'à la porte blindée, tourna les verrous derrière eux puis rejoignit la salle de comptage.

Il jeta sa veste sur un canapé puis considéra d'un œil sombre le sac de sport contenant les dix-huit kilos de cocaïne. Il avait toujours fait en sorte de ne pas être inquiété par la justice et n'était jamais allé en prison. Si les flics le trouvaient dans cette planque bourrée à craquer de drogue et d'argent sale, il prendrait au minimum dix ans fermes.

— Il y a un match de City sur Sky dans cinq minutes, lança Jake depuis la cuisine. J'ai fait des courses chez Sainsbury's. Je peux préparer des œufs au bacon ou réchauffer des hot-dogs au micro-ondes. Qu'est-ce que tu préfères ?

— Il n'y a pas le feu, gamin. On a douze heures de garde devant nous. Pour le moment, il faut que j'aille au petit coin.

Il attrapa un exemplaire du *Sun* sur la table basse puis gravit les marches menant à la salle de bains du deuxième étage. Pris à la gorge par la puanteur émanant des toilettes, il se baissa pour ramasser une bouteille de détergent, constata qu'elle était vide puis la jeta rageusement dans la baignoire.

— Bande de dégueulasses ! grogna-t-il avant de baisser son pantalon et de s'asseoir sur la lunette.

— Tu as dit quelque chose ? demanda Jake depuis l'étage inférieur.

— Non, rien, laisse tomber, répondit Craig.

Puis, secouant la tête, il grogna dans sa barbe :

— Douze heures à passer en tête à tête avec ce petit con…

Il se tourna vers le panneau de surveillance vidéo, un dispositif qui équipait chaque pièce de la maison. Un écran LCD retransmettait le flux des huit caméras mobiles disséminées dans la salle de comptage, les escaliers, le rez-de-chaussée, le jardin et la porte donnant sur la rue. Un joystick permettait d'en contrôler le zoom et l'orientation.

Soudain, Craig entendit un frôlement discret dans son dos. Convaincu qu'il avait affaire à une souris ou à l'une des blattes de concours qui hantaient les lieux, il roula son journal, tourna la tête et eut la surprise de sa vie : une main gantée armée d'une seringue saillait d'un trou pratiqué dans le mur.

Avant qu'il n'ait pu faire un geste, l'aiguille s'enfonça entre ses omoplates, puis une forte dose de sédatif déferla dans ses veines. Il perdit aussitôt connaissance, le pantalon autour des chevilles. De l'autre côté du mur, une femme prénommée

Kirsten, le visage caché par un masque de hockey, commença alors à élargir l'ouverture en dégageant des morceaux de plâtre préalablement fragilisés à l'aide d'une disqueuse. En une minute, elle put se glisser à l'intérieur de la salle de bains. Elle étendit sa victime sur le carrelage, s'agenouilla à ses côtés puis posa deux doigts sur sa nuque. Fay, sa nièce de treize ans, s'introduisit à son tour dans la pièce.

— Il est en vie ? demanda-t-elle.

De tailles comparables, Kirsten et Fay portaient la même tenue intégralement noire composée d'un masque de hockey, d'un jean, d'une polaire à capuche et de Converse All Stars. Leurs vêtements étaient maculés de poussière blanche.

— Il se réveillera dans quelques heures avec une sévère migraine et un paquet de questions, dit Kirsten. Suis-moi, et n'oublie pas les sacs.

Elle dégaina un pistolet automatique de son étui de ceinture et tira le verrou de la salle de bains.

— Si les choses tournent mal, contente-toi de courir aussi vite que possible, dit-elle. Même si je doute que Jake nous pose beaucoup de problèmes.

Elle poussa la porte, descendit prudemment les marches puis entra dans la cuisine arme au poing.

— À genoux ou je te fais sauter la tête, lança-t-elle à l'adresse du garçon.

— Ne… ne tirez pas, bredouilla Jake, saisi d'effroi.

Lorsque Fay rejoignit le premier étage, Kirsten avait déjà traîné Jake jusqu'à la salle de comptage et l'avait forcé à s'agenouiller devant l'un des coffres, les mains sur la tête.

— Tu sais comment on déverrouille ces coffres ? gronda-t-elle.

— Ils sont équipés de minuteurs, répondit le garçon. Pas moyen de les ouvrir avant dix heures du matin.

Kirsten éclata de rire.

— Tu es un petit comique, Jake. Figure-toi que nous avons piraté votre circuit de surveillance vidéo, et que je t'ai vu fouiller dans ce coffre à toute heure du jour et de la nuit.

À ces mots, Jake flancha. Pour enfoncer le clou, Fay sortit un étrange corset de caoutchouc de son sac à dos.

— Tu es déjà allé au Texas, Jake ? demanda Kirsten.

Sa victime secoua la tête.

— Dans cet État, la plupart des mecs sont de vraies armoires à glace. Rien à voir avec les crevettes dans ton genre. Cette camisole électrique vient tout droit du Département pénitentiaire fédéral. Là-bas, quand ils chopent un type de cent cinquante kilos complètement défoncé au crack, au lieu de se mettre à dix pour le maîtriser, ils lui collent ça sur le dos, histoire qu'il se tienne tranquille. Une pression sur la télécommande, et il se prend suffisamment de jus pour illuminer la ville de Dallas. Tu peux me croire, il se comporte comme un chaton.

— Combien de temps avant l'arrivée de l'équipe de jour ? demanda Fay, respectant à la lettre le scénario élaboré par sa tante.

— Onze heures et demie, annonça Kirsten. On a tout notre temps. Jake, je vais te passer la camisole. S'il te prend l'envie de jouer au con, je te ferai danser toute la nuit, OK ? Mais si tu es raisonnable, tu ouvriras les coffres.

— Je n'ai pas peur de vous, cracha le garçon. Ce ne sont pas deux gonzesses qui vont me…

Avant qu'il n'ait pu achever sa phrase, Fay brandit une matraque électrique et la posa sur sa nuque. Elle planta le talon de sa basket entre ses omoplates, saisit son bras puis lui infligea une douloureuse clé.

— Je te déconseille de le prendre sur ce ton, dit Kirsten.

— Arrêtez, gémit Jake.

— Tu vas faire ce qu'on te demande ? demanda Fay.

— OK, mais lâche mon bras, par pitié…

Dès qu'il fut libéré, Jake rampa sur la moquette puis, d'une main fébrile, déverrouilla les coffres. Ses ravisseuses commencèrent aussitôt à entasser les liasses sous plastique dans un grand sac en nylon.

— Cinq cent vingt-huit mille livres en cash, s'exclama Kirsten lorsqu'elles eurent tout raflé. Plus dix-huit kilos de coke, pour une valeur de huit cent mille livres.

— Un million trois, sourit Fay. Pas mal pour quelques minutes de boulot.

Enfin, Kirsten injecta à Jake une forte dose de sédatif, puis elles quittèrent la planque. Elles empruntèrent la Vauxhall Astra de Jake, l'abandonnèrent derrière la gare de St Pancras puis, s'étant débarrassées de leurs vêtements noirs, prirent un taxi jusqu'à leur appartement de St John's Wood.

## 2. Pour le plaisir

Ayant bouclé ses dix kilomètres de footing quotidien dans Regent's Park, Fay pressa le bouton de sa montre chronomètre : une minute de plus que son meilleur temps, mais une performance honorable, compte tenu du froid mordant et du stress éprouvé lors du braquage de la veille.

St John's Wood était l'un des quartiers les plus luxueux du centre de Londres. Les immeubles abritaient des financiers et des artistes fortunés. Les maisons individuelles, elles, étaient réservées aux grands chefs d'entreprise et aux stars du show-business. Dans ce petit paradis pour millionnaires, nul ne s'étonnait de voir une fille de treize ans fouler les allées du parc en pleine semaine, à l'heure où elle aurait dû se trouver au collège.

Après avoir fait halte dans une boulangerie pour acheter des croissants et du pain aux noix, elle rejoignit le luxueux appartement où elle vivait depuis deux mois en compagnie de sa tante.

— File sous la douche, dit Kirsten. Pendant ce temps-là, je vais te préparer un chocolat chaud. Ensuite, tu feras tes exercices de maths.

Fay ôta ses baskets, déposa ses achats sur le bar puis se dirigea vers la salle de bains. Elle se déshabilla, lança sa tenue de sport roulée en boule dans le panier à linge puis observa son reflet dans le miroir : cheveux noisette, yeux verts, pas un poil de graisse. Quelques bleus récoltés lors des entraînements de kickboxing sous la houlette de sa tante marbraient sa peau blanche.

— Et n'y passe pas la journée ! lança cette dernière.

Fay tourna le verrou puis se glissa dans la cabine de douche, bien décidée à y rester aussi longtemps qu'il lui plairait.

Une dizaine de minutes plus tard, elle se sécha, passa un T-shirt et un pantalon de survêtement puis rejoignit Kirsten dans l'espace salon. Sur la grande table de verre, elle trouva des tranches de pain, du fromage et des morceaux de pomme. Puis, à côté d'un mug de chocolat fumant où flottaient des petits marshmallows multicolores, une pile de documents imprimés. En jetant un coup d'œil à la première feuille, Fay comprit qu'il s'agissait de brochures téléchargées sur les sites Internet de divers établissements scolaires.

— Qu'est-ce que tu as en tête ? demanda-t-elle, l'œil soupçonneux.

— On a eu de la chance, hier. On est tombées pile au bon moment pour rafler le fric et la marchandise, répondit Kirsten. On va blanchir le cash par la filière habituelle, et j'ai un contact à Manchester qui nous achètera la coke à bon prix. Quand l'opération sera terminée, nous pourrons enfin lever le pied.

— Où veux-tu en venir ?

— J'ai encore un ou deux braquages en préparation, mais tu n'y participeras pas.

Fay n'en croyait pas ses oreilles.

— Mais on a toujours travaillé ensemble depuis la mort de maman ! protesta-t-elle.

Kirsten désigna la pile de documents.

— Voici une sélection des meilleurs établissements privés du pays. Enfin, de ceux qui ont accepté de t'accueillir malgré les trous dans ton dossier scolaire...

— Les études à domicile me conviennent très bien, et tu n'es pas trop mal, comme prof. Qu'est-ce que j'irais faire dans un de ces bahuts pour gosses de riches ?

— Ma chérie, mon savoir est un peu limité. Certes, je connais la quantité de dynamite nécessaire pour faire sauter un coffre-fort, et je sais à qui m'adresser pour en acquérir. Mais bientôt, les programmes vont commencer à se corser, et je serai complètement larguée. Et puis tu ne peux pas passer tout ton temps avec ta vieille tante de trente-six ans. Tu dois fréquenter des gens de ton âge.

Fay s'empara de la première page de la pile et considéra d'un œil sombre une photo où posaient des élèves en uniforme.

— Maman m'envoyait à l'école, quand j'étais petite, dit-elle. Les autres enfants me tapaient sur les nerfs.

En vérité, elle n'avait suivi que quelques mois de scolarité classique. Même si elle refusait de l'admettre, l'idée de se trouver dans une salle de classe remplie d'inconnus la terrifiait.

— Je suis un animal solitaire, gronda-t-elle en reposant le document. Quand Maman est morte, tu as promis de t'occuper de moi, tu te souviens ?

— Et je respecte cette promesse à la lettre, dit-elle. Ta mère et moi, on a grandi dans des foyers d'accueil. Notre argent de poche, on le gagnait en travaillant pour des petits dealers de rue. On est progressivement montées en gamme, puis on a commencé à dépouiller les salles de comptage et les dépôts de marchandise. Aujourd'hui, j'ai deux millions en cash, une petite fortune qui ne servira pas à grand-chose si on nous jette en prison. C'est pour ça que j'ai décidé de me ranger.

— Et qu'est-ce que tu feras de tes journées ? demanda Fay. Je te vois mal faire les brocantes ou glander devant la télé.

Kirsten haussa les épaules.

— Je ne suis pas encore fixée. Je monterai peut-être une école de kickboxing ou un restaurant. J'apprendrai à parler japonais ou à jouer du banjo. Je pourrais même me mettre au golf, pour me la jouer retraitée.

— Telle que je te connais, tu crèveras d'ennui dans l'année.

— La chance finit toujours par tourner, Fay. Au mieux, les flics nous tomberont dessus et on terminera en taule. Au pire, un de nos braquages virera à la catastrophe, et on en bavera avant d'être exécutées.

— Comment tu dramatises…

— Ta mère se croyait immortelle, et Hagar a fini par l'avoir.

Fay fit la moue puis brandit l'une des brochures.

— En tout cas, il n'est pas question que je m'habille comme ça ! Non mais tu les as regardées, ces filles en jupe plissée, avec leurs chaussettes relevées jusqu'aux genoux ?

— Si tu ne choisis pas un établissement, je le ferai pour toi, dit Kirsten.

— M'en fous. Je ferai exprès de rater les examens d'entrée.

— Dans ce cas, tu iras dans le public. Ma décision est prise, Fay. Que ça te plaise ou non, tu vas reprendre une scolarité normale.

∴

Deux jours plus tard, Fay, vêtue d'un peignoir rose, était étendue sur son lit. Une heure durant, elle avait répété des enchaînements de kickboxing en compagnie de sa tante. Habituée à déménager tous les trois mois, tout ce qu'elle possédait tenait dans deux valises à roulettes. Elle ne prenait même plus la peine de ranger ses vêtements dans les placards mais les alignait en piles sur la moquette, au pied de son lit.

Kirsten frappa à la porte et entra avant qu'elle ne l'y ait autorisée.

— Habille-toi, on part à Manchester, lâcha-t-elle.

— Tout de suite ?

— Oui, les acheteurs sont prêts. Ils prendront seize kilos à quarante-cinq mille l'unité.

— Mais je croyais qu'on en avait piqué dix-huit…

— Oui, et tout le milieu est au courant. Mieux vaut éviter qu'on fasse le rapprochement. Je vais vendre seize kilos et garder le reste pour plus tard.

Tandis que Fay enfilait un jean et un T-shirt, Kirsten jeta un coup d'œil à la documentation étalée sur le bureau. Elle trouva de nombreuses annotations dans les marges : *uniforme pourri*, *trou paumé*, et même la mention *beau gosse* tracée au feutre rouge sur la photo d'un garçon.

— Mes quatre écoles préférées sont sur le dessus de la pile, dit Fay.

— Tu as choisi des écoles mixtes, à ce que je vois, sourit Kirsten.

— S'il faut absolument que j'aille en cours, ça me fera une petite consolation.

— Je suis ravie que tu aies trouvé une motivation.

— Alors, quand reprendrai-je les cours ?

— Après les vacances de Noël, le temps de régler les problèmes d'inscription.

Fay manqua de s'étrangler.

— Dans trois semaines ? Mais je croyais qu'on parlait de la rentrée de septembre !

— Tu as perdu bien assez de temps comme ça. Tu dois te réadapter au plus vite à la vie scolaire.

— Et si j'obtiens de bons résultats, on pourra se faire un petit braquage pendant les vacances d'été ?

Kirsten éclata de rire.

— Fay, des fois, tu me fous la trouille.

— Ah bon, pourquoi ?

— Moi, je dépouille des trafiquants pour le fric. Toi, tu es exactement comme ta mère : tu les braques pour le plaisir.

## 3. Manchester

Kirsten conduisait un break gris métallisé loué avec un permis de conduire et une carte bancaire au nom de Tamara Cole. Installée sur la banquette arrière, Fay lisait le récit d'un tour du monde en bateau rédigé par un célèbre navigateur. Elle rêvait de vivre une expérience comparable, de se trouver seule face aux éléments, au beau milieu de l'océan.

— J'aimerais bien prendre des cours de voile, annonça-t-elle tandis que le véhicule doublait un bus de retraités.

— Si tu obtiens de bons résultats scolaires, je verrai ce que je peux faire.

Fay esquissa un sourire puis se replongea dans sa lecture.

Après deux heures et demie de route, Kirsten se gara à proximité du Belfont, l'un des hôtels les plus chics de Manchester. À l'entrée de l'établissement, malgré l'insistance du bagagiste, elle refusa de se séparer de la valise à roulettes qui contenait les seize kilos de cocaïne.

Après avoir franchi la porte à tambour, Fay et sa tante découvrirent un hall tapissé de marbre, aux lumières si tamisées qu'on n'y voyait pas à cinq mètres. Kirsten étudia un panneau d'orientation.

— J'ai rendez-vous au salon Windermere, au neuvième étage, dit-elle. Toi, tu vas patienter ici. Mes clients vont contrôler la qualité de la marchandise. Ça devrait prendre une bonne quarantaine de minutes.

La mine boudeuse, Fay se tourna vers la porte d'entrée et désigna l'enseigne d'un café Starbucks, de l'autre côté de la rue.

— Je m'offrirais bien un truc à boire.

Kirsten hocha la tête.

— Bon d'accord, mais ne va pas plus loin. Quand j'en aurai terminé, on ira déjeuner puis on fera les boutiques.

Fay n'était pas une fan de shopping, mais elle avait besoin d'une nouvelle paire de chaussures de course, et elle était impatiente de se procurer d'autres ouvrages sur la navigation à voile.

Tandis que Kirsten attendait l'ascenseur, Fay quitta l'hôtel, traversa la rue et poussa la porte du Starbucks. Elle commanda un chocolat chaud avec supplément crème fouettée puis, estimant que les fauteuils du café étaient plus confortables que les chaises design du Belfont, elle s'installa à proximité du comptoir. Elle ouvrit le sac de toile qu'elle portait en bandoulière, en sortit son livre puis reprit sa lecture.

Mais la situation ne favorisait pas la concentration : Kirsten se trouvait au neuvième étage de l'hôtel, en compagnie de criminels avec lesquels elle n'avait jusqu'alors jamais eu affaire, en train de boucler un deal à sept cent mille livres.

Une femme se présenta au comptoir et heurta accidentellement l'une des jambes de Fay. Au lieu de présenter des excuses, l'inconnue lui lança un regard noir.

— Vous ne pouvez pas regarder où vous mettez les pieds ? gronda cette dernière avec un accent typiquement londonien.

— Eh, c'est vous qui m'avez bousculée ! répliqua Fay.

La femme s'empara d'un plateau en carton contenant six cafés, lui tourna le dos puis se dirigea vers la porte. Alors, Fay remarqua sa taille un peu large et ses chaussures plates aux semelles épaisses, qui ne convenaient pas à son tailleur de femme d'affaires. Elle avala une gorgée de chocolat et se demanda si elle n'était pas en train de sombrer dans la paranoïa.

Mais à l'évidence, cette femme portait des chaussures taillées pour l'action.

À en juger par son tour de taille, sa veste dissimulait sans doute des menottes, une matraque, peut-être une arme à feu.

Elle avait acheté six cafés. Cet indice permettait d'évaluer le nombre de collègues qui l'accompagnaient.

Mais ces observations ne constituaient pas une preuve formelle, rien qui justifie qu'elle alerte Kirsten. Elle termina son chocolat d'un trait au risque de se brûler la langue, rangea son livre et quitta le Starbucks.

Sur le trottoir d'en face, la femme se dirigeait vers la porte à tambour du Belfont. Un coup de vent souleva sa veste, et Fay vit briller une paire de menottes. Aussitôt, elle brandit son mobile et composa le numéro de sa tante.

— Décroche, décroche, murmura-t-elle en traversant à son tour.

Elle fit halte devant la façade de l'hôtel et scruta vainement la pénombre du hall d'accueil. Puis elle entendit un déclic.

*— Bonjour, vous êtes bien sur le répondeur de Tamara Cole. Je ne suis pas disponible pour le moment, mais vous pouvez me laisser un message après le signal sonore.*

Fay lâcha un grognement de frustration.

— Je viens de voir un flic en civil entrer dans l'hôtel. Et il doit y en avoir au moins cinq autres. Laisse tomber ce que tu es en train de faire et taille-toi en vitesse.

Elle mit fin à la communication, poussa la porte à tambour, déboula dans le hall et vit les portes de l'ascenseur se refermer sur la femme policier. Elle enfonça à son tour le bouton d'appel puis patienta en composant un SMS.

FLICS PARTOUT. FOUS LE CAMP.

Quelques secondes plus tard. Fay entra dans la cabine. Elle envisagea de faire halte au huitième étage et de poursuivre son ascension par l'escalier, mais son temps était compté.

Les portes s'ouvrirent sur un large couloir desservant des salles de conférences aux noms ronflants. Fay fit un pas à l'extérieur et vit plusieurs flics armés devant la porte du salon Windermere. L'air était trouble, comme chargé de soufre et de cocaïne en suspension. Trois hommes étaient couchés face contre terre, les mains menottées dans le dos. Un quatrième, plaqué contre un mur, faisait l'objet d'une fouille en règle.

Le téléphone de Fay émit un signal sonore. Un message de Kirsten.

NE MONTE PAS.

— Comment avez-vous pu la laisser partir ? hurla l'un des policiers. Que tout le monde se lance à sa recherche !

Fay recula dans la cabine, sélectionna le rez-de-chaussée puis enfonça le bouton de fermeture manuelle des portes. Lorsqu'elle eut rejoint le rez-de-chaussée, elle composa un nouveau message.

T OU ?

Dans le hall d'accueil, tout était calme. Fay prit une profonde inspiration puis marcha d'un pas calme vers la sortie. À l'instant où elle s'engageait dans la porte à tambour, deux policiers en uniforme pénétrèrent dans l'établissement.

Fay ne connaissait pas Manchester. Pour l'heure, elle devait s'éloigner au plus vite du Belfont. Ensuite, elle réfléchirait à un moyen d'aider Kirsten, pourvu qu'elle ait réussi à échapper à la police.

Son mobile vibra de nouveau dans sa poche. Encore un message de sa tante.

ÉTEINS TON PORTABLE OU LES FLICS

VONT TE REPÉRER.

Au même instant, Fay vit deux agents en civil courir dans sa direction.

— Reste où tu es, petite ! cria l'un d'eux. Nous voulons juste te poser quelques questions.

— Allez vous faire foutre, répliqua Fay avant de tourner les talons et de se mettre à courir.

À peine se fut-elle élancée qu'elle heurta le fauteuil roulant d'une octogénaire. Elle recouvra l'équilibre d'extrême justesse, piqua un sprint sur une cinquantaine de mètres, s'engagea dans une rue commerçante aux trottoirs bondés, sauta sur la chaussée puis détala le long des rails du tramway.

Lorsqu'elle jeta un coup d'œil par-dessus son épaule, elle constata que l'un de ses poursuivants était largement distancé et que son collègue avait purement et simplement disparu de son champ de vision. Alors, le conducteur d'un tram qui se dirigeait droit dans sa direction actionna son avertisseur.

Fay bondit sur le trottoir et tituba maladroitement parmi les promeneurs.

— Attrapez-la ! lança le policier.

Fay renversa une femme qui s'étala dans un enchevêtrement de sacs Marks & Spencer. Un bruit de vaisselle cassée se fit entendre.

— Oh, je suis désolée, haleta-t-elle.

Hors d'elle, sa victime lâcha une bordée d'injures.

— Ceinturez-la, cria le policier, tandis que la foule s'ouvrait sur son passage.

Un individu saisit Fay par la taille, mais cette dernière le força à lâcher prise d'un solide coup de coude dans les côtes. Ayant repris sa course folle, elle préféra quitter la rue et rejoindre une place moins fréquentée au centre de laquelle trônait le sapin de Noël municipal.

Elle se retourna et chercha vainement le policier du regard. Si elle était soulagée de l'avoir semée, elle ne s'en trouvait pas moins dans une ville inconnue, et elle ignorait ce qui était arrivé à sa tante. Parvenue à l'autre extrémité de la place, elle ralentit l'allure et se contenta de marcher d'un pas vif. Elle glissa une main dans son sac et en tira son mobile. Aucun message. Elle obliqua vers une ruelle défraîchie bordée de salons de coiffure bon marché, de vendeurs de kebabs et de boutiques proposant des téléphones mobiles d'occasion. Alors, elle vit une femme en uniforme de la police locale accourir dans sa direction. Elle fit demi-tour et vit le flic qu'elle croyait avoir distancé approcher en sens inverse.

— Tiens-toi tranquille, et je ne te ferai aucun mal, dit la femme en brandissant une matraque télescopique.

Fay sortit un canif de son sac et sprinta dans sa direction. Elle para une attaque puis adressa un coup de pied rétro à son adversaire. Le gilet de protection de la jeune femme amortit la charge, mais elle tituba en arrière et heurta le volet métallique d'un restaurant indien.

L'homme se jeta littéralement sur le bras droit de Fay afin de la désarmer, mais elle fit un pas en arrière, si bien qu'il fut emporté par son élan et bascula en avant. Alors, elle porta son attaque.

La pointe du couteau frôla la gorge du policier puis traça un sillon sanglant dans sa joue droite. Tandis qu'il titubait en crachant du sang, Fay prit ses jambes à son cou.

Elle avait blessé gravement un membre des forces de l'ordre, et sa tante, selon toute vraisemblance, avait été arrêtée. Depuis que sa mère avait été retrouvée sans vie, torturée à mort par les dealers qu'elle avait cru posséder, elle n'avait pas connu une situation aussi critique.

Désormais, ses jambes constituaient son ultime chance de salut.

## 4. Abandonne tout espoir

Pendant une dizaine de minutes, Fay courut sans but précis. Elle ne se faisait aucune illusion : cette cavale était vouée à l'échec. Tôt ou tard, elle serait repérée par un hélicoptère ou interceptée par un véhicule de patrouille.

Pourtant, à sa grande surprise, elle atteignit sans être inquiétée un quartier résidentiel miteux situé à l'écart du centre-ville. Elle se glissa entre la façade d'un immeuble et un buisson ornemental à l'abandon, enjamba un monceau de sacs-poubelle puis se réfugia sous un escalier menant à une porte condamnée.

Elle sortit son Samsung de sa poche. En dépit des recommandations de sa tante, elle l'avait jusqu'alors laissé sous tension dans l'espoir de recevoir de nouvelles consignes, mais Kirsten avait bel et bien rompu toute communication. La mort dans l'âme, Fay enfonça le bouton on/off de l'appareil, puis l'écran vira au noir.

Les questions se bousculaient dans sa tête. Comment les flics avaient-ils été informés du lieu et de l'heure de l'échange ? Kirsten s'en était-elle tirée ? Le flic blessé avait dû perdre beaucoup de sang… était-il encore en vie ? Où trouver refuge, désormais ?

Dans l'immédiat, il était urgent de quitter Manchester et de ne laisser aucune piste derrière elle. Elle frotta un Kleenex contre la rambarde de l'escalier recouverte de givre puis nettoya la lame de son couteau. Après s'être débarrassée du mouchoir, elle examina le contenu de son portefeuille : vingt-cinq livres et une carte bancaire que la police repérerait à la première utilisation.

Elle devait regagner Londres au plus vite. S'il était hors de question de retourner à l'appartement de St John's Wood, Kirsten possédait un studio dans un quartier moins huppé, une planque établie des années plus tôt dont la police ne pouvait connaître l'existence. Si elle était parvenue à échapper au coup de filet, c'est là qu'elle trouverait refuge.

Mais comment quitter la ville sans être repérée ? Les flics avaient dû exploiter les images de vidéosurveillance de l'hôtel Belfont et diffuser le signalement de Fay à toutes leurs unités. Sans doute les patrouilles avaient-elles été doublées dans les gares et les stations de tramway. Si la température avait été plus clémente, elle aurait pu passer un jour ou deux dans l'immeuble condamné, en attendant que la pression retombe, mais en ce mois de décembre, elle courait le risque de mourir de froid.

Pour poursuivre sa cavale, elle devait se procurer des vêtements, un smartphone et de l'argent liquide. Compte tenu de sa situation, il n'était pas question de dépouiller un passant sous la menace de son couteau. Pour obtenir ce dont elle avait besoin, elle devait se résoudre à commettre un vol par effraction.

Elle quitta sa cachette et s'engagea dans une rue bordée de modestes habitations individuelles dont elle étudia attentivement certaines caractéristiques. Des voilages aux motifs chargés et une pelouse aussi rase qu'un green de golf trahissaient la présence de retraités. Fay les trouverait sans doute à leur domicile, et leurs vêtements lui seraient inutiles.

Un monospace garé dans une allée indiquait que les lieux étaient occupés par une famille au complet. Un casse pouvait toujours mal tourner, et il n'était pas question que des enfants soient témoins d'une scène de violence.

Des barreaux aux fenêtres d'une villa témoignaient de l'importance que le propriétaire vouait à la sécurité de ses biens. Il s'était probablement doté d'un système d'alarme et de portes à serrures renforcées.

Au bout de la rue, Fay remarqua une maison aux vieilles fenêtres à guillotine dont les poubelles débordaient de cartons de pizzas et de canettes de bière bon marché. À l'évidence, elle était tombée sur un repaire d'étudiants fauchés.

Elle s'approcha de la porte, jeta un œil par la fente de distribution du courrier et découvrit des vélos rangés contre un mur du couloir. Elle contourna le bâtiment et progressa furtivement jusqu'à la fenêtre donnant sur une cuisine d'une saleté repoussante. Elle marcha jusqu'à la porte s'ouvrant sur l'arrière de la maison, constata qu'elle était fermée à clé, rebroussa chemin et brisa la vitre d'un coup de pied.

Elle attendit près d'une minute sans que personne ne s'inquiète du bruit ainsi produit puis, convaincue que la maison était inoccupée, fit tourner la poignée de la fenêtre de l'intérieur. Lorsqu'elle se fut introduite dans la cuisine, une odeur infecte lui sauta aux narines, un mélange écœurant de curry et de chou en décomposition. Sur la porte du réfrigérateur, un magnet annonçait : *Toi qui entres ici, abandonne tout espoir.*

Ignorant l'avertissement, Fay eut l'heureuse surprise de trouver une bouteille de jus d'orange dont la date limite de consommation n'était pas encore dépassée. Elle s'en empara, en but plusieurs gorgées au goulot puis s'engagea dans le couloir.

Elle emprunta l'escalier jusqu'au palier du premier étage. Un son parvint à ses oreilles, le bourdonnement d'une ligne de basse derrière une porte fermée. Redoublant de prudence, elle visita les deux pièces auxquelles il lui était possible d'accéder. La première était le repaire d'un garçon. Des vêtements de sport empestant la sueur jonchaient la moquette. Un drapeau de l'équipe de Norwich City occultait l'unique fenêtre. La seconde était mieux tenue. En fouillant l'armoire, Fay constata que son occupante s'habillait à la gothique, et que sa pointure et sa taille – bien qu'un peu large – pourraient lui convenir.

Elle troqua hâtivement sa veste et son jean tachés de sang pour une doudoune, des bottes en cuir et un legging à rayures vertes et noires. Sur le bureau, elle trouva sept livres en monnaie mais chercha vainement un téléphone mobile. Elle souleva l'écran de l'ordinateur portable, enfonça la barre d'espace et se réjouit de constater qu'il démarrait sans exiger de mot de passe. Elle lança une page Google sur le navigateur Internet et constata que sa victime se prénommait Chloé. Elle sélectionna Google Maps et cliqua sur *afficher ma position*. L'image zooma sur la rue où elle se trouvait.

Fay consulta les horaires des trains pour Londres, puis étudia la position des gares des environs. Mieux valait éviter Manchester Piccadilly, situé en centre-ville, et emprunter un bus pour Stockport, d'où elle pourrait embarquer pour la capitale. Restait un problème de taille à régler : elle avait environ quarante livres en poche, et le prix du billet s'élevait à soixante-cinq.

Flottant dans ses vêtements gothiques, Fay quitta la pièce puis gravit les marches jusqu'à une chambre aménagée sous les combles. À l'issue d'une fouille rapide, elle ne trouva que quelques euros et une souris momifiée coincée entre deux commodes.

Alors qu'elle se trouvait dans l'escalier, elle entendit le son caractéristique d'une chasse d'eau. Avant qu'elle n'ait pu battre en retraite, un garçon franchit la porte des toilettes du premier étage.

— Eh, t'es qui, toi ? demanda-t-il, plus étonné que suspicieux.

— Je suis une copine de Chloé, répondit Fay avec aplomb. Elle m'a prêté ses clés et m'a demandé de l'attendre dans sa chambre. On a un exposé à préparer.

— Ah tiens ? C'est plutôt curieux, vu qu'elle a laissé tomber ses études et qu'elle est maintenant caissière chez Tesco. Maintenant, dis-moi qui tu es vraiment et ce que tu fous dans cette baraque.

N'obtenant pas de réponse, le garçon gravit quelques marches et tenta de saisir Fay par le bras. Cette dernière considéra sa musculature développée et comprit qu'elle ne pouvait compter que sur l'effet de surprise. Elle le laissa prendre son poignet puis, de sa main libre, lui flanqua un violent crochet à la pointe du menton. Tandis que son adversaire titubait en arrière, elle lui porta un coup de botte à l'estomac, sauta sur le palier du premier et l'assomma d'un coup de genou au visage.

— Ça t'apprendra à poser des questions, dit-elle en s'accroupissant pour lui faire les poches.

Après l'avoir soulagé de dix livres, elle explora sa chambre et trouva un portefeuille en contenant cinquante de plus. Elle avait désormais assez d'argent pour rentrer à Londres et acheter de quoi se nourrir. Elle étudia l'iPhone trouvé sur sa table de nuit, mais l'appareil exigea un mot de passe. Elle le reposa où elle l'avait trouvé et quitta précipitamment la maison.

## 5. Jusqu'au cou

Le voyage constitua une véritable épreuve. À chaque arrêt du train, Fay s'attendait à voir débouler les forces spéciales dans son wagon. Tenaillée par la peur, elle passa deux heures et vingt minutes recroquevillée sur sa banquette en prenant soin de ne pas croiser le regard des autres passagers. Pourtant, à son grand soulagement, aux alentours de vingt heures, elle put débarquer sans être inquiétée en gare de Londres Euston. Elle s'offrit un menu chez Burger King avant d'emprunter un bus à destination d'Islington.

Le studio de Kirsten était situé au sixième et dernier étage d'un immeuble délabré. L'ascenseur étant en panne, elle dut emprunter l'escalier et essuyer les grossièretés des gamins qui y traînaient. À la grande consternation de Fay, la porte s'ouvrit sur un appartement vide : sa tante n'avait pas pu rejoindre la planque. Elle alluma la bouilloire électrique, ôta ses vêtements puis les plaça dans un sac-poubelle avec son couteau.

Après avoir pris une douche, elle inspecta le contenu d'une armoire, mais le studio avait été aménagé il y a si longtemps que les tenues n'étaient plus à sa taille. Elle dut se résoudre à piocher dans les affaires de sa tante. Une fois vêtue, elle poussa un fauteuil placé dans un angle de la pièce, souleva la moquette et dévoila une trappe.

Le contenu de la cache lui remit du baume au cœur : il y avait là vingt mille livres en cash, deux kilos de cocaïne, plusieurs téléphones mobiles et diverses armes, dont deux automatiques et un pistolet-mitrailleur compact. Fay en sortit un couteau et dix billets de vingt livres.

Elle déplia le canapé puis y disposa la couette et les oreillers trouvés dans le placard de l'entrée. Étendue sur le matelas de mousse, elle brûlait d'allumer son mobile, ne serait-ce que quelques secondes, afin de savoir si Kirsten l'avait contactée. Mais elle devait rester coupée du monde, et espérer que sa tante réapparaisse armée d'un plan cohérent pour échapper aux autorités.

La peur au ventre, Fay éteignit la lumière. Malgré elle, une image terrifiante se forma dans son esprit : la lame glissant sur la joue du policier, faisant jaillir un flot de sang noir.

.:.

Elle se réveilla à l'aube, sans autre projet que de se terrer dans la planque. Elle sortit un pied de la couette et enfonça le bouton on/off d'une antique télévision portative. Le signal hertzien était de mauvaise qualité, mais elle assista aux dernières minutes de l'interview du gagnant d'une émission de téléréalité avant que Carol, la présentatrice de la météo, ne prédise un temps exécrable sur l'ensemble de l'Angleterre.

Lorsque le présentateur du journal annonça le titre principal de l'édition de sept heures, Fay crut encaisser une décharge de dix mille volts.

— *La police de Manchester est toujours à la recherche d'une adolescente de treize ans. La jeune fille est suspectée d'avoir gravement blessé un policier lors d'une opération antidrogue. Selon le dernier communiqué de l'hôpital, le fonctionnaire se trouverait dans un état critique mais stable.*

Alors, Fay vit son propre visage apparaître à l'écran. La première image était tirée d'un enregistrement de vidéosurveillance de l'hôtel Belfont. La seconde était un cliché en haute résolution réalisé lors de son séjour en France, l'été précédent. La diffusion de ce document prouvait que la police avait perquisitionné l'appartement de St John's Wood.

Suivit un extrait de la conférence donnée au cours de la nuit par le porte-parole du secrétariat d'État à l'Intérieur.

— *À l'issue d'une longue opération de surveillance menée conjointement par la police de Manchester et les forces métropolitaines*, annonça l'homme planté devant une forêt de micros, *un coup de filet a permis l'arrestation de plusieurs criminels locaux et d'une jeune femme résidant à Londres. Cette intervention a également débouché sur la saisie de seize kilos de cocaïne et d'une importante somme d'argent. Une adolescente de treize ans soupçonnée d'être impliquée dans l'échange de drogue a résisté à l'arrestation, agressé deux officiers de police et blessé gravement l'un d'eux. Compte tenu de la détermination dont elle a fait preuve, et malgré son jeune âge, elle doit être considérée comme extrêmement dangereuse. Je demande instamment aux personnes qui pourraient la reconnaître de ne pas tenter de l'appréhender mais d'alerter immédiatement nos services.*

Un correspondant s'exprimant en direct devant l'hôtel Belfont apparut à l'écran.

— *Selon les dernières nouvelles qui nous sont parvenues, la jeune fille recherchée aurait cambriolé une maison du quartier d'Ardwick, à l'est de Manchester. Grâce au réseau municipal de télésurveillance, les autorités ont acquis la conviction qu'elle s'est ensuite rendue à la gare de Stockport et a emprunté un train à destination de Londres.*

Fay fut saisie d'un haut-le-cœur. Kirsten avait été arrêtée, sa victime était dans un état grave et tous les habitants du Royaume-Uni connaissaient désormais son visage.

— Je suis foutue, lâcha-t-elle.

Plus que jamais, le studio constituait son seul refuge. Elle devrait sans doute s'y terrer des jours, peut-être des semaines, et si elle disposait d'une forte somme d'argent, les placards du coin cuisine étaient pratiquement vides. Le jour ne s'étant pas encore levé, elle décida de faire le plein de provisions avant que le quartier ne s'anime.

Fay passa un hoodie, en rabattit la capuche sur son front, descendit les six étages et se rendit à l'épicerie ouverte vingt-quatre heures sur vingt-quatre située en face de l'immeuble. Elle remplit hâtivement un panier de fruits, de barres chocolatées, de plats à réchauffer au micro-ondes et d'un grand nombre de boîtes de conserve.

Devant la caisse, elle jeta un bref coup d'œil au présentoir à journaux et constata que son visage figurait en première page de la moitié des quotidiens. Elle regretta de ne pas s'être astreinte à un jour ou deux de jeûne, le temps de laisser retomber la pression médiatique.

De retour au studio, Fay s'efforça d'envisager la situation à long terme. Elle disposait d'un arsenal et d'une petite fortune en espèces, un capital de départ qui pourrait lui permettre de poursuivre en solo la seule activité dont elle connaissait les ficelles : le détroussage de trafiquants de drogue. Mais était-il réaliste d'envisager une vie de clandestinité ? Ne ferait-elle pas que retarder son arrestation et le moment de faire face aux conséquences de ses actes ?

Fay aurait voulu se vider l'esprit, mais à l'exception du vieux poste de télé, le studio n'offrait pas la moindre distraction. Elle prépara des baked beans et se fit griller des toasts, puis elle s'assit devant News 24. Toutes les demi-heures, les journalistes débitaient les mêmes informations concernant le policier blessé. Le correspondant en poste devant l'hôtel Belfont était littéralement frigorifié.

Fay était bouleversée. Elle s'inquiétait pour sa tante, mais aussi pour sa victime. Elle ne tenait pas à avoir une mort sur la conscience, et si l'homme venait à succomber, les conséquences seraient désastreuses. Submergée par l'émotion, elle fondit en larmes. Tout compte fait, mieux valait allumer son mobile et se signaler à la police…

Soudain, un fracas assourdissant se fit entendre dans l'entrée et la porte fut arrachée à son cadre.

— Police !

Un nuage de gaz lacrymogène envahit la pièce. Terrorisée, Fay se précipita vers la baie vitrée donnant sur le balcon. Le temps de faire coulisser la porte et de se glisser à l'extérieur, ses poumons s'étaient déjà embrasés. Elle marcha dans une flaque et sentit l'eau glacée imprégner ses chaussettes.

Une poignée de policiers vêtus d'armures complètes et de masques à gaz déboulèrent dans le studio. Fay leva les yeux et constata qu'elle n'avait aucune chance de se hisser sur le toit. Elle se pencha au-dessus de la rambarde. Six étages en chute libre, la mort assurée. Après tout, il valait peut-être mieux en terminer ainsi…

L'un des policiers empoigna la capuche de son hoodie et la tira à l'intérieur si brutalement qu'elle entendit craquer ses cervicales. L'atmosphère du studio était saturée de gaz. Fay hoqueta puis fut projetée contre une paroi. D'un coup de botte, un flic balaya ses jambes. Elle bascula latéralement, et son crâne heurta un angle du meuble télé. Plaquée face contre terre, elle sentit des menottes en plastique se refermer autour de ses poignets.

— Fay Hoyt, vous êtes en état d'arrestation pour tentative de meurtre, dit l'officier qui dirigeait le détachement.

Il la remit sur pied sans ménagement et la poussa hors du studio.

— Tu es dans la merde jusqu'au cou, ma petite, ajouta-t-il. On va te montrer comment on traite les salauds qui s'en prennent à nos collègues.

# SECONDE PARTIE

## Juin 2014

## 6. Extermination

*Campus de Cherub*

— Équipe Sharma ! hurla l'instructeur Speaks en passant la tête dans le vestiaire au sol souillé de taches multicolores. Si vous n'êtes pas habillés, équipés et prêts pour l'inspection dans deux minutes, vous me ferez deux tours du camp d'entraînement !

Deux équipes de quatre agents participaient à l'exercice.

Ryan Sharma, quinze ans, avait été tiré du lit une heure et demie plus tôt. On lui avait donné dix minutes pour se vêtir et prendre son petit déjeuner, puis il avait dû rejoindre le parcours d'obstacles au pas de course. Après trois passages épuisants sur cet enchevêtrement de filets, de perches, de cordes et de passerelles, il avait reçu l'ordre de se présenter au terrain de paintball. Son équipe était composée de ses frères : Léon et Daniel, les jumeaux âgés de douze ans, et Theo, de trois ans leur cadet.

— On va crever de chaud dans cette tenue, gémit Léon en enfilant une combinaison matelassée sur sa tenue de sport.

Théo se bagarrait avec la languette de sa fermeture Éclair.

— Elle est coincée ! hurla-t-il.

Ryan, qui avait déjà enfilé ses bottes et coiffé son casque de protection, vint lui prêter main-forte.

— Garde ton calme, dit-il. Comment comptes-tu boucler les cent jours du programme d'entraînement si tu paniques pour un truc pareil ?

— Ce morveux n'a rien dans le froc, ricana Léon.

Ryan lui lança un regard noir puis posa une main sur l'épaule de Théo.

— Laisse-moi essayer.

— Elle est complètement bloquée, je te dis, brailla le petit garçon en tirant sur la languette comme un forcené.

— Ça ne sert à rien de forcer, expliqua Ryan. Tu vas finir par la casser.

— Trente secondes ! lança Mr Speaks depuis la porte du vestiaire.

Ryan posa un genou à terre, fit coulisser la languette à plusieurs reprises de haut en bas de façon à dégripper le mécanisme puis la remonta jusqu'au menton de son petit frère.

— Et voilà ! Quand je te dis qu'il est inutile de s'énerver...

Les quatre membres de l'équipe Sharma rejoignirent l'instructeur à l'extérieur du vestiaire. Dès qu'ils se trouvèrent exposés aux rayons du soleil, ils sentirent la température grimper en flèche à l'intérieur de leur combinaison.

— Aaah, vous voilà enfin, lança Mr Speaks.

Les agents de l'équipe adverse se trouvaient déjà sur la rampe goudronnée menant au terrain. Malgré le masque qui couvrait leur visage, Ryan reconnut Fu Ning, quinze ans, Grace Vuillamy, avec laquelle il entretenait une relation aussi épisodique qu'orageuse, et ses deux amis Max Black et Alfie DuBoisson.

— On va vous massacrer ! gloussa ce dernier.

— Vous êtes peut-être plus vieux et plus costauds que nous, mais on a tout ce qu'il faut là où il faut, répliqua Daniel en posant un doigt sur sa tempe. La force de l'esprit !

— Deux grosses vaches et deux têtes de nœud, ajouta Léon. Vous êtes mal barrés.

Les filles le fusillèrent du regard.

— Répète un peu ça, pour voir ! gronda Grace.

Mr Speaks gonfla le torse puis fit craquer ses phalanges.

— Ce spectacle est extrêmement divertissant, mais nous avons un horaire à respecter. Alors ouvrez bien vos oreilles, car je ne me répéterai pas. Comme vous le constatez, outre les tenues réglementaires, vous n'avez pas reçu d'équipement. Il se trouve déjà dispersé sur le terrain : huit lanceurs, huit cartouches de $CO_2$ et huit tubes de cent cinquante billes. Vous trouverez également divers accessoires que je préfère vous laisser découvrir.

— Cool, on se croirait dans *Hunger Games*, sourit Théo.

— Le but de l'exercice consiste à trouver et à assembler ces armes, puis à chasser les quatre membres de l'équipe adverse. Si vous êtes touchés, pas de seconde chance. Vous devrez quitter le terrain. Si aucune équipe n'a été entièrement éliminée au bout de trois heures, je prononcerai le match nul et vous devrez tous courir autour du campus avec un sac de sable sur la tête. Pour le reste, les règles classiques s'appliqueront. Pas de coups bas, pas de doigts dans les yeux. Interdiction de retirer son casque… ou celui d'un adversaire, cela va de soi. Inutile de préciser que vos performances individuelles seront étudiées à la loupe. Tous ceux qui manqueraient d'entrain ou d'initiative feront l'objet d'un rapport que je me ferai une joie de transmettre au département d'entraînement afin qu'on vous concocte une séance de remise en forme individuelle. Des questions ?

Max Black leva la main.

— Tu me feras trois tours du camp d'entraînement, lâcha Speaks.

Max n'en croyait pas ses oreilles.

— Eh, mais je n'ai rien dit ! protesta-t-il.

— Mes explications étaient très claires. Si tu as une question à poser, c'est que tu n'as pas écouté attentivement.

Max étouffa un juron. Mieux valait faire profil bas, et espérer qu'il ne s'agisse que de l'une des petites blagues cruelles dont Speaks avait le secret.

— Il est exactement neuf heures onze minutes, annonça l'instructeur. L'exercice prendra fin dans trois heures. C'est parti !

Mr Speaks poussa le portail métallique et huit agents déboulèrent sur le terrain de paintball. Aussitôt, Ryan repéra un sac-poubelle noir posé dans l'herbe, à une centaine de mètres. Il se précipita dans sa direction, mais Max et Alfie lui emboîtèrent le pas.

À l'issue de ce sprint, il s'empara du sac et réalisa qu'il était trop léger pour contenir un lanceur. Lorsque Max le lui disputa, il se déchira, et une grappe de cordes en nylon multicolores tomba dans l'herbe.

Ryan se pencha pour s'en emparer, mais Alfie le plaqua au sol.

— Laisse tomber, tu n'as aucune chance, dit ce dernier en tentant d'arracher les cordes des mains de son adversaire.

Ryan ignorait si ce matériel avait une quelconque utilité, mais il était déterminé à en conserver une partie, au cas où. Seulement, à deux contre un, ses chances étaient presque nulles. Il aurait aimé que les jumeaux lui viennent en aide, mais Grace et Ning, furieuses d'avoir essuyé des insultes sexistes et incapables de différencier Léon de Daniel, s'étaient lancées à leur poursuite.

Après une brève empoignade, Ryan se retrouva étendu sur le dos, Alfie assis sur sa poitrine, puis Max le força à lâcher les cordes.

— On devrait le ligoter, suggéra ce dernier.

— C'est contraire aux règles, protesta Ryan.

— D'où tu sors ça ? demanda Max en façonnant un nœud coulant.

Alfie hocha la tête.

— Speaks nous a servi le couplet habituel sur les coups bas et les doigts dans les yeux, mais rien concernant l'emploi des liens.

— Allez vous faire foutre ! grogna Ryan en se débattant frénétiquement.

— Si tu ne la fermes pas, on va être obligés de te bâillonner, sourit Alfie.

À cet instant, Théo jaillit de derrière un arbre en brandissant un couvercle de poubelle en plastique.

— Extermination ! hurla-t-il en se précipitant sur Max, le moins imposant de ses adversaires.

Grâce à son élan, il l'envoya rouler jambes par-dessus tête. Ryan profita de ce moment de confusion pour désarçonner Alfie et lui porter un coup de genou à l'entrejambe.

— Aow ! gémit sa victime. Tu n'avais pas le droit !

Il tenta de ceinturer Théo mais reçut un violent coup de couvercle sur la tête. Ryan parvint à se redresser, mais Max saisit sa cheville. Il se dégagea d'un coup de reins, puis s'élança derrière son frère.

— Tu m'as sauvé la vie, dit-il.

Fier comme un paon, le petit garçon jeta un coup d'œil par-dessus son épaule. Alfie se roulait dans l'herbe en se tenant le bas-ventre et Max, conscient que son coéquipier ne pourrait lui être d'aucun secours pendant quelques minutes, jugea plus prudent de ne pas leur donner la chasse.

Ils parcoururent deux cents mètres à découvert avant de disparaître dans une zone boisée.

— Tu sais où sont passés Léon et Daniel ? demanda Ryan.

— Je les ai vus passer. Ils avaient les deux filles aux fesses.

— Ils n'ont aucune chance, surtout contre Ning. Ils vont passer un sale quart d'heure.

— Franchement, c'est trop injuste. Nos adversaires ont tous quinze ans. Bon OK, Alfie n'en a que quatorze, mais il n'est pas vraiment humain.

— C'est la vie qui est injuste, expliqua Ryan. C'est ce qu'ils essaient de nous faire comprendre.

— Bon, qu'est-ce qu'on fait ? On va aider les jumeaux ?

Ryan secoua la tête.

— Pendant qu'ils se font courser par Grace et Ning, on va rester ensemble et chercher le matériel. Comme tu l'as fait remarquer, l'équipe adverse est nettement supérieure. Le seul moyen de faire pencher la balance de notre côté, c'est de trouver les lanceurs et les munitions.

# 7. Blanchisserie

*Centre d'éducation sécurisé Idris*

— Tu vas voir, ça n'a rien de sorcier, dit Chloé Cohen en entrant dans la buanderie.

Âgée de quatorze ans, elle portait un maillot de rugby de l'équipe d'Angleterre, un pantalon de survêtement Adidas et une paire de tongs. Sa vie n'avait été qu'une longue succession de drames familiaux et d'actes de maltraitance. Elle avait été placée en institution après avoir, par vengeance, réduit en cendres une maison appartenant à son beau-père.

La jeune fille qui l'accompagnait se prénommait Izzy. Elle avait treize ans mais en paraissait deux de moins. Quelques jours plus tôt, elle avait été reconnue coupable d'avoir volé des produits toxiques dans le laboratoire de chimie de son collège, puis d'avoir servi du thé empoisonné à ses parents et à sa sœur aînée.

Elle posa un panier en plastique rempli de linge sale devant une machine à laver. À l'aide d'un gobelet en plastique, Chloé piocha une dose de lessive dans un baril.

— Ouvre la trappe du dessus, dit-elle.

Izzy souleva un panneau métallique puis Chloé versa la poudre blanche dans le bac.

— Vas-y, mets le linge, poursuivit-elle. Ensuite, tu n'as plus qu'à tourner le bouton sur trente degrés et à appuyer sur la touche *démarrer*.

Izzy suivit ces consignes puis, l'air un peu anxieux, s'écarta de la machine. Lorsqu'elle entendit l'eau se déverser dans le tambour, elle esquissa un sourire timide.

— Le cycle dure une heure, expliqua Chloé. On reviendra quand ce sera terminé, et je t'expliquerai comment fonctionnent les séchoirs.

Une détenue portant un jean déchiré et un T-shirt noir fit irruption dans la buanderie. Ses épaules étaient larges, ses biceps étonnamment développés.

— Salut, les filles ! lança-t-elle, un sourire malveillant sur les lèvres.

Chloé se raidit puis se plaça entre Izzy et l'intruse.

— C'est la nouvelle ? demanda Fay Hoyt. La star des infos, celle qui a empoisonné sa famille ? Cette taule est décidément mal fréquentée…

Chloé plissa les yeux.

— Et toi, tu as essayé de buter un flic.

— J'essayais juste de me faire la malle. Si j'avais voulu le tuer, je te garantis qu'il ne serait plus de ce monde.

— Tu peux toujours rouler des mécaniques, tu ne me fais pas peur, répliqua Chloé.

Fay éclata de rire puis lança un coup de poing qui se figea à quelques centimètres du visage de sa rivale.

— Pas peur, vraiment ?

Chloé répliqua par un direct maladroit, mais Fay intercepta sa main, lui tordit les doigts en arrière, la saisit par le cou puis la força à entrer la tête dans un séchoir.

— Fais-toi toute petite ou je te défonce la gueule, avertit Fay avant de se tourner vers Izzy, qui s'était réfugiée dans l'angle où étaient empilés les barils de lessive.

D'un geste, elle lui fit signe d'approcher.

— Viens ici, ma chérie.

Les mains d'Izzy se mirent à trembler.

— Allez, magne-toi. Ne me force pas à venir te chercher.

— Fous-lui la paix, supplia Chloé. Tu fais deux fois sa taille.

Fay avança vers Izzy, l'attrapa par les cheveux et lui tira la tête en arrière.

— Tu as quelque chose pour moi ? demanda-t-elle.

— De quoi tu parles ?

— On va faire un tour dans ta chambre. Si tu me fais un petit cadeau, on sera les meilleures amies du monde, et je ne serai pas obligée de te faire du mal.

— Tu veux des vêtements ? suggéra Izzy.

— Pauvre conne, cracha Fay. Qu'est-ce que je ferais de tes fringues de naine ?

— Ne lui donne rien, cria Chloé. Cette nana est une psychopathe. Si tu cèdes, elle te dépouillera de tout ce que tu as.

— Allez, on va se promener, dit Fay en traînant sa proie dans le couloir aux murs jaunâtres qui desservait les cellules.

En chemin, elles croisèrent plusieurs détenues. Toutes détournèrent le regard.

— Ne me déçois pas, gronda Fay lorsqu'elles entrèrent dans la chambre que se partageaient Chloé et Izzy.

Cette dernière balaya la pièce du regard puis désigna un réveil dont la forme évoquait le T-rex de Toy Story. D'un coup de pied, Fay pulvérisa l'objet contre un mur puis accentua sa traction sur les cheveux de sa victime. Izzy fondit en larmes.

— Pour cette fois, et pour cette fois seulement, je vais t'accorder un sursis, annonça-t-elle. Je viendrai chercher mon cadeau plus tard, et je te conseille de ne pas me décevoir.

À l'instant où elle lâchait les cheveux d'Izzy, la porte de la cellule s'ouvrit à la volée et deux femmes en uniforme firent leur apparition.

— Ça suffit ! hurla l'une d'elles. Laisse-la !

Fay afficha un air innocent puis désigna les manuels scolaires posés sur le rebord de la fenêtre.

— La nouvelle a piqué mes bouquins, plaida-t-elle.

Les surveillantes se précipitèrent sur elle, lui infligèrent une douloureuse clé de bras puis l'évacuèrent de la cellule. Postée à quelques mètres de la porte, Chloé observait la scène d'un œil satisfait.

— C'est toi qui m'as balancée ! cria Fay. T'es morte, salope ! Morte !

Chloé lui adressa un doigt d'honneur puis courut réconforter Izzy.

— Ne pleure pas, dit-elle doucement. Dans deux semaines, elle sera relâchée et nous n'entendrons plus jamais parler d'elle.

L'exercice avait commencé trente-cinq minutes plus tôt. Ryan et Théo avaient trouvé les lanceurs, les munitions et les cartouches de $CO_2$, ainsi qu'un sac contenant des jumelles, une pelle pliante et quelques bouteilles d'eau.

Perché sur la branche maîtresse d'un arbre, Théo observait discrètement le comportement d'un adversaire. Agenouillé au pied du tronc, Ryan sécurisait leur position.

— C'est Grace, chuchota Théo. Elle ne bouge pas, et elle n'est pas armée.

— Quelle distance ?

— Moins de cinquante mètres, répondit le petit garçon en descendant de son perchoir.

— Couvre-moi, je vais essayer de la dégommer.

Ryan avança furtivement sur une trentaine de mètres puis, les lanceurs de paintball n'étant pas réputés pour leur précision, poursuivit sa progression à plat ventre. Lorsqu'il se trouva à dix pas, Grace regarda sa montre puis se mit en mouvement.

Il se dressa, visa, enfonça la détente et manqua complètement son tir. Alertée par le claquement du lanceur, Grace se mit à courir. Redoutant de tomber dans un piège, Ryan hésita à se lancer à sa poursuite en terrain découvert, mais il ne pouvait pas laisser filer l'opportunité qui lui était offerte d'éliminer un adversaire désarmé.

Se sachant prise en chasse, Grace prit ses jambes à son cou. Elle sauta par-dessus une souche d'arbre, mais la pointe de sa botte heurta l'obstacle et elle s'affala de tout son long. Ryan se posta à trois mètres et l'élimina d'une bille dans le dos avant qu'elle n'ait pu se relever.

— Ryan m'a eue ! cria-t-elle afin de communiquer sa position à ses coéquipiers.

Au loin, Ryan entendit des échanges de tirs.

— Théo ? lança-t-il.

En faisant volte-face, il vit des silhouettes se mouvoir dans la végétation. Une bille frôla son crâne. Il se réfugia derrière un tronc d'arbre. Il brûlait de prêter main-forte à son petit frère, mais il devait au préalable connaître précisément la position de ses adversaires.

Il demeura à son poste d'observation pendant une vingtaine de secondes, puis vit Alfie s'extraire d'un buisson, le masque criblé de taches de peinture et les bras levés en signe de reddition. Tandis que la fusillade se poursuivait, Ryan entama une lente progression vers la zone des combats.

Cinq mètres devant lui, il trouva Max embusqué derrière un rocher. Il épaula son lanceur et fit mouche au premier tir. Son camarade prit son élimination avec philosophie.

— Joli tir, dit-il. Bon ben, je crois que je vais vous laisser vous amuser et en profiter pour faire mes tours de punition.

— Théo est toujours dans le coup ? demanda Ryan.

Au même instant, l'intéressé franchit un rideau de feuillages et vint à leur rencontre.

— Évidemment, répondit-il, enchanté d'avoir survécu à l'assaut de garçons plus âgés et plus expérimentés que lui.

— Où sont Léon et Daniel ? demanda Ryan.

Max éclata de rire.

— Les filles les ont ligotés au début de l'exercice. On leur a réglé leur compte dès qu'on a trouvé les flingues.

— Alors il ne reste que Ning, dit Théo. À deux contre une, je crois qu'on a toutes nos chances.

## 8. Des millions de moutons

Si le centre d'éducation sécurisé ressemblait à s'y méprendre à une prison pour adultes, la discipline y était plus relâchée. Les détenues connaissaient les surveillantes par leur prénom. Wendy, la chef d'équipe de l'aile où résidait Fay, était assise à son bureau. Derrière elle, le mur peinturluré aux couleurs de l'arc-en-ciel portait l'inscription *Chaque enfant compte*.

— Eh bien, qu'as-tu à dire pour ta défense ?

Fay se contenta d'afficher une mine boudeuse.

— Tu t'en es prise à une nouvelle, poursuivit la surveillante. Une fille physiquement et psychologiquement fragile confrontée à de sérieuses difficultés d'adaptation. Tu es entrée dans la buanderie, tu as agressé Chloé, sa camarade de cellule, puis tu as traîné Izzy jusqu'à sa chambre pour lui extorquer de l'argent sous la menace.

Fay haussa les épaules.

— Si vous le dites.

— Je comprends que certaines filles de cet établissement soient sujettes à des accès de violence. Elles collectionnent les problèmes, troubles du comportement, désordres alimentaires, addictions aux drogues, traumatismes liés à toutes sortes d'abus... Mais toi, tu as du plomb dans la cervelle. Même si tu n'en fous pas une, tes résultats scolaires sont excellents. Sans parler de tes capacités sportives. Si tu le voulais, tu pourrais réussir brillamment. Mais on dirait que tu t'acharnes à foutre ta vie en l'air.

Fay s'éclaircit la gorge.

— Quand j'avais dix ans, je suis rentrée du supermarché et j'ai trouvé ma mère découpée en morceaux. L'année dernière, ma tante Kirsten a été étouffée en prison alors qu'elle attendait son procès. Elles étaient les deux seules personnes auxquelles je tenais. Et les deux seules personnes qui tenaient à moi.

— Tu te trompes, dit Wendy. Tout le monde ici se préoccupe de toi.

— Arrêtez vos conneries. Vous serez bien contentes de ne plus me voir.

La surveillante leva les yeux au ciel.

— Tu n'aurais pas dû arrêter les séances de thérapie. Elles t'aidaient à gérer ton passé douloureux et à contrôler tes émotions.

Fay éclata de rire.

— Ce psy était complètement bouché. Il y a certaines choses qu'il n'a jamais été foutu d'entendre, encore moins de comprendre.

— Quelles choses ?

— Que j'adore ça.

— Que tu adores quoi ?

— La vie qu'on menait, ma tante et moi. Ce frisson dans le dos quand on montait sur un coup. La trouille sur le visage d'un type quand je tenais un couteau sur sa gorge. Cavaler comme une malade en sachant que c'était une question de vie ou de mort. Quand on a goûté à ça, pas facile de gratter un devoir d'histoire ou de s'enthousiasmer pour le dernier épisode d'*EastEnders*.

Wendy observa une pause.

— Es-tu en train de me dire que tu éprouves du plaisir à terroriser de pauvres filles comme Izzy ?

— Premièrement, cette *pauvre fille* est une cinglée qui a empoisonné la moitié de sa famille. Deuxièmement, le monde est peuplé de moutons. Des millions et des millions de moutons vivant leur sinistre petite vie de mouton. Et puis, il y a les loups, beaucoup moins nombreux, dont le rôle consiste, de temps à autre, à bouffer l'une de ces petites bêtes sans défense.

— Et tu te ranges dans la seconde catégorie, n'est-ce pas ?

— On ne peut rien vous cacher.

— Et la souffrance que les loups infligent aux agneaux ne te fait ni chaud ni froid ?

— Je ne me pose même pas la question. Je fais mon job de prédateur.

— Tu seras libérée dans deux semaines. Comment envisages-tu l'avenir ?

Fay haussa les épaules.

— Oh, vous pouvez compter sur moi pour retrouver le droit chemin. Bac, fac, puis je me marierai avec un cadre supérieur. On aura un labrador baptisé Scotty, trois enfants, une Ford C-Max et une maison de campagne dans le Suffolk.

Wendy secoua tristement la tête.

— Ça ne m'amuse pas, Fay. Tu es encore très jeune, mais un jour viendra où tu ne pourras plus faire demi-tour. Quoi qu'il en soit, compte tenu de ce qui s'est passé cet après-midi, je vais devoir te placer à l'isolement pendant cinq jours. Conformément au règlement, tu devras étudier divers documents relatifs à notre politique de lutte contre le racket et le harcèlement.

— Fantastique, sourit Fay. Avec ça, au moins, je ne risque pas de m'ennuyer.

Pendant près d'une heure, Ryan et Théo quadrillèrent le terrain à la recherche de Ning. Ils trouvèrent plusieurs sacs vides, mais aucune trace de leur proie.

— Je parie qu'elle est perchée dans un arbre, dit le petit garçon.

— Il faut absolument qu'on la localise, soupira Ryan. En cas de match nul, Speaks a dit qu'on devrait tous courir autour du campus, et avec cette chaleur…

— Et si on l'attirait hors de sa cachette ? suggéra Théo. Je vais me balader à découvert, et dès elle m'aura tiré dessus, tu pourras l'aligner.

— Ma foi, ce n'est pas le plan du siècle, mais je crois que c'est tout ce qu'on a.

Ils se déplacèrent jusqu'à la lisière d'une large portion de pelouse située près du portail. Débarrassés de leurs combinaisons, Léon, Daniel, Alfie et Grace étaient assis derrière le grillage d'enceinte. Ils se partageaient des bouteilles d'eau fraîche et ne cachaient pas leur satisfaction d'avoir été éliminés.

À l'instant où Théo quitta la zone boisée, une bille frôla le sommet de son crâne, mais Ryan ne put déterminer son origine.

— Ning, tu tires comme une patate ! cria le petit garçon avant de sprinter vers un abri constitué de rondins.

Ryan redoutait que ce comportement risque-tout ne compromette sa stratégie. En s'exposant ainsi, son frère risquait d'être abattu avant qu'il n'ait pu localiser Ning. Par chance, Léon vendit la mèche.

— Elle est près de ces deux chênes, tout droit, à cinquante mètres, s'exclama-t-il.

Cette tricherie manifeste souleva l'indignation des coéquipiers de Ning.

— Théo est dans le premier bunker à droite de l'entrée ! cria Alfie. Ryan se cache dans les arbres, de l'autre côté. Il essaye de te prendre de flanc.

— Bon, finissez-en, ajouta Daniel, que cette guerre de position commençait à exaspérer. Sortez de vos cachettes et tirez-vous dessus pour de bon. Si vous continuez à vous planquer, on sera tous sanctionnés.

Mais Tandis que Ning arrosait inutilement l'abri où se trouvait Théo, Ryan rampait vers les arbres désignés par Léon. Alors qu'il ne se trouvait plus qu'à une dizaine de mètres, il entendit un discret bruit de feuillage sur sa gauche. En se tournant, il aperçut Ning postée derrière un tronc, à moins de cinq mètres. Elle jaillit de sa cachette et lâcha hâtivement deux balles qui se perdirent dans le décor. Il roula sur le côté puis riposta tout aussi maladroitement.

Ning fit volte-face et se mit à courir. Elle sentit plusieurs billes siffler à ses oreilles. Après avoir parcouru une centaine de mètres, elle sauta dans le fossé formé par le ruissellement des eaux dans cette partie la plus basse du terrain puis se posta à plat ventre, prête à éliminer son poursuivant.

Alors, elle vit une jambe dépasser de derrière un tronc d'arbre. Elle visa soigneusement et plaça une bille en plein mollet.

— Touché ! s'exclama-t-elle.

Aucune réaction.

— Ryan ? s'inquiéta-t-elle.

Elle quitta sa tranchée, avança prudemment vers son adversaire et le trouva gisant face contre terre.

— Ryan, qu'est-ce qui t'arrive ?

Ce dernier roula sur le dos et porta une main à son crâne.

— Je crois que je me suis cogné la tête, dit-il d'une voix pâteuse. J'ai dû m'emmêler les pinceaux...

Lorsque Ning se pencha pour l'aider à se redresser, Théo, perché dans un arbre tout proche, décocha une bille qui la frappa en pleine visière.

— T'es morte ! s'exclama-t-il, fou de joie.

— On ne joue plus, Théo, dit Ning. Ton frère est blessé. Il faut l'accompagner à l'infirmerie.

À sa grande surprise, Ryan lui adressa un large sourire.

— Qu'est-ce que tu racontes ? Je t'assure que je vais très bien.

Comprenant qu'elle était tombée dans un piège, Ning jeta son lanceur sur le sol.

— Vous n'êtes que des escrocs et des lâches ! gronda-t-elle.

Mais la joie exubérante de Théo était contagieuse, et les trois agents partirent bientôt d'un irrépressible fou rire.

— Je me vengerai, dit Ning en se dirigeant vers le vestiaire. Je ne sais pas encore quand et comment, mais ça arrivera, je vous le jure, au moment où vous vous y attendrez le moins.

# 9. Besoin de personne

Wendy fit coulisser la porte grillagée et serra la main de son visiteur.

— Bienvenue au Centre Idris, détective Schaeffer, dit-elle.

C'était un homme de grande taille, aux cheveux châtains bouclés, au nez aquilin et à la joue barrée d'une profonde cicatrice. Il portait une mallette et un petit sac en papier orné du logo McDonald's.

Wendy conduisit le policier jusqu'à son bureau puis l'invita à s'asseoir. Elle contempla longuement son visage.

— Ainsi, voilà la blessure que Fay vous a infligée... Souffrez-vous de séquelles ?

— Quelques dommages nerveux, malheureusement, répondit Schaeffer. Ma joue est un peu engourdie, de temps à autre. Pour être clair, il m'est difficile de manger proprement.

— Et vous n'éprouvez aucun ressentiment à son égard ?

Le policier secoua la tête.

— Je ne suis pas encore disposé à rejoindre son fan-club, mais dans mon métier, j'ai l'habitude de fréquenter des individus encore moins recommandables. J'espère pouvoir lui offrir un chemin vers la rédemption, et une chance de tirer un trait sur son passé.

Wendy fit glisser un document dans sa direction.

— Avant que vous ne l'interrogiez, je vous demanderai de signer ce formulaire. Conformément au règlement encadrant la détention des mineurs, vous ne pourrez pas l'enregistrer, et la teneur de vos échanges ne pourra pas être consignée dans votre rapport d'enquête. Et vous devrez quitter la cellule si elle en fait la demande.

— Je connais la procédure, dit Schaeffer.

— Comme je vous l'ai dit au téléphone, Fay ne s'est jamais montrée très coopérative. Elle est à l'isolement depuis trois jours pour avoir tenté de racketter l'une de ses codétenues. Comme le veut le règlement, elle a dû me remettre un questionnaire écrit concernant les problèmes de harcèlement. Et ses réponses sont pour le moins édifiantes. Attendez, je vais vous lire quelques extraits.

Wendy ouvrit une chemise cartonnée.

— Question quatre : vous êtes témoin d'une tentative de racket ; quelle est votre réaction vis-à-vis de la coupable ? Réponse : je pile du verre et j'attends l'heure du petit déj pour le mélanger à ses céréales. Question neuf : votre camarade de cellule vous harcèle ; que faites-vous ? Réponse : j'attends qu'elle s'endorme, je l'éventre et je me fabrique une jolie corde à sauter avec ses boyaux.

— Elle a beaucoup d'imagination, dit Schaeffer.

— Toujours décidé à la rencontrer, détective ? sourit Wendy.

Wendy conduisit Schaeffer jusqu'à la cellule située en face de son bureau.

— Les règles d'isolement sont extrêmement strictes, expliqua-t-elle. Fay dispose uniquement de vêtements, de manuels scolaires et d'affaires de toilette. Ni télé, ni radio. Elle a droit à une heure de promenade quotidienne, le soir, après le bouclage des autres détenues.

Elle frappa à la porte.

— Fay, le détective Schaeffer est arrivé.

— Qu'est-ce qu'il m'a apporté ? demanda Fay.

— McFlurry, comme prévu, dit le policier.

— OK, il peut entrer.

Fay n'avait pas pris de douche depuis sa mise à l'isolement. Elle avait tué le temps en effectuant des abdominaux, des pompes et des flexions, si bien que l'air empestait la sueur.

— Jolie cicatrice, gloussa-t-elle. Vous vous êtes fait ça comment ?

— Un peu de respect ! gronda Wendy.

— Non vraiment, je la trouve plutôt sexy. Vous attirez beaucoup de filles avec votre gueule cassée, détective ?

Schaeffer remit à Fay le sac McDonald's. Elle en sortit un gobelet de glace nappée de caramel.

— Croquant M&M's, comme je vous ai demandé ?

Fay plongea la cuiller en plastique dans le McFlurry puis ferma les yeux lorsqu'elle sentit les morceaux de noisette craquer sous ses dents.

— Oh, c'est trop bon... gémit-elle. Vous ne vous asseyez pas, détective ?

Schaeffer s'installa au bout du lit.

— Dites-moi, il y a une question qui me chiffonne, dit Fay. À vue de nez, vous avez au moins quarante ans, et vous êtes toujours bloqué au grade de détective constable. C'est quoi votre problème ? Vous avez foiré un paquet d'enquêtes ?

Schaeffer s'éclaircit la gorge.

— Disons que je fais partie de ces flics qui préfèrent le terrain à la paperasse. Plus on monte dans la hiérarchie, plus on passe de temps au bureau.

— Oh, je vois. Un homme d'action.

Fay avala une cuillerée de glace puis ajouta :

— Excusez-moi d'être aussi bavarde, mais je n'ai pas parlé depuis trois jours, à part à la grosse vache qui m'emmène en promenade après l'extinction des feux.

— Ce doit être difficile pour une fille aussi énergique de se retrouver coincée dans cette cellule, dit Schaeffer.

— Mais c'est une chance pour vous. Si je n'étais pas à l'isolement, j'aurais sans doute récupéré cette glace puis je vous aurais envoyé vous faire foutre. Mais j'ai besoin de parler.

Wendy lâcha un soupir.

— Bonne chance, détective, dit-elle. Vous me trouverez dans mon bureau en cas de besoin.

Sur ces mots, elle quitta la cellule et claqua la porte derrière elle.

— Alors, qu'est-ce qui vous amène, détective ? Vous êtes venu vous venger ? Me coller une dérouillée ?

— Écoute, Fay, dit Schaeffer, je préfère que les choses soient bien claires entre nous : tu ne m'aimes pas, et je ne t'aime pas non plus. Ça, c'est une évidence. Mais nous avons un ennemi en commun.

— Je n'ai pas d'ennemi. Je ne suis qu'amour. J'adore mon prochain.

Schaeffer haussa un sourcil.

— Même Erasto Ali Anwar ?

— Jamais entendu parler.

— Né en Somalie aux alentours de 1983. Basé à Kentish Town, au nord de Londres. Soupçonné de contrôler le trafic d'héroïne et de cocaïne dans les quartiers d'Islington, Camden, Haringey et Hackney. Dans le milieu, il se fait appeler Hagar.

Fay hocha la tête.

— Ah, je vois. Je ne connaissais pas son véritable nom.

— Nous le soupçonnons d'être responsable des meurtres de Mélanie Hoyt en 2009 et de sa sœur Kirsten en 2012.

— Oui, merci, je suis au courant.

— D'après nos informations, ta tante et ta mère ont dépouillé Hagar plus d'une dizaine de fois, ainsi que d'autres trafiquants londoniens. Elles préparaient leurs coups avec minutie, et pour cela, elles devaient tout connaître de ces dealers : les endroits qu'ils fréquentaient, l'identité de leurs copines et de leurs proches amis, leurs hobbies… En toute logique, comme tu as toujours vécu avec elles, je suppose que tu en sais beaucoup au sujet d'Hagar.

— J'en *savais* beaucoup, rectifia Fay. Mais je suis dans cette prison depuis un bail, et les choses changent rapidement, dans la rue.

— Et si je t'emmenais faire un tour en voiture dans les quartiers où vous opériez ? Je parie que tu pourrais mettre un nom sur certains visages et me lancer sur quelques pistes intéressantes.

— Si vous voulez coffrer Hagar, vous n'avez qu'à aller le chercher.

— Il est extrêmement prudent, expliqua Schaeffer. Il se tient à l'écart de l'argent sale et de la marchandise. Il laisse ses lieutenants mettre les mains dans le cambouis. Nous avons arrêté des dizaines d'entre eux sans trouver la moindre preuve permettant de l'incriminer.

— Pas étonnant, gloussa Fay. Sur le territoire d'Hagar, la moitié des flics acceptent des pots-de-vin pour fermer les yeux sur son business.

— Franchement, je n'y crois pas une seconde. Mais si tu as des éléments solides contre des policiers corrompus, je serais ravi que tu me les fasses partager.

L'attitude posée de Schaeffer agaçait souverainement Fay. Depuis le début de l'entretien, elle faisait tout pour qu'il sorte de ses gonds, mais rien ne semblait pouvoir l'ébranler.

— Dites, est-ce que vous pensez à moi quand vous vous regardez dans le miroir ? demanda-t-elle. Vous devez me détester à mort, non ?

— On dirait que ça te ferait plaisir.

— Non. En fait, je me fous complètement de ce que vous pensez.

— Ça, je veux bien le croire, sourit le policier. Mais pour répondre à ta question, il m'arrive de penser à toi. Ce qui fait sans doute de moi la seule personne au monde qui se préoccupe de ton existence. Ta mère et ta tante sont mortes, tu n'as aucune relation à l'extérieur, et ton comportement brutal est le seul moyen que tu as trouvé pour attirer l'attention. Dans deux semaines, tu seras placée dans un foyer ou une famille d'accueil. Ce ne sera sans doute pas très agréable, mais si tu te comportes de façon civilisée, tu finiras par te faire des amies et tu deviendras une adolescente comme les autres. En tout cas, c'est ce que je te souhaite.

Ulcérée par ce discours, Fay se dressa d'un bond.

— Eh, vous vous prenez pour mon père ? hurla-t-elle. Je ne vous connais pas, détective, et je vous défends de me faire la morale !

— Et toi, tu devras arrêter de t'en prendre à la terre entière. Tu n'es pas en colère contre moi, Fay, ni contre tes codétenues, ni contre l'institution. Tu n'en veux qu'à ceux qui ont tué ta mère et ta tante. Moi, je te propose de faire un tour sur ton ancien territoire, de regarder quelques photos anthropométriques et de nous dire tout ce que tu sais sur Hagar et ses hommes. Je t'offre une chance de jeter ces salauds derrière les barreaux.

— Je ne veux pas qu'Hagar aille en taule. Je veux qu'il crève, et d'une façon longue et douloureuse.

Schaeffer secoua la tête.

— Je te rappelle que nous vivons dans un État de droit, Fay, et qu'il n'est pas question de livrer les criminels à la torture. Tout ce que je peux te garantir, c'est qu'Hagar restera très, très longtemps en prison.

— Si j'en avais l'occasion, je le tuerai sans hésiter, dit Fay en avalant une dernière cuillerée de McFlurry.

— Allons, sourit Schaeffer. Tu n'es pas une meurtrière, juste une fille de quinze ans.

— Et je ne suis pas non plus une balance.

— Tu es sérieuse ? Tu refuserais de passer quelques heures à aider la police dans une enquête visant l'assassin de tes proches ?

— Je n'ai besoin de personne pour régler mes problèmes.

— Ta tante et ta mère étaient toutes deux plus âgées et plus expérimentées que toi. Et pourtant, Hagar a fini par les avoir. Son gang est sans doute plus puissant aujourd'hui qu'il y a dix-huit mois. Quoi qu'il arrive, je te supplie de renoncer à toute vengeance personnelle.

Fay baissa la tête puis observa quelques secondes de silence.

— En fait, j'aimerais que vous partiez, dit-elle.

Schaeffer sortit une carte de visite de la poche de sa veste, mais Fay refusa de la prendre.

— Très bien, dit-il. Je la laisse sur le rebord de la fenêtre. Et je t'en supplie, s'il te prend l'idée de faire une bêtise, passe-moi un coup de fil avant de passer à l'action.

# 10. Vingt-cinq pour cent

Après des années de tracas causés par les fuites et le dysfonctionnement général des systèmes électroniques, les innombrables panneaux *hors service* et les seaux destinés à recueillir les eaux de pluie avaient enfin disparu du centre de contrôle.

Ryan se dirigeait vers le portail sécurisé lorsqu'il entendit des pas précipités dans son dos. Il jeta un coup d'œil pardessus son épaule et vit Ning accourir dans sa direction. Il lâcha son sac à dos et adopta une posture de combat.

— Eh, du calme, sourit sa camarade en levant les mains en signe de paix. Calme-toi, ton heure n'est pas encore venue.

— On pourrait régler ça tout de suite, si tu préfères. Allez, vas-y, frappe-moi. Évite juste le nez… et les parties sensibles.

— Je trouve beaucoup plus amusant de faire durer le suspense, gloussa Ning.

— Ce n'est pas moi qui ai eu l'idée de faire le mort, dit Ryan. Tu devrais t'en prendre à Théo.

— Oh, vraiment très classe de s'en prendre à son petit frère de neuf ans. Sache que je ne lui ferai jamais de mal. Il est beaucoup trop mignon.

— Ne te fie pas aux apparences. Il est démoniaque. Je parie qu'il va faire des étincelles pendant le programme d'entraînement.

— À propos d'entraînement, j'ai reçu un e-mail de Speaks. J'ai réussi l'exercice, donc pas de séance solo pour moi.

— Quand as-tu reçu le résultat ?

— À la fin du cours de français, quand j'ai rallumé mon mobile.

Ryan sortit son iPhone de sa poche et ouvrit l'application Mail. Il lut à haute voix le message trouvé dans la boîte de réception.

— Performance acceptable... Bonne forme physique... Excellente coordination avec les coéquipiers... Aucune nécessité de suivre un entraînement individuel. Ouf, je suis soulagé.

— Je suis contente pour toi, sourit Ning. Tu vas au centre de contrôle ?

— Oui, dit Ryan, visiblement contrarié. J'ai rendez-vous avec James Adams.

— Ah, moi aussi. Mais pourquoi tu fais cette tête ? Je l'ai trouvé plutôt sympa, pendant le stage de conduite avancée.

— Oui, moi aussi. Le problème, c'est qu'il vient juste d'être promu contrôleur. S'il s'agissait d'une opération importante, on aurait été convoqués par des pointures comme John Jones ou Ewart Asker.

— Oh, je vois. On va sûrement récolter une mission standard. Il est peu probable que j'obtienne mon T-shirt noir, mais ça fait trois mois que je suis coincée au campus, et j'ai hâte de prendre l'air.

Lorsqu'ils eurent atteint le portail sécurisé du bâtiment, Ning colla un œil au panneau d'accès à reconnaissance rétinienne. Le dispositif émit quelques signaux sonores, la porte s'entrouvrit puis un message apparut sur un écran de contrôle :

*Veuillez vous rendre en salle 7A.*

Ryan se glissa derrière sa coéquipière avant que la porte ne se referme puis ils se présentèrent à l'entrée du bureau occupé par James Adams, une vaste pièce dont les fenêtres donnaient sur la forêt.

— Entrez et asseyez-vous, dit-il.

James, vingt-deux ans, physique d'athlète et cheveux blonds, essayait de se faire pousser la barbe avec plus ou moins de bonheur. Ning considéra avec étonnement les étagères intégralement vides.

— Je sais, c'est plutôt zen, dit James. Cela ne fait qu'une semaine que je suis ici. Bientôt, je croulerai sous les dossiers.

— Alors ça y est, tu es contrôleur à plein-temps ? demanda Ryan.

— Affirmatif. Et comme j'ai été agent avant vous, je sais ce que vous vous dites : en tant que débutant, on ne me confie que des missions de routine.

Ning et Ryan échangèrent un regard entendu.

— Mais détrompez-vous, la mission que je vais vous confier n'a rien d'une partie de rigolade. Si nous remplissons tous nos objectifs, nous pourrions remonter à la source d'une importante organisation criminelle. Vous vous souvenez de vos cours sur les produits stupéfiants ?

Les agents hochèrent la tête.

— Je vais quand même me permettre de vous rafraîchir la mémoire, poursuivit James. Notre affaire est liée au trafic de cocaïne qui, comme vous le savez, est tirée des feuilles de coca, généralement en Amérique du Sud. Le produit fabriqué dans des laboratoires en pleine campagne est pratiquement pur. C'est sous cette forme, conditionné en briques sous vide, qu'il est introduit en Angleterre. Et c'est là que les choses se compliquent. Car afin de maximiser leurs profits, les dealers coupent la coke avec divers adjuvants ayant à peu près le même aspect, comme le lactose, la levure, la lidocaïne, le talc et même la craie réduite en poudre.

— Tous les dealers transforment leur marchandise ? demanda Ning.

— Oui, tous. Les trafiquants qui entrent en possession d'un stock de cocaïne en provenance directe du lieu de fabrication le coupent de façon à proposer un produit pur à quarante pour cent. Un dealer moyen descend la qualité à trente pour cent. Le petit revendeur, lui, fourgue son poison au gramme à moins de vingt pour cent. Une partie de la coke vendue dans la rue est d'une qualité si médiocre qu'il est arrivé que certains dealers arrêtés par la police soient remis en liberté parce que leur camelote ne contient pas la moindre molécule illégale.

— Et je suppose que ces adjuvants ne sont pas inoffensifs, dit Ryan.

— Sniffer de la craie ou des laxatifs pour bébés n'est pas génial pour la santé, et les résultats sont même catastrophiques pour ceux qui consomment la coke par voie intraveineuse. Selon les spécialistes, certains de ces produits sont bien plus dangereux que la drogue elle-même, ce qui n'est pas peu dire.

James ouvrit le seul dossier qui se trouvait sur son bureau.

— Il y a quelques années, un policier allemand a eu une idée géniale : analyser tous les produits saisis lors des opérations antidrogue dans son pays et établir une base de données en fonction de leur qualité. Puis il a concentré ses enquêtes sur les zones où s'échangeait la marchandise la plus pure. Vous comprenez pourquoi ?

Ryan hocha la tête.

— Parce que la cocaïne est coupée à chaque étape, de l'importateur au plus minable revendeur, répondit-il. Si on trouve de la coke très pure sur un territoire, c'est qu'on se rapproche du gros bonnet qui l'y a fait entrer.

— En plein dans le mille, sourit James.

Ryan et Ning échangèrent un regard entendu.

— Alors je parie que notre mission aura lieu à un endroit où la marchandise est d'excellente qualité, dit cette dernière.

— Kentish Town, répondit James. Produit pur à vingt-cinq pour cent.

— Seulement ? s'étonna Ning.

— C'est le maximum qu'un consommateur puisse trouver dans la rue. La saloperie dont il est question dans notre affaire est coupée à deux parts de lactose et une de lidocaïne, un produit qui imite les effets anesthésiants de la coke. Selon les analyses des services scientifiques de la police, les mêmes adjuvants sont retrouvés dans toutes les saisies pratiquées dans le quartier. Ce qui signifie que toute la drogue a été coupée lors d'une seule opération de grande ampleur.

James consulta une fiche anthropométrique.

— Le commerce de la cocaïne et de l'héroïne dans cette partie de Londres est orchestré par un individu nommé Erasto Ali Anwar, plus connu sous le nom d'Hagar. Il est basé à Kentish Town, mais son réseau de revente s'étend aux quartiers d'Islington, de Camden, de Hackney et de Haringey, ainsi qu'à certains clubs du centre de Londres. Selon les stups de Kentish Town, il fait appel à des adolescents, exclusivement des garçons. Nombre d'entre eux fréquentent L'Abri, un club pour la jeunesse géré par une association caritative.

James s'adressa directement à Ryan.

— Pour toi, il s'agira d'une mission standard. Tu iras au collège du quartier et tu traîneras à L'Abri. Avec un peu de chance, en quelques semaines, tu pourras intégrer l'équipe d'Hagar et commencer à rassembler des informations.

— Vous avez dit qu'Hagar trafiquait aussi l'héroïne. Je travaillerai sur les deux filières ?

— Non. Les analyses montrent que l'héroïne vendue par Hagar est de qualité pauvre à moyenne. Il est donc peu probable qu'il ait importé cette saloperie.

— Et moi ? intervint Ning. Qu'est-ce que je viens faire dans cette histoire, si le réseau ne recrute que des garçons ?

— Toi, je te réserve un rôle particulier, dit James en lui adressant un large sourire. La police a identifié une source potentielle de renseignements. Le problème, c'est que cette source refuse catégoriquement de collaborer avec les autorités. Nous savons seulement qu'elle en sait long sur le gang, et qu'elle a un vieux compte à régler avec Hagar. Ton rôle consistera à l'approcher, à gagner sa confiance et à recueillir ses confidences. Il n'est pas dit que cette piste donne quoi que ce soit de concluant, mais elle mérite d'être creusée.

## 11. L'Abri

En entrant dans la cellule d'isolement, Wendy trouva Fay assise au bout du lit, ses affaires rassemblées à ses pieds.

— Alors, tu es enfin décidée à te comporter correctement ? demanda-t-elle.

— Vous n'imaginez même pas. Vous verrez, je vous manquerai, quand j'aurai été remise en liberté.

Manuels scolaires sous le bras, Fay regagna sa chambre. Elle composa le code à quatre chiffres de son casier, s'empara d'une serviette et de vêtements propres puis rejoignit la salle de douche collective. Lorsqu'elle eut pris sa douche – la première en cinq jours –, elle trouva une fille d'origine chinoise assise sur le lit de sa camarade de cellule, un cahier de classe sur les cuisses.

— T'es qui, toi ? gronda-t-elle. Où est passée Amber ?

— Elle a été transférée dans une unité plus cool jusqu'à sa libération.

— Pardon ? cria Fay.

— Eh, je n'y suis pour rien, dit Ning sans détourner les yeux de son calepin. Si ma présence te pose un problème, tu n'as qu'à te plaindre à la direction.

Fay se tourna vers son lit.

— Où sont mes oreillers ?

— Dans mon dos, répondit Ning.

— Qui t'a autorisée à y toucher ?

— J'avais besoin de quelque chose pour caler mon dos.

Fay n'en croyait pas ses oreilles. Aucune de ses codétenues n'avait jamais osé lui tenir tête.

— Tu peux répéter ? gronda-t-elle.

— Oh, je comprends, dit Ning. Tu as des problèmes d'audition.

Puis elle hurla à plein poumons :

— JE T'AI PIQUÉ TES OREILLERS PARCE QUE J'AVAIS BESOIN DE QUELQUE CHOSE POUR CALER MON DOS !

Fay se planta devant sa rivale et serra ostensiblement les poings.

— Rends-les-moi ou je t'encastre la tête dans le mur !

— La vache, qu'est-ce que tu peux être mal élevée... soupira Ning.

Ne pouvant en supporter davantage, Fay tenta de lui porter une gifle. À sa grande surprise, cette dernière intercepta son poignet, lui porta un double coup de pied à l'estomac puis, tandis qu'elle se pliait en deux sous l'effet de la douleur, essaya de lui infliger une clé de bras.

D'un coup de reins, Fay parvint à se dégager puis à frapper Ning dans le dos.

— Mais tu sais te battre ! dit cette dernière avant d'enchaîner directs et crochets, la forçant à reculer dans l'angle où étaient aménagés les casiers.

Fay lut parfaitement la trajectoire de son adversaire. Elle décocha un coup de pied sauté qui l'atteignit en pleine poitrine et la projeta contre la fenêtre.

Ning avait été informée que Fay pratiquait le kickboxing, mais elle ne s'attendait pas à rencontrer une telle opposition et à être confrontée à une allonge nettement supérieure à la sienne. Après un échange confus mêlant claques et coups de pied, elle saisit la jeune détenue par les cheveux, la jeta sur son lit, s'allongea sur elle de tout son poids et l'immobilisa en plantant un coude entre ses omoplates.

À cet instant, une surveillante fit irruption dans la cellule.

— Qu'est-ce que c'est que ce vacarme ? gronda-t-elle.

Ning lâcha sa victime.

— Rien du tout, mademoiselle.

Fay roula sur le dos et adressa à la femme un sourire factice.

— Juste un chahut entre copines, confirma-t-elle.

— Je vous ai à l'œil, toutes les deux, menaça la surveillante avant de quitter la cellule.

Ning se laissa tomber sur son matelas puis jeta les oreillers en direction de Fay qui, la mine sombre, massait son coude douloureux.

— Qui t'a enseigné le kickboxing ? demanda-t-elle.

— Ma tante. Et toi ?

Afin d'éviter toute gaffe, James et Ning avaient élaboré un scénario de couverture aussi proche que possible de la réalité.

— J'ai grandi en Chine, et j'ai effectué une partie de ma scolarité dans une académie sportive, où j'ai pratiqué la boxe et les arts martiaux.

— Je comprends mieux. Tu es la seule fille de ce centre à qui je n'ai pas réussi à foutre une raclée. Au fait, je m'appelle Fay.

— Enchantée. Moi, c'est Ning.

Les deux filles se penchèrent en avant et cognèrent leur poing droit l'un contre l'autre.

— Alors, comment as-tu atterri ici, Ning ?

— J'ai fait le mur du foyer où j'étais placée et je suis revenue complètement bourrée. Je ne sais pas trop pourquoi, je suis entrée dans le bureau de l'éducateur de permanence et je lui ai cassé les deux bras.

Fay éclata de rire.

— Eh ben, tu ne fais pas dans la dentelle ! Et tu en as pris pour combien ?

— Trente jours, mais j'ai déjà passé trois semaines dans l'autre aile. Je suis dans cette cellule parce que je me suis battue, mais je n'ai plus que sept jours à tirer. Et toi ?

— Ils m'ont collé dix-huit mois pour avoir tailladé la gueule d'un flic. Je sors dans une semaine.

— Un flic ? La vache, ça ne rigole pas.

— Ça vaut bien tes deux bras cassés, dit Fay. Cet éducateur, il doit être drôlement emmerdé quand il va aux toilettes.

Alors, Ning prononça une phrase capitale pour la suite de sa mission.

— Au moins, toi, tu vas retrouver ta famille et tes amies à la sortie.

— Qu'est-ce que tu en sais ? répliqua Fay.

— Je ne sais pas... C'est juste une supposition. Moi, je n'ai personne à l'extérieur. Ma mère est morte et mon père est en prison en Chine. Je vais encore être placée dans un foyer pourri du côté d'Islington.

— Islington ? Dans quel coin, exactement ?

— Tufnell Park.

— C'est dingue, j'ai vécu là-bas presque toute ma vie, s'exclama Fay. C'est bizarre, on a plein de trucs en commun. Moi non plus, je n'ai personne. Ma mère est morte il y a un bail, et ma tante a été assassinée.

— Je suis désolée, dit Ning.

Fay observa quelques secondes de silence, puis elle esquissa un sourire.

— Finalement, c'est dommage que tu ne sois pas arrivée ici quelques mois plus tôt. À l'heure qu'il est, on aurait pris le contrôle de cette prison, toi et moi.

.:.

James Adams tourna la poignée d'accélérateur de sa Triumph Bonneville 865 cc et passa sous un pont ferroviaire à plus de cent dix kilomètres heure. Il frôla un bus à impériale, passa à hauteur d'un passage piéton puis dépassa un monospace à l'intérieur, au ras du trottoir.

Il ralentit brutalement avant d'aborder un virage sur la droite puis de ralentir à l'approche de la cité Pemberton, un ensemble de bâtiments en briques comportant trois étages. Il franchit un portail puis s'arrêta dans une petite cour pavée.

Ryan, qui avait effectué tout le trajet cramponné au dos de son contrôleur de mission, put enfin desserrer son étreinte, mettre pied à terre et retirer son casque.

James jeta un coup d'œil à sa montre.

— Une heure, trente-six minutes, sourit-il. On peut dire qu'on n'a pas traîné. La balade t'a plu, Ryan ?

L'intéressé tremblait de peur et de colère.

— Tu es un grand malade, tu sais ça ? s'étrangla-t-il.

James posa une main rassurante sur son épaule.

— Je roule depuis quatre ans et je n'ai jamais eu le moindre pépin. *Ralentis, James ! J'ai mal au cœur, James ! Attention aux enfants qui traversent, James !* Tu es pire que ma copine Kerry, qui ne veut plus jamais monter derrière moi.

— Moi non plus, je ne remonterai plus jamais derrière toi, grogna Ryan.

James haussa les épaules.

— Comme tu voudras. Mais pour rentrer au campus, tu devras prendre un bus, puis un train, changer deux fois et terminer en taxi. Maintenant, voyons ce que l'équipe de relocalisation nous a préparé.

Ryan entra dans le hall du bâtiment A de la cité Pemberton, sortit une clé de la poche de son jean puis, d'une main tremblante, ouvrit l'une des portes du rez-de-chaussée.

L'appartement était de taille modeste mais confortablement aménagé. En visitant sa chambre, Ryan constata que ses vêtements étaient déjà rangés dans l'armoire, et que l'équipement nécessaire à l'accomplissement de la mission se trouvait dans un flightcase au pied de son lit.

— Ils ont fait les courses chez Waitrose, dit James en plaçant une barquette dans le micro-ondes de la cuisine. Mon Dieu, c'est d'un snob... Tu as faim ?

— Non. Après ce que tu viens de me faire subir, je crois que je vais laisser mes tripes au repos pendant une semaine.

— Petite nature !

Ryan marcha jusqu'à l'évier puis écarta deux lames du store vénitien donnant sur l'arrière du bâtiment. Au-delà d'un jardin étroit se dressaient trois immeubles formant un U ; au centre, une aire de jeux bétonnée et une construction de métal rouillé dont une paroi était ornée d'une inscription formée de grandes lettres multicolores : *L'Abri – Centre de jeunesse.*

## 12. Bouclage général

Après avoir englouti un solide petit déjeuner composé d'œufs, de bacon et de champignons, Ryan regagna sa chambre afin de passer l'uniforme scolaire de St Thomas, qui se distinguait par un blazer vert associé à une cravate club à dominante jaune et blanc.

— Souviens-toi de ce dont nous avons parlé lors du briefing, dit James. Pour être accepté par les dealers, tu devras adopter une attitude rebelle et faire preuve d'une certaine brutalité, sans pour autant passer pour un type instable.

— Oui, je sais, soupira Ryan.

— Et la liste transmise par les flics de Kentish Town, tu y as jeté un dernier coup d'œil ?

— Ne t'inquiète pas. J'ai étudié le profil et les photos de nos cibles une bonne centaine de fois. Leurs visages sont gravés dans ma mémoire.

Le quartier de Kentish Town n'était pas connu pour la qualité de ses établissements scolaires, et St Thomas, de l'avis général, était le pire de tous. Lorsque Ryan entra dans le préau du vieux bâtiment de style victorien, la puanteur qui émanait des toilettes lui sauta aux narines. Il se présenta à la loge, où on lui demanda de se rendre au deuxième étage et de se présenter au bureau de Mr Kite, son professeur principal.

— Bienvenue à St Thomas, dit l'homme en lui serrant fermement la main. Pour commencer, aurais-tu l'amabilité de rentrer ta chemise dans ton pantalon ?

Ryan s'exécuta de mauvaise grâce, puis s'assit pour écouter un discours assommant sur la nécessité de rattraper le programme de l'année, puis sur la politique de l'établissement en matière de harcèlement et d'actes racistes.

Lorsque Mr Kite l'autorisa à quitter le bureau après cet interminable monologue, Ryan se présenta en cours de science avec plus de vingt minutes de retard. Il déboula dans la salle de classe et courut s'asseoir au dernier rang.

— Peut-on savoir ce que vous faites, jeune homme ? demanda le professeur, un individu barbu portant une veste en tweed affreusement démodée.

Ryan jeta un regard interrogateur aux élèves qui l'entouraient.

— Ben, je m'assois sur une chaise, lâcha-t-il sur un ton provocateur, suscitant l'hilarité générale.

— Sachez que vous ne pouvez pas arriver à mon cours avec un tel retard sans fournir d'explication. De plus, vous ne vous êtes même pas présenté.

Ryan lâcha un soupir exaspéré, quitta sa place, se traîna jusqu'à l'estrade puis présenta son carnet de correspondance. Tandis que le professeur étudiait son emploi du temps, il se tourna vers la classe et reconnut deux individus figurant sur la liste communiquée par la police de Kentish Town.

— Vous devriez vous trouver en cours de science avec Miss Dingwall, annonça l'enseignant. Est-ce que je ressemble à Miss Dingwall, selon vous ?

Ryan esquissa un sourire.

— Aucune idée. Je n'ai pas eu le plaisir de la rencontrer.

Le professeur le dévisagea en silence.

— Je veux dire… l'existence des femmes à barbe est un fait scientifiquement avéré, ajouta Ryan.

Un concert d'éclats de rire salua cette provocation.

Le professeur fronça les sourcils et pointa un doigt vers le couloir.

— Deux classes plus loin.

— Oh, toutes mes excuses, s'esclaffa Ryan avant de se diriger vers la sortie.

— Je n'aime pas beaucoup votre attitude, gronda le prof, mais pour cette fois, j'aurai la bonté de ne pas en avertir Mr Kite.

Ryan claqua ostensiblement la porte derrière lui, remonta le couloir au pas de course puis fit irruption sans frapper dans la classe de Miss Dingwall.

— Oh, notre nouvel élève, je suppose ? dit-elle avec un accent distingué. Tu es un peu en retard et nous sommes sur le point de commencer une expérience. Va t'asseoir et copie rapidement le schéma figurant au tableau. Je viendrai t'aider à tout mettre en place.

— Ça roule, répondit Ryan.

En se tournant vers les élèves, il reconnut au premier coup d'œil trois garçons de la liste. Il s'installa à une table inoccupée à côté d'Abdi, un garçon d'origine somalienne présentant un fort embonpoint.

— Mademoiselle, je n'ai rien pour écrire, lança Ryan.

Miss Dingwall remonta la travée centrale puis posa devant lui un cahier, un manuel de science et une liasse de photocopies.

Tandis qu'elle l'aidait à installer le matériel destiné à l'expérience, les élèves se mirent à bavarder, puis à chahuter, si bien qu'elle dut regagner l'estrade pour leur intimer le silence.

— Salut, moi c'est Ryan, dit-il en se tournant vers son voisin.

Abdi le regarda droit dans les yeux.

— Et qu'est-ce que ça peut bien me foutre ? grogna-t-il.

∴

Après l'extinction des feux, Fay et Ning bavardèrent dans l'obscurité. Elles parlèrent de leurs goûts en matière de cinéma et de musique, puis elles partagèrent des projets d'avenir.

— Tout le monde dit que je ne suis qu'une gamine, dit Fay, mais je ne laisserai pas les ordures qui ont tué ma mère s'en tirer comme ça.

— Tu ne peux pas t'attaquer seule à un gang tout entier, l'avertit Ning. Tu devrais peut-être réfléchir à la proposition du flic dont tu m'as parlé.

— Tu me prends pour une balance ?

Elles ne s'endormirent qu'aux alentours de trois heures du matin. Lorsqu'une surveillante prénommée Sarah les réveilla cinq heures plus tard, elles se sentaient singulièrement épuisées et irritables.

Les détenues avaient l'obligation de suivre des cours, mais les enseignants étaient confrontés à des élèves d'âges et de niveaux divers, dont certaines ne parlaient pas un mot d'anglais.

Fay et Ning s'installèrent au fond de la salle de classe, croisèrent les bras sur leur table, y posèrent la tête et se rendormirent sans que leur professeur ne s'en émeuve. À quatorze heures, les résidentes furent autorisées à regagner leur cellule.

— Le personnel du centre est plutôt maigre, aujourd'hui, fit observer Fay. Il n'y a que Wendy et son assistante. Et si on foutait le bordel ?

— Tant que ma peine n'est pas rallongée, dit Ning.

— T'inquiète, il n'y a qu'une cellule disponible, et je te parie cinq livres que j'aurai la priorité.

Tandis que la plupart des filles se changeaient pour assister à un match de basket organisé dans la cour de promenade, Fay entraîna Ning jusqu'à la buanderie.

— Aide-moi à la tirer, dit-elle en désignant l'une des machines à laver.

Lorsqu'elles l'eurent écartée d'une cinquantaine de centimètres, Fay dévissa le tuyau flexible qui la reliait à la conduite principale, libérant un torrent d'eau froide.

— Balance de la lessive, ajouta-t-elle.

Ning s'empara d'un baril posé dans un angle de la pièce et en renversa le contenu sur le sol.

— L'anarchie vaincra ! cria Fay avant de quitter précipitamment la buanderie et de rejoindre la cellule, sa camarade sur les talons.

Elles s'assirent sagement sur leur lit et attendirent que les surveillantes soient informées de leur opération de sabotage. Izzy fut la première à voir un flot de mousse déferler dans le couloir.

— Mademoiselle, la buanderie est inondée ! cria-t-elle en se tournant vers le bureau de Wendy.

Fay et Ning se levèrent puis jetèrent un coup d'œil à l'extérieur de la chambre.

— Sarah, on a un problème ! lança la surveillante en se ruant vers le lieu du sinistre, de la mousse jusqu'aux mollets. Izzy, cours chercher le technicien. Bon sang, je ne sais pas comment on coupe l'eau…

Lorsque sa collègue l'eut rejointe, Fay et Ning se précipitèrent dans le bureau de Wendy. La première ouvrit l'armoire où étaient conservés les dossiers des détenues et les éparpilla sur le sol. La seconde retourna les tiroirs contenant stylos, tampons encreurs et formulaires administratifs.

Les autres filles s'étaient regroupées dans le couloir afin d'assister au massacre. Deux d'entre elles, hilares, se joignirent au pillage, dispersant tout ce qui leur tombait sous la main dans le couloir inondé. Son forfait accompli, Fay quitta le bureau et pataugea jusqu'à la cellule d'Izzy. Accroupie devant la porte, Chloé tentait vainement d'endiguer la catastrophe à l'aide d'une serviette éponge.

— Sale petite balance, gronda Fay en la repoussant des deux mains à l'intérieur de la cellule.

Elle lui porta un violent coup de pied à la cuisse, puis la jeta sur sa couchette. En dépit du dégoût que lui inspirait ce spectacle, Ning ne pouvait intervenir sans prendre le risque de perdre la confiance de sa cible.

— Vous allez regretter de m'avoir dénoncée, toi et ta petite copine, menaça Fay avant de porter un direct au visage de Chloé.

Lorsqu'elle arma un autre coup de poing, Ning saisit son bras.

— Arrête, dit-elle sur un ton ferme. Cette connasse ne vaut pas la peine de passer une semaine à l'isolement.

Par chance, Fay se montra sensible à cet argument.

— On dirait que c'est ton jour de chance, grogna-t-elle avant de cracher au visage de Chloé.

— Allez, on retourne en cellule, la pressa Ning.

Lorsqu'elles s'engagèrent dans le couloir, elles virent quatre hommes en tenue antiémeute progresser en direction du bureau. Parvenus à hauteur de la buanderie, ils plaquèrent brutalement Izzy contre le mur.

— Bouclage général ! ordonna l'un d'eux. Tout le monde regagne sa cellule !

Joignant l'acte à la parole, ils repoussèrent les détenues sans ménagement. L'une d'elles trébucha et s'étala de tout son long dans la mousse qui recouvrait le carrelage. Un gardien planta le talon de sa botte dans son ventre.

— Vous n'avez pas entendu les ordres ? hurla-t-il avant de la traîner par un bras vers sa chambre.

Si Ning s'inquiétait du traitement infligé à ses codétenues, Fay rejoignit la cellule d'un pas tranquille puis se laissa tomber sur son lit. Là, elle contempla ses phalanges tachées de sang et éclata d'un rire sans joie.

## 13. Par surprise

Écœuré par l'odeur de bacon grillé provenant de la cuisine, Ryan plongea la tête sous la couette. Il aurait donné cher pour rester couché et ne pas avoir à affronter sa troisième journée de cours à St Thomas.

Mais James ne tarda pas à débouler dans la chambre.

— Lève-toi ou tu vas finir par te mettre en retard ! cria-t-il. Le petit déjeuner sera prêt dans une minute.

Lorsqu'il vit émerger la tête de son agent, il comprit que quelque chose ne tournait pas rond.

— Qu'est-ce qui t'arrive, bonhomme ? Tu n'as pas l'air dans ton assiette.

— Non, non, tout va bien, dit-il.

— Arrête, je vois bien que quelque chose ne tourne pas rond, dit James en s'asseyant au bout du lit. Si tu n'as pas envie de m'en parler, je peux organiser un entretien téléphonique avec un psy du campus.

— Ce n'est pas la peine, s'étrangla Ryan, craignant que ce moment de faiblesse n'ait des conséquences négatives sur sa carrière à CHERUB. C'est juste que...

Constatant qu'il peinait à trouver ses mots, James commença à s'impatienter.

— Bon sang, Ryan, lâche le morceau. Je ne vais pas te mordre.

— C'est à cause des garçons de la liste. Pas moyen de les approcher. Je suis complètement nul...

James fronça les sourcils.

— Tu as obtenu le T-shirt noir, il me semble. Tu dois bien avoir quelques qualités.

— Mais je n'ai qu'une mission à mon actif, et elle a duré une éternité. Au début, j'ai dû me lier à un garçon, Ethan, et ça a été l'enfer. Non, vraiment, ce n'est pas mon truc.

— Je n'attends pas des résultats immédiats, Ryan. Tout ce qui compte, c'est que nos objectifs soient remplis à l'issue de l'opération.

— Tu ne comprends pas. Certains agents, comme Ning, sont capables de se faire des amis en quelques minutes. Moi, je vais d'échec en échec.

— J'avoue que je n'ai jamais connu ce problème, dit James. Il faut rester détendu, ne pas y aller en force… et bénéficier d'un peu de chance.

Ryan se tint la tête entre les mains.

— J'en suis incapable. J'ai essayé de parler à Abdi, mais je me suis fait jeter. Quant aux autres élèves de la liste, on dirait qu'ils font tout pour m'éviter.

— Je vois. Et ton état d'anxiété ne doit pas faciliter les choses. Je vais tâcher de trouver un moyen de te sortir de ce cercle vicieux.

— À quoi tu penses ?

— Ces garçons, où ont-ils l'habitude de traîner ?

— À L'Abri, répondit Ryan.

— Oui, ça, je sais, merci. Mais n'y a-t-il pas un endroit où ils se rassemblent, près de St Thomas, pendant la pause déjeuner ou après les cours ?

Ryan hocha la tête.

— Si, une aire de jeux. Ils y vont tous les midis.

— Très bien, dit James en frottant pensivement sa barbe. Je vais voir ce que je peux faire. En attendant, garde ton téléphone allumé. Il faut que je puisse te contacter à tout moment.

⁂

Au terme des trois jours d'isolement que lui avait valu son coup d'éclat, Fay tomba littéralement dans les bras de Ning.

— Ningo ! Qu'est-ce que je suis contente de te revoir !

— Eh bien, qu'est-ce que ça va être quand tu apprendras la grande nouvelle… Figure-toi qu'on a reçu nos papiers de sortie. On sera libérées samedi.

Tout sourire, Fay s'empara de l'enveloppe à son nom posée sur le rebord de la fenêtre, mais ses traits s'affaissèrent quand elle prit connaissance de son contenu.

— Ils m'envoient dans une famille d'accueil à Elstree, dit-elle. Tu as déjà entendu parler de ce bled ?

— C'est au nord de Londres, dit Ning. Du côté de Barnet, il me semble.

— Mais ils n'ont pas le droit ! Ils sont censés me trouver une solution d'hébergement dans le secteur où j'ai été arrêtée.

Sur ces mots, Fay quitta la cellule puis fit irruption sans frapper dans le bureau de Wendy.

— Elstree ! hurla-t-elle. Il n'est pas question que je m'enterre dans ce trou. Je ne me laisserai pas faire. Je vous signale que je connais le règlement.

Accablée de devoir affronter une énième fois sa détenue la plus agitée, Wendy leva les yeux au ciel.

— Tu as été arrêtée à Camden, dit-elle sur un ton très calme, mais il se trouve que ce district dispose d'un réseau de familles d'accueil étendu aux municipalités voisines. Et vu que ta tante a été victime d'un gang local, les autorités ont estimé qu'il valait mieux que tu ne vives pas dans le même quartier.

— Si Hagar avait voulu ma mort, je ne serais déjà plus de ce monde. Vu mon âge, il ne me considère pas comme une menace.

Wendy resta sourde à cet argument.

— Tu te plairas à Elstree, dit Wendy. Et je te rappelle que tu n'as ni amis ni parents à Camden.

— On ne m'a même pas demandé mon avis.

— Tu as passé ton temps à l'isolement, Fay. Ce n'est pas l'idéal pour établir le dialogue.

— Bien sûr, tout est ma faute, comme d'habitude ! tempêta Fay avant de quitter le bureau.

Elle déboula dans la cellule et donna un violent coup de pied dans son casier.

— Ça va, n'en fais pas tout un drame, la rassura Ning. On ne sera pas si loin l'une de l'autre. On pourra se rendre visite.

— Et tu seras où, toi ?

— Au centre Nebraska, un foyer du nord d'Islington.

∴

Après une troisième matinée passée à observer vainement ses cibles, Ryan s'offrit un hot-dog et une barquette de frites dans un établissement situé à proximité de St Thomas, puis il se dirigea d'un pas nerveux vers l'aire de jeux.

Les garçons figurant sur la liste formaient un petit groupe composé d'élèves de seconde et de première. Ryan les trouva assis sur une rampe de skateboard. Non loin de là, une bande de gamins de cinquième se défoulait sur les balançoires et le tourniquet.

Il s'assit sur un muret à distance de son objectif et entama son hot-dog lorsque son iPhone émit un signal sonore signalant la réception d'un SMS.

EN PLACE ?

D'un doigt souillé de ketchup, il composa une réponse.

QUAND TU VEUX.

Deux minutes plus tard, six garçons portant le blazer noir de la Dartmouth Park School investirent les lieux. En réalité, aucun d'eux n'avait jamais fréquenté cet établissement. Ils étaient tous agents de CHERUB. Parmi eux, Ryan reconnut Max, Alfie et un colosse prénommé Jimmy dont les poings énormes semblaient capables de fendre des rochers.

— St Thomas ! cria ce dernier en avançant vers la rampe de skateboard. Qu'est-ce que vous foutez ici, si loin de votre territoire ? Vous êtes chez nous. Dégagez de là.

Ali, l'un des suspects figurant sur la liste, mordit aussitôt à l'hameçon.

— Faites pas chier. Vous avez le parc du réservoir, juste derrière Dartmouth.

Jimmy éclata de rire.

— On a décidé d'agrandir notre territoire.

Ryan avala ses dernières frites. Huit de ses cibles se levèrent puis marchèrent à la rencontre des agents de CHERUB.

— Si vous tenez à votre peau, vous feriez mieux de vous casser, menaça André, un élève de sa classe.

Pour toute réponse, Alfie DuBoisson lui porta un direct en plein visage.

— C'est *notre* parc ! gronda-t-il.

Les élèves de St Thomas se lancèrent à l'assaut des intrus. Les coups volèrent dans toutes les directions. En quelques secondes, comme c'était à prévoir, les agents envoyèrent deux adversaires au tapis. Max s'en prit à un garçon qui brandissait un bâton, le désarma et lui fouetta violemment les mollets.

Affolés par cette scène de violence, les enfants les plus jeunes prirent leurs jambes à leur cou. Ryan estima qu'il était temps d'entrer en scène.

— Vous vous prenez pour des durs ? lança-t-il en se dirigeant vers ses propres coéquipiers, les poings serrés et le torse bombé.

Sur ces mots, il se planta devant Alfie. Ils s'étaient affrontés sur les tatamis du dojo à de nombreuses reprises, et Ryan avait toujours été largement dominé, mais l'issue de ce combat était réglée d'avance. Touché par un coup de pied circulaire, son camarade porta une main à son torse et s'effondra comme une masse.

Jimmy tenait la tête d'un Somalien prénommé Youssef sous son bras. Un coup tranchant sur la nuque le força à lâcher prise. Ryan tendit l'index et le majeur de la main droite puis, d'un geste sec, fit mine de lui porter une attaque au niveau des yeux.

Tandis que sa victime titubait en arrière, les mains plaquées sur le visage, un autre agent de CHERUB se précipita sur lui. Un croc-en-jambe le fit rouler dans la poussière.

— Vous en voulez encore ? hurla Ryan.

Alfie se redressa péniblement, tourna les talons puis prit ses jambes à son cou. Un à un, les autres agents l'imitèrent.

Lorsque les garçons de St Thomas eurent repris leurs esprits, Abdi se traîna vers Ryan et lui lança une claque amicale dans le dos.

— Comment tu lui as crevé les yeux, à ce gros con ! sourit-il. On n'est pas près de le revoir traîner dans le coin, celui-là !

— Où est-ce que tu as appris à te battre ? demanda André.

— Je n'arrête pas de changer d'école. Quand on est nouveau, il y a toujours un abruti pour chercher les emmerdes. Alors disons que j'ai pas mal d'expérience.

— Excellent ! s'exclama un garçon en lui en tapant cinq. Heureusement que tu étais là. Ils nous ont pris par surprise, ces salauds.

— Où est-ce que tu crèches ? demanda André.

— À la cité Pemberton, répondit Ryan. Mes parents sont morts, alors je vis avec mon frère. Comme il a trouvé du boulot dans le coin, je crois qu'on va se poser ici un moment, pour une fois.

— Tu devrais venir à L'Abri, un de ces jours, dit Abdi. Il y a des billards, des tables de ping-pong… et des super meufs.

— Tu oublies de préciser qu'elles sont toutes à tes pieds, ironisa l'un de ses camarades.

— Je vois, dit Ryan. C'est juste derrière chez moi.

En dépit du soulagement et de la joie qu'il éprouvait à l'idée d'avoir enfin réussi à approcher ses cibles, il s'efforça d'afficher une expression impassible.

— Je passerai sans doute un de ces soirs, dit-il sur un ton détaché.

## 14. Un métier à risque

Ryan regagna l'appartement peu avant dix-sept heures.

— Alors ? demanda James.

Son agent jeta son sac à dos dans le couloir.

— Ton plan a fonctionné, dit-il. Pendant les deux heures de maths de l'après-midi, j'ai pu m'asseoir avec Abdi, Youssef et un type prénommé Warren. On a tellement fait les cons qu'on a pris une heure de colle.

— Alors, c'est qui le plus génial ? sourit James.

— Je n'aurais jamais imaginé qu'une bagarre de rue puisse être le meilleur moyen de se faire des amis, ironisa Ryan en consultant sa montre. Je suis censé les retrouver à L'Abri dans une heure. Je vais prendre une douche et me changer. Il reste des plats à réchauffer au micro-ondes ?

— Tout un stock. À vrai dire, je ne mange rien d'autre.

Au sortir de la salle de bains, Ryan choisit soigneusement sa tenue, prenant soin de ne paraître ni trop apprêté ni trop négligé. Il enfila un T-shirt rayé bleu et blanc et un short cargo puis chaussa une paire de Vans sans lacets.

En franchissant la porte du hangar, Ryan découvrit un vaste espace climatisé où étaient alignés des billards et des tables de ping-pong. Une trentaine d'adolescents étaient avachis dans des fauteuils en mousse.

— Eh Ryan, par ici ! lança Youssef, installé près d'un distributeur automatique de confiseries et de boissons fraîches.

La plupart des garçons qui l'entouraient figuraient sur la liste dressée par la police de Kentish Town. Ryan chercha en vain les filles promises par Abdi, mais remarqua trois colosses assis devant la porte menant au bureau de l'association.

— Les gars, je vous présente Ryan, dit Youssef en se tournant vers ses camarades. C'est lui qui a dérouillé les mecs de Dartmouth, tout à l'heure.

— Ces merdeux ont eu de la chance que je ne sois pas là, grogna un Somalien ventripotent prénommé Sadad.

— Ils nous ont pris en traître, affirma Abdi. La prochaine fois, on ne se fera pas avoir.

— Qui veut faire un billard avec moi ? demanda Ryan.

— Youssef et moi, on a réservé la table numéro quatre, dit Sadad. Quand on aura terminé, tu pourras prendre le gagnant.

À cet instant, un individu barbu sortit du bureau, vint à la rencontre de Ryan et lui serra chaleureusement la main.

— Salut, dit-il. Je suis Barry, le directeur de l'association. Bienvenue à L'Abri.

— Salut, répondit Ryan.

— Tes camarades t'ont parlé de la cotisation ? demanda Barry. L'inscription ne coûte que deux livres. Peux-tu me suivre dans le bureau ?

Ryan lança un regard interrogateur à ses nouveaux amis.

— Fais gaffe, ricana Sadad. Quand tu seras seul avec lui, il va essayer de te peloter.

Les autres garçons éclatèrent de rire, mais Barry, visiblement rompu à ces provocations, resta de marbre. Il conduisit Ryan jusqu'au bureau, une petite pièce disposant d'un photocopieur, de deux ordinateurs et d'une unité d'air conditionné individuelle.

Barry lui tendit un formulaire.

— Tu n'as qu'à mettre ton nom, ton adresse et ton numéro de téléphone. Pour les deux livres, tu pourras me les donner la prochaine fois, si tu ne les as pas sur toi.

— Si si, je les ai, dit Ryan en fouillant dans les poches de son short.

— Peux-tu lever la tête, s'il te plaît ? dit Barry en braquant une webcam dans sa direction. C'est pour ta carte de membre.

Il effectua un cliché puis posa sur le bureau une brochure en couleur.

— Tu trouveras là-dedans un descriptif complet de nos activités. L'Abri est une association caritative financée exclusivement par des donations. Elle propose des animations culturelles et sportives dans six districts de Londres. En outre, nous apportons notre soutien aux jeunes en difficulté grâce à des psychologues et des travailleurs sociaux.

Sur ces mots, Barry remit à Ryan une carte tout droit sortie d'une machine à plastifier.

— Passe une bonne soirée, conclut-il.

Lorsque Ryan ouvrit la porte pour rejoindre ses camarades, Sadad s'exclama :

— Eh, Barry ! J'espère que tu as gardé tes mains dans tes poches, cette fois-ci !

L'un des gorilles postés devant le bureau se leva d'un bond.

— Sadad, viens voir un peu par ici ! ordonna-t-il.

L'air piteux, le garçon se traîna comme un condamné marchant à l'échafaud.

— Je te conseille de faire preuve d'un peu plus de respect envers Barry, gronda le colosse. Pour la peine, va chercher un seau et une serpillière, et nettoie le sol.

Il se tourna vers Ryan.

— Et toi, as-tu été poli avec Mr Barry ?

— Oui monsieur, bégaya Ryan en baissant les yeux avec humilité.

— Très bien. Dans ce cas, tu peux aller retrouver les autres.

Sans un mot, Sadad se dirigea d'un pas raide vers le placard où était rangé le matériel d'entretien. Lorsque Ryan eut rejoint les autres garçons de la bande, il s'adressa à Abdi à voix basse.

— C'est qui, ces trois mecs ?

— Ils travaillent pour Hagar.

— Qui ça ?

À cette question, plusieurs adolescents éclatèrent de rire.

— Qu'est-ce qui vous fait marrer ?

— Comment peux-tu ne pas connaître Hagar ? s'étonna Youssef.

— J'ai débarqué dans le quartier il y a moins d'une semaine, plaida Ryan. À vrai dire, à part vous, je ne connais pratiquement personne.

— Hagar est le dealer numéro un de Kentish Town et des environs, sourit Abdi. Le big boss. Eux, ce sont ses lieutenants. Ils surveillent le boulot des revendeurs et nous jettent quelques miettes de temps en temps.

— Comment ça, des miettes ? demanda Ryan.

— Ils nous confient des petits boulots, expliqua Abdi. Vingt livres pour effectuer une livraison ou aller chercher des cafés chez Starbucks. Ceux en qui ils ont confiance peuvent même se faire un paquet de fric, ou devenir revendeurs.

— Et combien ça leur rapporte ?

— Je connais des types de notre âge qui gagnent sept cents livres par semaine pour quelques heures de boulot après les cours. Mais c'est un métier à risque. La moindre erreur, et c'est le passage à tabac.

— Voire pire, ajouta Youssef au moment précis où la bille noire entrait dans une poche d'angle du billard numéro quatre.

## 15. Libération

Fay et Ning quittèrent le centre de détention le vendredi peu après le déjeuner et montèrent à bord d'un minibus de l'administration pénitentiaire. Une heure et demie plus tard, le chauffeur déposa Fay devant un pavillon d'Elstree. Elle fut reçue par un couple de quinquagénaires puis présentée aux adolescents qui occupaient déjà les lieux. Elle fut frappée par la laideur de la décoration : innombrables bibelots entassés sur les étagères et rideaux au crochet représentant des scènes de la vie à la campagne.

Ning débarqua au centre Nebraska à dix-sept heures, mais une erreur administrative retarda son admission, si bien qu'elle ne put prendre possession de sa chambre individuelle qu'aux alentours de dix-neuf heures. La nourriture servie au réfectoire lui souleva le cœur. Elle envoya à Fay la photo d'un plat de riz au curry, accompagnée d'un commentaire éloquent : *beurk !* La réponse de Fay lui parvint quelques minutes plus tard.

ICI, C'EST LA CAMBROUSSE, MAIS J'AI UN LIT DEUX PLACES.
LA FAMILLE D'ACCUEIL EST SYMPA.
IL Y AVAIT UN CHEESE-CAKE MORTEL AU DESSERT.

De retour dans sa chambre, Ning appela James pour lui présenter son rapport et l'assurer que tout s'était bien passé.

— Si tu as l'occasion, dit ce dernier, fais un tour dans la chambre seize et regarde s'il y a toujours un graffiti *James Choke* sur le mur.

— C'est qui, ce James Choke ?

— Moi, avant d'entrer à CHERUB. J'ai été placé au centre Nebraska après la mort de ma mère.

— Malheureusement, je crois que les chambres ont été repeintes récemment. Alors, comment se débrouille Ryan ?

.:.

La soirée du vendredi attira une cinquantaine d'adolescents à L'Abri, dont quelques filles. Barry avait branché la sono et fait plier les tables de ping-pong pour ménager de la place, mais personne ne dansait. Ryan était assis dans un coin de la salle en compagnie d'Abdi, qui avait réussi à faire entrer en fraude une bouteille d'Évian remplie de vodka.

— Où est le reste de la bande ? demanda-t-il.

Abdi désigna l'unique homme de main assis devant la porte du bureau.

— Ils bossent tous les week-ends, expliqua-t-il. Youssef s'occupe des livraisons et Sadad fait le guet.

— Tu crois que je pourrais me faire un peu de fric, moi aussi ?

— Quand ils te connaîtront mieux, peut-être.

— Je pourrais me porter volontaire ?

— Tu peux toujours essayer. S'ils sont de bonne humeur, ça les fera marrer. Sinon, ils te mettront une branlée.

— Et toi, pourquoi tu ne bosses pas ? demanda Ryan.

Abdi contempla la pointe de ses baskets.

— Il y a deux mois, j'étais chargé de revendre de la coke derrière le salon de coiffure de ma mère. Deux types m'ont sauté dessus et m'ont piqué pour deux cents livres de marchandise. Maintenant, je dois rembourser dix livres par semaine pendant trente-six semaines, et je suis obligé de taper du fric à gauche et à droite.

— Ça fait trois cent soixante livres.

— Les intérêts, soupira Abdi.

— Mais ce n'est pas ta faute, si tu t'es fait attaquer.

— Les règles sont les règles. Si tu acceptes de prendre la marchandise, tu t'engages à veiller dessus. Si tu foires, tu assumes les conséquences.

Ryan observa quelques secondes de silence avant de changer de sujet.

— Ça te dirait, une partie de billard ? demanda Ryan.

— Il y a déjà vingt mecs qui attendent, répondit Abdi avant d'avaler une gorgée de vodka. Alors à moins que tu ne sois prêt à leur casser la gueule, comme hier...

Ryan désigna une blonde filiforme assise près de l'entrée.

— À ton avis, quelles sont mes chances avec cette meuf ?

— Je dirais deux pour cent, dit Abdi en lui tendant sa bouteille. Tiens, bois un coup, ça te donnera du courage.

— Je vais passer à l'attaque, alors je préfère garder l'haleine fraîche, dit Ryan. Souhaite-moi bonne chance, mon pote.

Mais avant qu'il n'ait pu aller à la rencontre de la jeune fille, un Somalien taillé comme une armoire à glace se planta devant eux.

— Qu'est-ce que je peux faire pour toi, boss ? demanda Abdi.

— Où sont les autres ?

— Aucune idée. Mais moi, je suis disponible.

— Tu n'auras pas de boulot tant que tu n'auras pas remboursé ta dette, dit l'homme avant de se tourner vers Ryan. Toi, viens avec moi.

Ryan suivit l'inconnu à l'extérieur du hangar.

— Tu veux te faire dix livres faciles ?

— Ouais, bien sûr.

— Tu connais Dirtyburger ?

Ryan hocha la tête.

— Je passe devant tous les matins, quand je vais à St Thomas.

— J'ai des gars sur le terrain qui crèvent la dalle. Tu me suis ?

— OK.

— Je veux que tu livres cinq burgers, cinq barquettes de frites et cinq Cocas à la cité Pardew, appartement cinquante-six. Tu demanderas à parler à Clive et il te dira comment marchent les affaires. Ensuite, reviens ici faire ton rapport. Compris ?

— Compris, dit Ryan.

L'homme lui remit plusieurs billets de vingt livres.

— Et pas de blague, hein ? Si tu ne fais pas précisément ce que je t'ai demandé, je te conseille de ne plus jamais te montrer dans le coin.

∴

Fay se coucha tôt et régla l'alarme de son iPhone sur cinq heures du matin. Sa chambre était confortable, décorée dans des tons neutres convenant à tous les résidents de passage dans la famille d'accueil, de la fillette de trois ans au garçon de seize ans.

À son réveil, après un détour par les toilettes, elle descendit discrètement au rez-de-chaussée puis inspecta la penderie située près de la porte d'entrée. N'y ayant trouvé que des chaussures et des manteaux, elle se rendit dans la cuisine et en fouilla minutieusement les placards.

N'ayant pas trouvé d'argent liquide au rez-de-chaussée, elle dut se résoudre à remonter à l'étage. Elle poussa doucement la porte de la chambre de ses hôtes puis, redoutant qu'ils ne se réveillent, demeura immobile une trentaine de secondes. Constatant que le couple était profondément endormi, elle se glissa à l'intérieur et aperçut un portefeuille, un porte-clés et une carte de transport posés sur le radiateur. Elle fit deux pas avant de se figer, alertée par un craquement de parquet. Elle se pencha pour se saisir des objets puis quitta la pièce sur la pointe des pieds.

De retour dans sa chambre, elle inspecta son butin. La carte Oyster annuelle lui permettrait de se déplacer à sa guise dans tout le Grand Londres, mais le portefeuille ne contenait que quarante-cinq livres et des cartes de crédit dont elle ignorait le code.

La veille, Fay avait préparé un petit sac contenant quelques vêtements de rechange et imprimé le trajet vers la gare d'Elstree indiqué par Google Maps.

Elle but une gorgée de jus d'orange au goulot puis s'offrit une dernière tranche de gâteau avant de franchir la porte donnant sur le jardin et de marcher jusqu'à la cabane à outils. Lorsqu'elle passa la tête à l'intérieur, une puissante odeur de poussière et de vernis à bois lui sauta aux narines. Elle fit main basse sur une pelle, quelques tournevis et divers outils trouvés sur un établi.

Elle avait prévu de s'embarquer à bord du premier train pour Londres, à cinq heures cinquante-trois. Lorsqu'elle se fut mise en route, sac au dos et pelle de jardin à l'épaule, elle composa le numéro de téléphone de Ning.

— Allô ? répondit cette dernière d'une voix pâteuse.

— La vache, ça n'a pas l'air d'être la grande forme, gloussa Fay.

— Il est six heures moins cinq, bâilla sa camarade.

— J'ai jeté un œil sur Google Maps, dit Fay. La station de métro la plus proche du centre Nebraska est Tufnell Park. Tu dois prendre la ligne nord et descendre à Totteridge & Whetstone. Je te retrouverai à la sortie vers sept heures et demie.

— Et qu'est-ce qu'on va foutre là-bas ? demanda Ning.

— Ça, ma grande, c'est une surprise.

## 16. Bang bang

Ning se présenta au lieu de rendez-vous avec quelques minutes d'avance. Elle acheta une bouteille d'eau minérale au kiosque à journaux puis s'assit sur un banc devant l'escalier de la station Totteridge. Elle y patienta près d'une demi-heure, et finit par se convaincre qu'on lui avait posé un lapin. Elle était sur le point de rédiger un SMS lorsque Fay fit son apparition.

— Très discrète, la pelle à l'épaule, sourit Ning. Les flics ne risquent pas de te rater sur les images de vidéosurveillance.

— Pas le choix, répondit Fay. Mais si ça peut te rassurer, je me suis débarrassée de la carte Oyster pour éviter qu'on ne remonte ma piste.

Elle scruta les alentours puis ajouta :

— Ça fait longtemps que je ne suis pas venue ici, mais si je me souviens bien, il faut prendre le 251. L'arrêt se trouve au sommet de cette côte.

Vingt minutes durant, derrière les vitres du bus, elles virent défiler des quartiers résidentiels huppés et des parcours de golf, puis elles débarquèrent en pleine campagne, en lisière de la ceinture verte de Londres. La route où elles se trouvaient était dépourvue de marquage au sol et encadrée de hautes haies.

— Est-ce que tu vas te décider à me dire ce qu'on fout ici ? demanda Ning.

— Non, glousssa Fay en traversant la chaussée.

— OK, dans ce cas, je ne vois qu'une explication : tu m'as attirée en pleine cambrousse pour me massacrer à coups de pelle.

— Merde, comment tu as deviné ? sourit Fay.

Quelques centaines de mètres plus loin, elle fit halte devant un portail de bois portant l'inscription *Jardins familiaux Greenacre – prière de fermer la porte derrière vous*. Elles empruntèrent un chemin creusé d'ornières, passèrent devant une petite boutique d'articles de jardinage d'où émanait une puissante odeur d'engrais puis découvrirent une multitude de lopins de terre individuels.

Certains étaient bien tenus, avec leurs abris fraîchement repeints et leurs sillons tracés au cordeau où s'épanouissaient fleurs et légumes, d'autres abandonnés aux ronces et aux mauvaises herbes. Çà et là, des voitures étaient stationnées, et des jardiniers amateurs s'affairaient en dépit de l'heure matinale.

— Les Anglais me font bien marrer, dit Ning en observant ce spectacle. En Chine, les paysans sont prêts à tout pour quitter la campagne et s'installer en ville. Ici, les gens passent toute la semaine au bureau, et ils vont aux champs le week-end. Comme si c'était amusant…

— Ferme-la, répliqua Fay. Ma mère cultivait les meilleures tomates de l'univers.

Elles s'enfoncèrent dans le réseau de potagers et s'arrêtèrent à la parcelle soixante-quatre, dix-huit mètres carrés partagés en deux par un chemin pavé au bout duquel se dressaient deux cabanons.

— Plutôt bien entretenu, dit Ning en découvrant les rangées de haricots et les framboisiers. Qui la cultive ?

— Ici, chacun n'a droit qu'à une parcelle, et certains jardiniers manquent de place. Ma tante a proposé à la propriétaire du terrain voisin de s'en occuper, à la mort de ma mère.

Fay souleva un filet anti-oiseaux et cueillit deux framboises. Elle en avala une et offrit l'autre à son amie.

— Délicieux, soupira Ning. Ça me rappelle le village de mon enfance. Sauf que là-bas, on avait aussi des poules et des canards.

Fay remonta le chemin pavé puis s'agenouilla près d'un morceau de terre cuite si solidement incrusté dans la terre qu'elle dut creuser avec les ongles pour le soulever. Elle dérangea quelques cloportes, glissa la main dans un trou d'une dizaine de centimètres de profondeur et en tira une petite boîte cylindrique en fer-blanc.

— Je n'arrive pas à l'ouvrir, dit-elle. Ce doit être à cause de la rouille.

— Donne, je vais essayer, proposa Ning.

Constatant que sa camarade n'obtenait pas plus de résultats, Fay fit céder le couvercle à l'aide d'un tournevis et trouva un sachet en plastique contenant deux clés.

Grâce à l'une d'elles, elle ouvrit la porte du cabanon de gauche, révélant un espace étroit mais relativement confortable équipé d'un lit de camp, d'un réchaud de camping et d'un évier dont l'unique robinet ne dispensait que de l'eau froide. Une lucarne percée au plafond laissait entrer la lumière du jour.

Dans le placard, Fay ne trouva qu'une boîte de sachets de thé.

— Périmés depuis plus d'un an, soupira-t-elle. Il va falloir que je me ravitaille.

— Tu vas vivre ici ? dit Ning.

Fay hocha la tête.

— Il n'y a ni chauffage ni eau chaude, mais en cette saison, ça devrait être vivable.

— Et à l'automne ? Qu'est-ce que tu feras ?

Fay tourna le robinet. La tuyauterie vibra violemment avant de cracher un torrent brunâtre. Quelques secondes plus tard, le débit se réduisit puis un filet d'eau claire coula dans l'évier.

— Cet automne... répéta-t-elle, l'air pensif. Soit je serai morte, soit j'aurai buté Hagar et piqué assez de fric pour prendre le large.

— Quels merveilleux projets d'avenir, ironisa Ning.

Elle était sincèrement attachée à Fay, et la perspective de sa mort ou des crimes qu'elle envisageait de commettre la rendait terriblement anxieuse.

— Je vais aller au supermarché le plus proche pour acheter de la bouffe, quelques fringues et de quoi nettoyer cette baraque. La boutique à l'entrée vend des cartouches de gaz pour le réchaud.

— Et la pelle, dans tout ça ? Je pensais qu'on allait déterrer un trésor.

— Patience, dit Fay. C'est la porte à côté.

Le second cabanon était plus vaste mais dépourvu de fenêtres. Des outils de jardin, des pots et des sacs de fertilisant y étaient entreposés.

— Il y a déjà trois pelles, sourit Ning. Pourquoi as-tu trimbalé la tienne depuis Elstree ?

— En fait, je ne savais pas exactement ce qu'il y avait ici, gronda Fay. J'ai dû prendre mes précautions, voilà tout.

— Je trouvais ça marrant, c'est tout, pas de quoi s'énerver.

Fay prit une profonde inspiration et leva les mains en signe de paix.

— Excuse mon sale caractère, Ning. T'inquiète, je t'aime bien, et j'ai confiance en toi. Maintenant, aide-moi à virer tout ce bordel.

Lorsqu'elles eurent sorti le matériel du cabanon, Fay glissa l'extrémité de sa pelle entre deux lattes et souleva une large portion du plancher.

— Aide-moi, lança-t-elle à l'adresse de Ning.

Sans effort, cette dernière fit basculer l'ensemble du panneau de bois contre une cloison latérale, exposant le sol de terre battue.

— Attrape une pelle, ordonna Fay.

Elles creusèrent une dizaine de minutes avant d'exhumer une malle métallique d'un mètre et demi sur cinquante centimètres de longueur. Elles en dégagèrent les poignées et la tirèrent hors de la fosse.

— Bon sang, qu'est-ce que c'est lourd ! grogna Ning. Qu'est-ce qu'il y a dedans ?

— Pour moi aussi, ça va être la surprise, répondit Fay avant de soulever le couvercle.

Lorsqu'elle découvrit le contenu de la malle, Ning manqua de s'étrangler. Il y avait là une collection de poignards à l'aspect dévastateur et une importante quantité de rouleaux de vingt livres protégés de l'humidité par du film plastique.

— Il y en a un paquet, dit Ning. Peut-être quelques milliers de livres.

— Assez pour tenir quelques semaines, sourit Fay en s'emparant d'un couteau noir du manche à la pointe.

Elle l'étudia d'un œil satisfait et déclara :

— Lame en céramique, garantie contre la rouille.

Elle souleva un gilet pare-balles et découvrit plusieurs boîtes en carton scellées sous plastique. Elle ouvrit l'une d'elles à l'aide d'un cutter et en sortit deux pistolets automatiques gainés de cellophane.

— C'est des vrais ? demanda Ning.

— Affirmatif. Deux Glock 17, modèle police, et les munitions qui vont avec.

Un sourire radieux éclaira le visage de Fay. Elle pointa l'une des armes en direction de Ning.

— Bang, bang ! lança-t-elle.

## 17. Self-service

Pour la première fois depuis son installation à Kentish Town, Ryan s'éveilla avec un vague sentiment de satisfaction. Il s'était enfin lié avec ses cibles et avait été repéré par l'un des lieutenants d'Hagar. Il trouva James dans la cuisine, un pied sur la table, en train de se couper les ongles des orteils.

— La grande classe, grogna-t-il. Pas de petit déjeuner, ce matin ?

— Le week-end, c'est self-service, expliqua son contrôleur de mission.

Comme pour ponctuer cette annonce, un son sec se fit entendre, puis une énorme rognure d'ongle frôla le visage de Ryan.

— Tu vas finir par me crever un œil, dit ce dernier en ouvrant la porte du réfrigérateur. Sandwich au bacon, ça te dit ?

— Super, répondit James en enfilant sa chaussette.

Ryan plaça une poêle sur le feu et y versa un filet d'huile.

— Alors, parle-moi de ta soirée, reprit le contrôleur.

— Il n'y a pas grand-chose à raconter. Le Somalien m'a filé un peu de fric pour…

— Son nom ?

— Il ne s'est pas présenté, mais j'interrogerai Abdi et ses copains. Il m'a filé cinquante livres pour acheter des hamburgers et les livrer à un appartement.

Ryan déposa des lamelles de bacon dans la poêle, se passa les mains sous le robinet et sortit du placard un paquet de pain de mie.

— Et qu'est-ce qui s'est passé quand tu t'es pointé avec la commande ?

— Je suis resté dans le couloir, mais d'après ce que j'ai entendu, les types qui occupaient l'appartement jouaient au poker.

— Forcément, dit James. Ils ne vont pas envoyer un gamin qu'ils connaissent à peine à un endroit où ils comptent le fric ou gardent la marchandise. Quoi qu'il en soit, je suis très satisfait.

— De quoi ?

— Du fait qu'ils s'intéressent à toi. Selon nos informations, l'équipe d'Hagar compte au moins cinquante gamins de ton âge. Nous n'avions pas prévu que tu puisses bosser pour le réseau avant plusieurs semaines. Ce type, il a ton numéro de téléphone ?

— Oui, il l'a noté quand je suis retourné à L'Abri après la livraison. Je lui ai demandé le sien, mais il s'est contenté d'éclater de rire.

— Et les filles ? demanda James.

— Quelles filles ? s'étonna Ryan en posant quatre tranches de pain sur le plan de travail.

— C'était une soirée dansante, il me semble. J'en déduis que vous n'êtes pas restés entre mecs.

— Oh, exact. J'en ai aperçu quelques-unes, mais j'ai dû partir en livraison avant d'avoir pu leur parler.

— Ce pourrait être une piste, dit James. Elles doivent fréquenter des membres du réseau et savoir pas mal de choses, elles aussi. Au fait, tu penses toujours à cette fille que tu as rencontrée au Kirghizstan ?

— Ça fait un an que je ne l'ai pas vue, mais je n'arrive pas à l'oublier.

James hocha la tête.

— Tu sais, moi aussi, il m'est arrivé de craquer en mission.

— Mais tu étais avec Kerry Chang…

— Pour être franc, j'avoue que je n'ai pas toujours été très fidèle.

— Vous êtes toujours ensemble ?

— Oui, mais elle fait ses études en Californie, alors on ne se voit pas beaucoup.

— Ça ne doit pas être facile.

Ryan sentit son iPhone vibrer dans sa poche. Il s'écarta de la gazinière où crépitait le bacon.

— C'est Ali, fit une voix.

— Qui ça ?

— On s'est vus hier soir. C'est moi qui t'ai envoyé chez Dirtyburger.

— Oh excuse-moi, je ne connaissais pas ton prénom.

Il se tourna vers James puis, désignant la poêle, lui fit signe de surveiller la cuisson.

— Tu as prévu quelque chose aujourd'hui ? demanda l'homme au téléphone.

— Non. Je viens d'arriver dans le quartier. Je ne connais presque personne et je ne sais pas trop quoi faire.

— Ça te dirait, vingt-cinq livres pour quelques heures de boulot ?

— Bien sûr.

— Parfait. Je t'envoie l'adresse par SMS. Youssef te retrouvera sur place.

⁂

De retour à Totteridge, Fay et Ning prirent le métro en direction de Kentish Town. À l'exception d'une femme encombrée d'un nourrisson et d'une poussette, leur wagon était inoccupé.

— Tu as l'air hypercontente, s'étonna Ning. Moi, à ta place, je serais plutôt inquiète.

Fay haussa les épaules.

— Depuis la mort de ma mère, je ne pense qu'à liquider Hagar. Je suis excitée à l'idée de pouvoir passer à l'action.

— Ta mère et ta tante n'étaient pas nées de la dernière pluie. Pourtant, ce salaud a fini par les avoir.

— C'est vrai. Mais je n'ai pas peur. Le psy du centre de détention m'a dit que j'étais maladivement accro au danger.

— Et comment comptes-tu t'y prendre ? demanda Ning. Tu sais où vit Hagar ?

— Non, mais je vais me renseigner. Vu le fric qu'il ramasse, il est peu probable qu'il vive dans un quartier aussi minable que Kentish Town.

— Et quand tu auras l'info, tu lui colleras froidement une balle dans la tête, c'est ça ?

— Non. Je veux qu'il se sente mourir.

À leur arrivée à la station Kentish Town, les deux jeunes filles empruntèrent une rue perpendiculaire à la principale voie commerçante.

— Où est-ce qu'on va ? demanda Ning.

— À L'Abri, répondit Fay. C'est un club où traînent les larbins d'Hagar, des minables qui bossent pour lui après les cours.

— Et c'est quoi, leur boulot ?

— Vente de drogue sur le trottoir, livraisons… En gros, tout ce que les lieutenants refusent de faire.

— Et tu comptes te montrer à visage découvert ? s'étonna Ning.

— Je ne suis pas complètement folle, figure-toi. Alors par pitié, arrête de poser des questions, et suis-moi.

Elles empruntèrent une rampe menant à un garage souterrain, gravirent un escalier jonché d'ordures et débouchèrent dans la cour d'une usine désaffectée. Fay désigna un individu étendu parmi les gravats, en plein soleil.

— Celui-là, il devrait faire l'affaire.

L'homme portait une veste en jean, un short de football et des baskets défoncées. Ses jambes étaient si maigres qu'on pouvait en détailler chaque os, chaque tendon. Sa peau était incrustée de crasse et constellée de croûtes.

— C'est un junkie ? demanda Ning.

— Tu es drôlement observatrice, répondit Fay. Ces types passent leur temps à chercher leur dose. Ils suivent l'évolution du business au jour le jour. Il n'y a pas mieux informé.

Elle s'accroupit près de l'homme et lui pinça la joue.

— Eh, Rupert ! Réveille-toi !

L'homme ouvrit un œil injecté de sang puis commença aussitôt à se gratter les avant-bras.

— Foutez-moi la paix, bredouilla-t-il. Je n'ai pas besoin de vos saloperies d'associations.

— Tu fais fausse route, dit fermement Fay. Je veux juste savoir où sont tes potes, Bob et Tony.

Intrigué, l'homme s'assit et dévisagea son interlocutrice.

— Bob s'est pris un coup de couteau. Il ne s'en est pas sorti. Tony est en taule.

— Quel dommage. Vous formiez une équipe de choc, tous les trois.

— Putain, mais t'es qui, toi ?

— Eh, surveille ton langage. Tu étais plus poli avec ma tante Kirsten.

— Oh, Kirsten. C'était une chic fille. Elle m'a sorti de la merde un paquet de fois.

Fay promena un billet de vingt livres devant le visage du toxicomane, mais le plaça hors de portée quand il essaya de s'en saisir.

— Non, pas tout de suite, sourit-elle.

— Mais oui… Ça y est, je te reconnais ! Tu es la gamine qui traînait avec elle. Dis-moi, comment va-t-elle ?

— Elle est morte.

— Bon sang, ça me fiche un coup, dit Rupert. Quelle idée, aussi, de dépouiller des dealers… Ça ne pouvait pas finir autrement.

— Merci pour les condoléances, mais je suis assez pressée. Tu veux ces vingt livres ? Alors suis-moi. Je te paye un sandwich au kebab à côté, et tu me renseignes sur les bons coins pour acheter de l'héro et de la coke.

Rupert grimaça un sourire, dévoilant deux incisives manquantes.

— Oublie la bouffe, dit-il. File-moi juste de quoi payer mes deux prochaines doses, et je te dirai tout ce que tu veux savoir sur Hagar et Eli.

— Eli ? s'étonna Fay. Mais qui est Eli ?

## 18. Reconnaissance

— Tu es en retard, gronda Youssef, qui patientait depuis cinq minutes à l'entrée du métro de Kentish Town.

— Désolé, dit Ryan. Je suis nouveau dans le quartier, et je me suis trompé de rue.

Youssef accueillit cette explication par un hochement d'épaules.

— Si tu comptes travailler pour Ali, je te conseille d'être ponctuel.

Les deux garçons franchirent les portillons de la station puis empruntèrent l'escalier mécanique menant aux quais.

— Tiens, il y a trois cents livres, expliqua Youssef en remettant discrètement à Ryan un rouleau de billets. On va descendre à Tottenham Court Road et remonter Oxford Street jusqu'à Marble Arch, et on s'arrêtera dans chaque boutique de téléphonie mobile pour acheter un appareil premier prix. Ça devrait nous en faire une trentaine.

— Pourquoi on ne les achète pas tous au même endroit ? demanda Ryan.

— On se méfie des téléphones, dans notre boulot. Non seulement les flics peuvent enregistrer toutes les conversations, mais ils sont également capables de géolocaliser un utilisateur par triangulation. Le seul moyen d'échapper à cette surveillance, c'est de changer d'appareil tous les trois ou quatre jours.

Bien entendu, Ryan n'ignorait rien des habitudes des trafiquants en matière de télécommunications, mais cette discussion lui permettait d'estimer le niveau de professionnalisme de Youssef.

— Pourquoi ne pas changer de carte SIM, tout simplement ?

— Parce que tous les mobiles ont un identifiant unique, le code IMEI, qui permet de repérer ou de bloquer n'importe quel téléphone.

— La vache, on est carrément fliqués !

— Exactement. Et c'est pour ça qu'Hagar ne possède pas de portable. Quand il a un ordre à donner, il rend visite à ses lieutenants.

— Et c'est pour eux qu'on va acheter des appareils bon marché.

— Voilà, tu as tout compris. Et je peux te dire qu'ils fonctionnent parfaitement. De mon point de vue, il faut être un pigeon pour claquer plusieurs centaines de livres dans un smartphone.

∴

Fay dut parlementer longuement avant que Rupert n'accepte de l'accompagner jusqu'à un café miteux situé derrière la cité Pemberton. Il commanda un petit déjeuner complet. Ning et Fay s'offrirent des sandwichs au bacon et à l'œuf.

— Parle-moi un peu d'Eli, demanda cette dernière.

Rupert haussa les épaules.

— Je ne le connais pas personnellement, dit-il. Tout ce que je sais, c'est que la situation est plutôt tendue entre sa bande et celle d'Hagar.

— Une guerre de territoire ?

— Je n'irais pas jusque-là… Mais la compétition est rude, et la qualité de la dope est bien meilleure depuis quelques mois. Ce n'est pas moi qui vais m'en plaindre…

Rupert se tut pendant que la serveuse déposait sur la table trois mugs de thé brûlant, deux sandwichs et une grande assiette garnie d'œufs brouillés, de baked beans, de saucisses et de lamelles de bacon baignant dans la graisse. Il se jeta sur la nourriture.

— Et en ce moment, où est-ce que tu te fournis ? demanda Fay.

— La came d'Eli n'est pas mal. J'en trouve au parc, derrière le réservoir, ou derrière la grande tour, au-dessus de la station Archway.

— Et les dealers d'Hagar, où travaillent-ils ?

— Ils ont une dizaine de points de vente, mais en général, je vais à la cité Pemberton.

— Et pour la coke ? demanda Ning.

— La plupart des revendeurs proposent les deux produits.

Fay mordit dans son sandwich puis se tourna vers Ning.

— La cité Pemberton, dit-elle à Ning. C'est notre prochaine étape.

⁂

En cet après-midi caniculaire, la dalle de la cité bourdonnait de gamins faisant du vélo, tapant dans le ballon ou s'arrosant avec des pistolets à eau. À l'arrière de l'un des bâtiments, à proximité des conduites de vide-ordures, Fay remarqua un guetteur posté à quelques mètres de deux complices.

— Ils sont trois, dit Ning. Comment tu comptes les dépouiller ?

Fay secoua la tête.

— Pas question de s'attaquer à des dealers en pleine rue. Impossible de les prendre par surprise. Ils sont sur les nerfs, prêts à foutre le camp si les flics se pointent. En plus, ils n'ont généralement pas plus de deux cents livres en cash et en marchandise. Il faudrait être débile pour risquer de prendre un coup de couteau pour si peu.

— Alors pourquoi on s'intéresse à eux ?

— On est en mission de reconnaissance. Mon but, c'est de forcer un dealer à travailler pour nous.

— Tu recherches un informateur, c'est ça ?

— Oui, et c'est la phase la plus compliquée de mon plan. Heureusement, ma tante m'a appris quelques trucs.

— Tu vas faire semblant de craquer pour l'un d'eux ?

— Uniquement si je n'ai pas le choix, répondit Fay en réprimant un frisson de dégoût.

Après avoir fait le tour de la cité, elles s'installèrent sur un banc offrant une vue dégagée sur L'Abri. Les locaux n'étaient pas officiellement ouverts, mais une dizaine d'adolescents traînaient devant l'entrée. De temps à autre, la porte s'entrebâillait et l'un d'eux se glissait à l'intérieur du hangar.

— Qu'est-ce qu'on cherche ? demanda Ning.

Fay haussa les épaules.

— Rien de précis. Je veux juste savoir comment ils mènent leur business.

— Tu penses que ces types travaillent pour Hagar ?

— Oui. Ce sont des guetteurs, des livreurs, et des types qui espèrent être recrutés.

Après une demi-heure de surveillance, Ning commença à s'ennuyer ferme lorsqu'elle vit Ryan et Youssef, chargés de sacs à dos visiblement bourrés à craquer, remonter la rue et entrer dans L'Abri.

— Tu crois qu'ils livrent de la drogue ? dit Ning.

Fay leva les yeux au ciel.

— Comme ça, en plein jour, au milieu de la cité ? Je crois que tu as encore beaucoup de choses à apprendre…

— Alors qui sont-ils ?

— S'ils ressortent avec des sacs à dos vides, on saura qu'il s'agissait d'une livraison.

— Mais de quoi ?

— De quelque chose dont les dealers ont besoin, expliqua Fay. Du lait en poudre pour couper la marchandise, des téléphones mobiles, des sachets plastique...

Quelques minutes plus tard, Youssef et Ryan quittèrent les lieux sans leurs sacs, un sourire satisfait sur le visage. Ce dernier discuta brièvement avec les garçons qui faisaient le pied de grue devant le club puis s'éloigna.

Peu de temps après, un garçon aux cheveux bouclés sortit à son tour du hangar. Aux yeux de Ning, il n'avait rien de particulier, mais Fay manifesta des signes de nervosité.

— Eh, regarde un peu celui-là.

— Eh bien quoi ?

— Il faut être attentive à tous les détails, expliqua Fay. Regarde la façon dont les autres se comportent. Ils lui sourient et ils se bousculent pour lui glisser un mot. Il porte un sac de marque, et il est nettement mieux fringué, tu as remarqué ?

Lors de son entraînement à CHERUB, Ning avait appris à détecter de tels signes et se sentait stupide de les avoir négligés.

— Ses parents sont peut-être friqués, suggéra-t-elle.

— Si c'était le cas, il ne traînerait pas dans le coin.

— OK. Alors, qu'est-ce qu'on fait ?

— On le suit, répondit Fay. Je veux savoir où il vit.

## 19. Warren

Fay et Ning suivirent l'adolescent en prenant soin de ne pas se faire remarquer. Comme lui, elles empruntèrent un bus pour un court trajet à destination d'un bloc d'habitations situé à proximité de Hampstead Heath.

Embusquées derrière une haie ornementale, elles le virent entrer dans une maison puis la quitter presque aussitôt juché sur un VTT.

Une demi-heure plus tard, n'apercevant aucun signe de vie dans l'habitation, Fay s'approcha discrètement de la fenêtre et braqua une petite lampe torche à l'intérieur.

— Il n'y a que deux assiettes sur la table, et une veste de femme suspendue au portemanteau, dit-elle. Ce mec vit seul avec sa mère.

— Écoute, je suis crevée, soupira Ning. En plus, quelqu'un va finir par nous remarquer, si on continue à traîner ici.

— De toute façon, j'ai loupé le dernier métro pour Totteridge. Autant poursuivre la surveillance.

— Mais on ne sait même pas à quelle heure il va rentrer. On reviendra demain, d'accord ? Si tu veux, tu peux passer la nuit dans ma chambre, au centre Nebraska. Je n'aurai aucun problème pour te faire entrer.

L'air un peu contrarié, Fay accepta de mauvaise grâce la proposition de Ning.

De retour au foyer après le couvre-feu, cette dernière se fit brièvement remonter les bretelles par l'éducateur de permanence, puis elle fit entrer sa complice par l'entrée de service donnant sur les cuisines. La chambre ne disposant que d'un étroit lit à une place, Fay dormit sur la moquette, quelques vêtements roulés en boule en guise d'oreiller.

Au matin, elle se doucha et prit son petit déjeuner en compagnie des autres résidents sans que nul ne s'étonne de sa présence.

— Alors, qu'est-ce que tu as prévu, aujourd'hui ? demanda Ning.

— On retourne à la maison d'hier soir.

— Tu veux reprendre la surveillance ?

— Oui, et aussi longtemps que nécessaire. Écoute, Ning, je ne veux pas te forcer la main, OK ? Si tu ne veux pas m'aider, je me débrouillerai sans toi.

En tant qu'agent de CHERUB, Ning avait le devoir de demeurer auprès de Fay, mais la perspective d'une nouvelle journée de filature sous un soleil écrasant n'avait rien d'enthousiasmant. Après s'être isolée dans les toilettes pour informer James de la situation, elle suivit sa camarade jusqu'à la maison de l'adolescent.

Depuis leur poste d'observation, elles virent la mère du garçon quitter les lieux vêtue d'un tailleur jaune et coiffée d'un chapeau assorti.

— Tu as vu comment elle est fringuée ? sourit Fay. Elle va à l'église, c'est sûr. C'est notre jour de chance.

— Et maintenant ? Tu as un plan ?

Fay sortit deux foulards de son sac, noua l'un d'eux de façon à masquer la partie inférieure de son visage puis tendit l'autre à Ning.

— Mets ça et suis-moi.

Sur ces mots, elle sortit de sa cachette, marcha vers la maison, enfonça le bouton de la sonnette puis saisit la poignée du Glock glissé à l'arrière de son jean.

— Il est peut-être sorti, dit Ning lorsqu'une minute se fut écoulée.

À cet instant, une silhouette se dessina derrière la vitre dépolie de la porte d'entrée, puis l'adolescent aux cheveux frisés apparut devant elle : environ quinze ans, pantalon de jogging et torse ruisselant de sueur.

— Qui… qui êtes-vous ? lâcha-t-il, blêmissant à la vue des deux inconnues masquées.

Fay poussa la porte d'un violent coup d'épaule et dégaina son automatique.

— Recule, les mains sur la tête.

Le garçon obtempéra.

— Y a-t-il quelqu'un d'autre dans la maison ?

— Non, je suis seul.

Fay se tourna vers Ning.

— Vérifie, dit-elle.

Ning jeta un coup d'œil à la cuisine et au salon avant d'inspecter les chambres et la salle de bains du premier étage.

— Personne, lança-t-elle depuis le palier.

Sous la menace de son arme, Fay poussa son otage vers l'escalier.

— Comment tu t'appelles ?

— Warren.

Ils se retrouvèrent tous les trois dans la chambre du garçon.

— La vache, qu'est-ce que ça schlingue, là-dedans ! s'exclama Fay en foulant la moquette jonchée de vêtements. Tu n'ouvres jamais les fenêtres ?

En étudiant les lieux, Ning reconnut le sac à dos aperçu la veille. Elle en fit glisser la fermeture Éclair et y trouva une trentaine de sachets en plastique contenant de la poudre blanche.

— Combien tu revends cette saloperie ? demanda-t-elle.

— Vingt livres le gramme, répondit Warren.

— Assieds-toi sur le lit, ordonna Fay.

Ning renversa le contenu du sac sur le sol.

— Qu'est-ce qui t'arriverait si on te fauchait ton stock ?

Le garçon considéra le Glock de Fay d'un œil inquiet.

— Ils me colleront une raclée et je devrai tout rembourser.

— Sans compter que tes potes seront morts de rire, quand ils apprendront que tu t'es fait dépouiller par des filles.

— Sans déconner, vous n'allez pas faire une chose pareille ?

— Non, tu as raison, on ne va pas risquer notre peau pour six cents livres, dit Fay. Tout ce qu'on veut, c'est...

Avant que Fay n'ait pu achever sa phrase, Warren bondit sur elle, saisit le canon du Glock et tenta de le lui arracher. Redoutant de prendre une balle perdue, Ning s'écarta de la ligne de tir puis exécuta un coup de pied sauté qui atteignit le garçon à la tempe, une manœuvre qui permit à sa complice de se dégager puis de lui porter un violent coup de crosse, ouvrant une plaie au milieu de son front.

— J'espère que ça te passera l'envie de jouer les héros, hurla Fay tandis que Warren s'effondrait sur le lit en gémissant de douleur. Alors, maintenant, tu t'assieds et tu la boucles.

— Et tu gardes les mains sur la tête, ajouta Ning.

Fay se baissa pour ramasser l'un des sachets éparpillés sur la moquette et le jeta avec mépris au visage du garçon.

— On n'en a rien à cirer de ta camelote, dit-elle. On a juste besoin d'informations sur Hagar et sa bande.

— Je ne suis pas une balance, cracha Warren.

Fay éclata de rire.

— Tu tiens absolument à ce que ta mère découvre ta cervelle répandue sur cette jolie armoire IKEA en rentrant de la messe ? Si tu es sympa avec nous, on ne te fera aucun mal, et on ne piquera même pas ton stock.

Warren baissa les yeux, observa un long silence puis soupira :

— Bon, qu'est-ce que vous voulez savoir ?

— On m'a parlé d'une embrouille entre Hagar et ce nouveau venu dans le business, Eli. Comment ça a commencé ?

— Je ne connais pas tous les détails, mais je crois qu'ils avaient un arrangement, avant que les choses ne déraillent. À Eli le commerce de l'herbe et du shit, à Hagar celui de la poudre. Mais il y a six mois, Hagar a remis en cause cet accord. Alors pour se venger, Eli a commencé à vendre de la coke et de l'héro.

— Ils se font la guerre ?

— Ils se détestent à mort, mais à part quelques bagarres entre revendeurs, rien de frontal. Cependant, selon certaines rumeurs, Hagar prépare un gros coup.

— Tu le connais personnellement ?

Warren éclata de rire.

— Je ne l'ai vu que deux fois. C'est un type prénommé Steve qui me fournit la marchandise.

— Steve, répéta pensivement Fay. Un de ses lieutenants ?

— Je suppose.

— Et toi, ça te rapporte combien, ton petit business ?

Warren haussa les épaules.

— Pas grand-chose. Cent livres, deux cents livres par semaine, grand maximum.

— Et ça te dirait d'en gagner cent de plus ?

— Ça dépend. Qu'est-ce que je devrai faire ?

— Me répéter tout ce que tu entends sur Hagar et Eli.

Warren considéra ses interlocutrices d'un œil suspicieux.

— Et vous, vous bossez pour qui ?

— On est à notre compte, répondit Fay avant de glisser le Glock à l'arrière de son pantalon.

Elle saisit un crayon sur le bureau et nota un numéro de mobile sur l'un des cahiers de classe de Warren.

— Tu peux m'appeler à n'importe quelle heure du jour et de la nuit, dit Fay. Et si tu la joues franc jeu avec moi, je te garantis que tu n'auras pas à le regretter.

## 20. En territoire ennemi

Depuis trois soirs, Ryan traînait à L'Abri sans que les hommes d'Hagar ne lui prêtent la moindre attention. Accablé d'ennui, il commençait à désespérer lorsque Craig Willow, l'un des lieutenants du gang, vint le trouver à la table où il sirotait un Coca en compagnie d'Abdi et de Youssef.

— Ryan, il faut que je te parle, lança-t-il. Les autres, vous dégagez.

Les deux garçons obtempérèrent sans se faire prier.

— Il paraît que tu sais te battre, poursuivit Craig.

Ryan haussa les épaules.

— Disons que je ne me laisse pas marcher sur les pieds.

— C'est bien. On a besoin de gamins dans ton genre.

Ryan remarqua des coqs tatoués sur les avant-bras de son interlocuteur, le logo du club de foot de Tottenham.

— Ça te dirait, une petite balade en territoire ennemi ?

— Pour combien ?

— Vingt-cinq livres.

— Et qu'est-ce que je devrai faire ?

— Ça chauffe entre nos gars et ceux d'Eli du côté de la cité Elthorne. Il me faut quelqu'un dont personne ne connaît le visage pour une mission de ravitaillement.

— De la came ?

— Eh, quoi d'autre ? Sors du club et remonte la rue jusqu'au numéro soixante-douze. Là, quelqu'un te filera un paquet.

Ton job, c'est de livrer le matos à la cité Elthorne, bâtiment sept, troisième étage, appartement F. Allez, exécution.

Après avoir quitté le hangar et rejoint le lieu de rendez-vous, Ryan patienta une vingtaine de minutes avant qu'un inconnu ne lui remette un sac à dos et ne soupire un « bonne chance » de mauvais augure.

Le sac n'était pas très lourd. Ryan estima qu'il contenait à peu près deux cents doses. À vingt-cinq livres le gramme, il transportait environ cinq mille livres.

La cité Elthorne se trouvait à Highgate, à vingt minutes à pied en direction du nord. Arrivé sur les lieux au coucher du soleil, il étudia le plan de la résidence maculé de graffitis, traversa une portion de gazon pelé puis s'engagea dans l'allée qui séparait deux blocs d'habitations.

Parvenu au bâtiment sept, il ignora l'ascenseur et emprunta l'escalier de béton qui desservait les coursives supérieures. À hauteur du premier étage, il croisa deux individus musclés qui se partageaient un joint adossés à un mur. Au moment où il atteignit le deuxième palier, il les entendit remonter les marches. Il accéléra le pas, mais un autre homme lui bloqua le passage avant qu'il ne puisse atteindre le troisième étage.

— Excusez-moi, dit Ryan.

Mais l'intéressé ne bougea pas d'un pouce. C'était un colosse aux yeux caves d'un noir profond, aux bras aussi larges que des traverses de chemin de fer. S'il restait sans réaction, Ryan se retrouverait pris en tenaille. Il dévala une volée de marches puis s'élança sur la coursive du deuxième étage.

Il sprinta sur soixante-dix mètres, ignora les portes blindées et les fenêtres garnies de barreaux des appartements, puis essaya de pousser une porte anti-incendie. Fermée. En se retournant, il constata que les trois hommes ne se trouvaient plus qu'à vingt mètres. Il se pencha au-dessus du balcon et estima qu'il était impossible de sauter sans se blesser. Il se hissa sur la rambarde, s'y tint debout en équilibre puis, à la seule force des bras, se hissa sur la coursive supérieure.

Ses agresseurs n'auraient besoin que d'une trentaine de secondes pour faire demi-tour et monter au troisième étage. Il se précipita vers la porte métallique de l'appartement F. La fenêtre voisine était obstruée par des planches. Une caméra de surveillance était braquée sur le palier.

— Ouvrez ! cria Ryan en enfonçant frénétiquement le bouton de la sonnette. Par pitié, ouvrez !

Mais aucun signe de vie à l'intérieur.

Les trois individus encadrèrent leur proie.

— File-moi ton sac, gronda le plus grand d'entre eux.

— Viens le chercher, dit Ryan, qui pensait être assez vif pour esquiver les coups d'un adversaire aussi pesant.

Puis il entendit un déclic dans son dos. Du coin de l'œil, il vit le canon d'un pistolet automatique braqué sur son crâne.

— Allons, sois raisonnable, reprit le colosse.

L'un de ses complices posa une main sur le sac. Ryan le laissa s'en emparer sans opposer de résistance, puis il reçut une volée de coups au ventre et au visage. Il s'effondra sur le sol, puis sentit une main se glisser dans la poche arrière de son jean et en retirer son mobile.

Enfin, leur forfait accompli, les trois hommes quittèrent précipitamment les lieux.

.:.

Depuis son départ d'Elstree, Fay passait le plus clair de son temps à traîner dans Kentish Town dans l'espoir de recueillir des informations sur les activités d'Hagar. Ce soir-là, assise sur un banc public, elle regardait le soleil se coucher.

— Tu me rejoins au centre, cette nuit ? demanda Ning.

— Tant que personne ne me remarque… Le matelas gonflable que tu m'as déniché est plutôt confortable.

Lorsque Ning se leva, Fay sentit son mobile vibrer dans sa poche.

— Allô ?

— C'est moi, fit une voix familière.

— Warren ?

— Lui-même. Je t'appelle au sujet de l'autre fois... J'ai réalisé que nous n'avions pas parlé de mon pourcentage.

— Je te filerai cinquante livres pour chaque information utile.

Le garçon éclata de rire.

— Je ne vais pas balancer les mecs de mon équipe pour cinquante livres. Je veux une part du gâteau. Un pourcentage.

— Un pourcentage de quoi ?

Warren parla à voix basse, comme s'il craignait d'être espionné.

— Hagar a une maison sur Tufnell Park Road. C'est là qu'il garde son stock de came, avant de la confier à ses revendeurs.

— Et comment tu connais l'existence de cette planque ?

— Mon cousin est charpentier. Il travaille pour Hagar de temps à autre. Il a passé trois jours là-bas, pour installer des supports de caméras de surveillance. Je le sais, parce que ma grand-mère habite tout près, et qu'il venait se faire des sandwichs tous les midis.

— Alors sa planque est sécurisée ? demanda Fay.

— Ouais, mais il n'y a pas de gardes. Juste Clay, le frère d'Hagar.

— OK, file-moi l'adresse.

— Je veux un tiers de ce que te rapportera ce braquage.

Fay se raidit.

— Tu rêves. Tu ne prendras aucun risque. Pour un simple tuyau, le pourcentage ne dépasse jamais dix pour cent.

— Vingt-cinq, dit Warren.

— Vingt.

Le garçon observa quelques secondes de silence.

— Très bien, je t'envoie toutes les précisions par SMS.

Lorsqu'elle eut raccroché, Fay se tourna vers Ning et lui dévoila la teneur de la discussion.

— Et si c'était un piège ? s'inquiéta cette dernière. Warren aurait toutes les raisons de vouloir se venger de nous.

— Possible.

— Et tous les trucs de valeur seront sans doute placés dans un coffre.

— Probablement. Ce coup nécessite un peu de préparation, mais rien ne peut me résister.

## 21. À l'adrénaline

— Tu m'entends, mon garçon ?

Ryan ouvrit un œil et découvrit une silhouette féminine penchée au-dessus de lui. Sa bouche était remplie de sang. Lorsqu'il essaya de se redresser, il ressentit une vive douleur aux côtes. Il porta une main à la poche arrière de son jean et y chercha en vain son téléphone.

La femme, âgée d'une cinquantaine d'années, plaça les mains sous ses bras et le remit d'aplomb. Il s'agrippa à la rambarde et cracha un filet de sang. Il fit glisser sa langue sur ses dents pour s'assurer qu'il n'en manquait aucune, puis sur sa lèvre inférieure fendue de haut en bas.

— J'ai appelé la police, dit la femme.

— Il… il faut que j'y aille, bredouilla-t-il.

Il fit un pas en direction de l'escalier, mais son genou droit fléchit involontairement, comme s'il ne pouvait plus soutenir son poids. Le compagnon de la femme posa une chaise de jardin en plastique derrière lui et l'aida à s'y asseoir.

Il redoutait que la perte de son stock ne mette fin prématurément à son association avec le gang d'Hagar et se demandait quelle version des faits il allait bien pouvoir servir aux policiers.

Deux agents en uniforme se présentèrent quelques minutes plus tard.

— Des types m'ont sauté dessus, expliqua Ryan. Ils m'ont piqué mon sac et mon portable, puis ils se sont barrés en courant.

— Tu pourrais les décrire ?

Ryan présenta des signalements vagues et erronés.

— Il y a des caméras de surveillance au rez-de-chaussée, dit un agent portant le grade de sergent. On jettera un œil aux enregistrements.

À l'évidence, les policiers se contenteraient de consigner leurs constatations dans un rapport puis classeraient cette banale affaire d'agression.

— Où vis-tu ? demanda le sergent.

Lorsque Ryan ouvrit la bouche pour répondre, un filet de sang dégoulina le long de son menton.

— Ne t'affole pas, dit le policier. On va te conduire à l'hôpital.

Les deux hommes le prirent par les épaules et l'aidèrent à rejoindre l'ascenseur.

.:.

Ning contourna la maison, marcha jusqu'au jardin et frappa à la porte de la cuisine.

— Entre, c'est ouvert, dit James.

Elle se traîna jusqu'à la table puis se laissa tomber sur une chaise.

— Bosser avec Fay, c'est le bagne, soupira-t-elle. Pas une minute de relâchement. Elle est concentrée sur Hagar vingt-quatre heures sur vingt-quatre, sept jours sur sept.

— Tu veux du thé ?

— Un Coca, s'il te plaît.

— Alors, qu'est-ce que tu as découvert ?

— Des tas d'infos sur les équipiers d'Hagar. Leur hiérarchie, les endroits où ils travaillent, ce qu'ils vendent.

— Excellent, c'est du bon boulot. Prépare un premier rapport là-dessus que je transmettrai au Campus. Et Fay ? Toujours aussi imprudente ?

— Oui, et c'est bien ce qui m'inquiète. Elle passe son temps à poser des questions sur les activités de Hagar. Tôt ou tard, elle s'adressera à la mauvaise personne, et là…

James posa deux canettes de Coca Light sur la table et s'assit en face de sa coéquipière.

— Bizarre. Elle devrait se faire plus discrète, après ce qui est arrivé à sa mère et à sa tante.

— Elle marche à l'adrénaline, expliqua Ning.

James s'accorda quelques secondes de réflexion.

— Pour résumer, on a une excitée assoiffée de vengeance qui se balade en liberté avec un Glock dans la poche. Il va falloir calmer le jeu.

— Comment ça ?

— Ma carrière de contrôleur de mission risque de prendre fin prématurément si Fay et toi vous trouvez impliquées dans un règlement de comptes à l'arme automatique.

— Je ferai tout ce que je peux pour éviter ce scénario, sourit Ning. Je fais en sorte de passer le plus de temps possible à ses côtés, mais j'ai peur de perdre sa confiance.

— Et pourquoi ça ? s'étonna James.

— Quand je suis au collège, Fay est livrée à elle-même. Elle rassemble un paquet d'informations, et Warren lui refile des tuyaux. Moi, tout ce que je lui ai apporté, c'est un matelas gonflable et un bout de moquette où s'allonger au centre Nebraska.

— Mais je croyais que vous étiez amies…

— On s'entend bien, mais Fay est entièrement focalisée sur son objectif. Rien d'autre ne compte pour elle. Si tu veux qu'elle continue à partager ses infos sur le gang, nous devons rester complices. Et pour ça, il faut que je mette quelque chose sur la table.

— Tu penses à quelque chose en particulier ?

— Pour atteindre Hagar, Fay a l'intention de forger une alliance avec Eli. Le problème, c'est que ses revendeurs ne sont pas très causants, et qu'elle n'a rien pu apprendre à son sujet.

James hocha la tête.

— Je vois. Et si je te procurais le nom et l'adresse d'un des lieutenants d'Eli ?

— Ce serait génial. Je lui dirai que j'ai obtenu l'info auprès d'un garçon du collège, un truc dans le genre.

À cet instant, James sentit son mobile vibrer dans sa poche. Il ne reconnut pas le numéro affiché à l'écran.

— C'est moi, dit Ryan d'une voix pâteuse. Je suis aux urgences.

∴

Ryan reposait torse nu sur le lit d'hôpital.

— Je suis vraiment désolé, dit-il lorsque James entra dans le box d'examen.

— Tu n'as aucune raison de t'en vouloir.

— J'ai foiré la mission. Je me suis définitivement grillé auprès de Craig.

— Ça, ça reste à vérifier.

— Laisse tomber. Je me ferai probablement tabasser dès que je remettrai un pied à L'Abri.

Une interne entra à son tour dans la cabine.

— Alors, rien de cassé, docteur ? demanda James.

— Il n'a que quelques contusions, sourit la jeune femme. Mais il vaudrait mieux qu'il observe deux ou trois jours de repos.

Elle se pencha en avant et posa une main sur la joue de Ryan.

— Elle est toujours engourdie ?

— Oui, répondit Ryan. Je ne sens presque pas vos doigts.

— Peux-tu t'asseoir, s'il te plaît ?

Elle déchira le sachet d'un kit de suture dont elle sortit une aiguille et une petite bobine de fil stérile.

— Malheureusement, je vais devoir te poser cinq ou six points à la lèvre.

Ryan sentit la nausée le gagner. Lorsque l'interne approcha la pointe de son visage, il se détourna instinctivement.

— Plus tu bougeras, plus ça prendra du temps, avertit la jeune femme avant de planter l'aiguille dans sa lèvre inférieure.

## 22. Dans la gueule du loup

*Deux jours plus tard*

Comme la majorité des agents en mission d'infiltration, Ning éprouvait des difficultés à s'adapter à son nouvel établissement. Perdue dans la foule des élèves qui se pressaient à la sortie du collège, elle traînait un léger sentiment de solitude. Dès qu'elle eut franchi le portail, un cri lui parvint depuis le trottoir opposé.

— Ning, je suis là ! lança Fay.

Ning traversa la rue et étreignit brièvement sa camarade.

— Alors, chérie, ta journée au bureau s'est bien passée ? gloussa cette dernière.

— Pourquoi ces cons m'ont-ils forcée à retourner au collège à trois semaines des vacances d'été ? soupira Ning.

— Tu n'as qu'à faire comme moi, dit Fay. Sèche les cours.

— La direction préviendrait immédiatement les éducateurs du centre, et je serais privée de sortie.

— Déprime pas, ma grande. Tu n'en as plus pour longtemps. De mon côté, figure-toi que j'ai du nouveau.

— Vas-y, raconte.

— Je suis entrée en contact avec Shawn, le type dont tu m'as parlé, celui qui travaille pour Eli.

— Dans quel but ?

— Je lui ai demandé s'il serait intéressé par un stock de marchandise à prix cassé.

— Et qu'est-ce qu'il a répondu ?

— Qu'il était partant à cent pour cent.

— Et qu'est-ce que tu comptes lui vendre ?

— Ce qu'on trouvera dans la planque d'Hagar. J'ai surveillé la baraque. Warren avait raison. Je crois qu'on est tombées sur la caverne d'Ali Baba.

— Qu'est-ce qui te fait dire ça ?

— Clay y vit seul, expliqua Fay, sauf quand sa copine lui rend visite. Une à deux fois par semaine, il sort avec un gros sac vide et revient chargé comme une mule. À part ça, des clients se pointent à n'importe quelle heure. Il a forcément accès au stock.

— OK. Et quel est ton plan ?

— On ne va pas faire dans la subtilité. On passe à l'action vers vingt-trois heures. On dissimule nos visages, on entre dans la maison et on braque un flingue sous le nez de Clay.

— L'endroit n'est pas sécurisé ?

— D'après ce que j'ai vu, il y a quelques caméras de surveillance mais pas de système d'alarme.

— Parfait. Alors, quand est-ce qu'on passe à l'action ?

— Dès ce soir, si tu es prête, sourit Fay.

∴

Ryan avait une énorme bosse au milieu du front, des points de suture à la lèvre inférieure et une ecchymose violacée sous l'œil droit. Il n'était pas retourné au collège depuis le soir de l'agression.

— Tu me confirmes que tu es partant ? demanda James.

Installé devant le plan de travail de la cuisine, il manipulait les boutons d'une radio connectée à un minuscule récepteur glissé dans l'oreille de Ryan.

— Tu m'as déjà posé trois fois la question, soupira ce dernier, légèrement agacé. Je t'assure que tout ira bien.

— Je ne fais qu'appliquer la procédure. Vu la raclée que tu t'es prise, je comprendrais que tu ne sois pas pressé de reprendre la mission. En vertu du règlement, tu aurais parfaitement le droit de…

— Bla bla bla, l'interrompit Ryan en esquissant un sourire.

— Très bien, comme tu voudras, dit James en tournant l'un des boutons de son appareil. Test audio, un, deux, trois.

— Je te reçois fort et clair, dit Ryan. Et toi ?

— Nickel. Je serai dehors, sur le banc. Si ça commence à chauffer, dis simplement « bouledogue » et j'interviendrai.

Ryan fut le premier à quitter l'appartement. Tandis qu'il slalomait entre les crottes de chien et les morceaux de verre brisé qui jonchaient le terrain vague aux abords de L'Abri, James lui emboîta discrètement le pas, s'assit sur un banc offrant une vue imprenable sur le hangar puis ouvrit un exemplaire de *Motorcycle News*.

Une dizaine de garçons traînaient à l'intérieur du club. Par chance, Ryan put entrer sans se faire remarquer, car une dispute faisait rage autour d'une des tables de billard. Un adolescent bedonnant serrait le cou d'un avorton au teint mat entre son biceps et son aisselle. Un cercle s'était formé autour d'eux.

— Lâche-le, hurlait Youssef. Il n'a pas triché. Tu as perdu à la régulière.

Ryan s'approcha discrètement de Youssef et attira son attention en posant une main sur son épaule. Ce dernier lui adressa un sourire fabriqué, jeta un regard furtif autour de lui puis l'entraîna dans un angle obscur de la salle.

— Tu es complètement dingue de te montrer ici ! murmura-t-il.

— Tu n'as pas reçu mon SMS à propos de ce qui s'est passé ?

— Ne le prends pas mal, mais en ce moment, je préférerais qu'on ne nous voie pas traîner ensemble. Et tu ferais mieux de te tirer en vitesse avant qu'un des gorilles d'Hagar ne te tombe dessus.

À la table de billard, le garçon au ventre proéminent avait lâché prise.

— Il a bougé la bille noire, gronda-t-il.

Conscient que l'assistance avait pris fait et cause pour sa victime, il attrapa son sac et sa veste d'uniforme scolaire puis quitta les lieux en maugréant.

— Craig est ici, Ryan, poursuivit Youssef. Je ne sais pas si tu es courant, mais sa spécialité, c'est de casser des jambes à coups de batte de base-ball.

— Il sait où me trouver. Mon appart se trouve à deux cents mètres. Pourquoi n'est-il pas venu me parler ? Je veux lui présenter des excuses. Je ne suis pas du genre à me défiler, et je pense qu'il reconnaîtra au moins que j'ai du courage.

Youssef secoua la tête.

— Attends encore une semaine, puis adresse-toi à quelqu'un de moins important. Tu ne te rends pas compte de ce qui te pend au nez.

— Que ça te plaise ou non, je vais me jeter dans la gueule du loup, dit Ryan en se dirigeant vers le bureau où les lieutenants d'Hagar tenaient leurs réunions. Tu ne me souhaites pas bonne chance ?

— Bon sang, mon pote, je connais ces types depuis plus longtemps que toi…

Ryan aperçut deux silhouettes massives derrière la porte de verre dépoli. Lorsqu'il frappa, les hommes se turent, puis Craig passa la tête dans le couloir et pointa un index menaçant dans sa direction.

— Toi, tu m'attends ici, ordonna-t-il.

Sur ces mots, il désigna une chaise en plastique et referma la porte derrière lui.

Ryan dut patienter une dizaine de minutes avant que Craig et son interlocuteur achèvent leur conversation. Son imagination se mit à galoper. Si l'entrevue tournait au vinaigre, James aurait-il le temps d'intervenir avant qu'on ne lui brise les jambes ?

— Entre ! dit enfin Craig.

Le bureau était minuscule. Ryan remarqua que la table était jonchée de pelures de mandarines. Malgré la fenêtre ouverte et le ventilateur tournant à plein régime, l'air empestait l'after-shave.

— Eh bien, on peut dire que tu as du cran, dit Craig.

— J'ai pensé que vous méritiez des explications.

— Et pourquoi avoir attendu trois jours ?

— Je suis sorti de l'hôpital hier soir.

— Tu aurais pu me passer un coup de fil.

— Je n'avais pas votre numéro.

— Ça, je sais, mais tu aurais pu contacter l'un de tes potes. Abdi, Youssef, n'importe quel crétin aurait pu faire passer le message.

— On m'a piqué mon portable, expliqua Ryan. Du coup, j'ai perdu tous mes numéros.

— Je vois. Bon, je t'écoute. Je suis impatient de découvrir quelle histoire tu as bien pu inventer.

— Les types qui me sont tombés dessus… Ils savaient que j'allais me pointer. Je vous jure que c'est la vérité. Quelqu'un les avait rencardés, j'en suis certain.

— Curieux, murmura Craig, l'air pensif.

— Qu'est-ce qui est curieux ? demanda Ryan.

— Ça fait dix ans que j'envoie des gars effectuer des livraisons dans cette cité, et pas un seul ne s'est fait piquer sa came.

— Ils attendaient dans l'escalier, insista Ryan. Et quand j'ai frappé à la porte de l'appartement F3, personne n'a ouvert.

— S'ils t'attendaient, c'est que tu n'as pas su tenir ta langue, dit Craig en bombant le torse.

— Non, je n'ai parlé à personne. C'est la stricte vérité.

— Si tu le dis… Quoi qu'il en soit, tu vas devoir rembourser. Je pense que trois mille six cents livres feront l'affaire.

— Et où trouverais-je une telle somme ? s'étrangla Ryan.

— Tu as un grand frère, il me semble. Il circule sur une chouette moto, à ce qu'on m'a dit. Il n'a qu'à la vendre, et tu pourras régler ta dette.

— Cette histoire ne le concerne pas.

— Bien sûr que si, sourit Craig. Qui sera obligé de pousser ta chaise roulante, si je te pète les genoux ?

— On doit pouvoir s'arranger autrement, implora Ryan. Je ne suis pas trop bête et je sais me battre. Je pourrais vous rembourser en travaillant. Je ferai tout ce que vous voudrez. Manutention, livraisons. Je suis même prêt à nettoyer les toilettes.

Craig s'accorda un instant de réflexion puis dit :

— Tu as déjà lavé une bagnole ?

— Non, pas vraiment… mais j'apprends vite, et ça ne doit pas être sorcier.

— Très bien. Tu te rendras à la station de lavage Kalifornia, dans la zone commerciale près de la gare de King's Cross. Il y a un énorme panneau jaune, tu ne peux pas le manquer. Tu y bosseras tous les week-ends et la semaine après les cours. Si tu travailles dur, je finirai peut-être par te pardonner.

— Et combien d'heures devrai-je travailler pour rembourser ma dette ?

Craig esquissa un rictus malveillant.

— Tu bosseras là-bas aussi longtemps qu'il me plaira.

## 23. Un léger différend

Fay n'avait rien oublié de ce que sa mère et sa tante lui avaient enseigné. Elle ordonna à Ning de rassembler ses longs cheveux sous une casquette de base-ball puis d'enfiler un T-shirt étroit qui comprimait sa poitrine et un sweat à capuche informe. Des chaussures bon marché deux pointures trop grandes complétaient cette tenue improbable. Ainsi vêtues, elles passeraient pour des garçons aux yeux de tous ceux qui n'y regarderaient pas de trop près.

— Ne parle que si c'est absolument nécessaire, et d'une voix aussi grave que possible, expliqua Fay. Si Hagar apprend qu'il s'est fait dépouiller par des filles, je serai la première soupçonnée.

Elles quittèrent le centre Nebraska à la nuit tombée. Le couvre-feu étant en vigueur, elles déplacèrent un camion de pompiers à pédales trouvé dans l'aire de jeux réservée aux plus jeunes résidents et s'en servirent comme d'un marchepied pour franchir la clôture située à l'arrière de l'établissement.

— J'ai l'impression de porter des chaussures de clown, sourit Ning. J'aurais dû rajouter une paire de chaussettes.

Parvenues à destination, elles se postèrent à quelque distance de la maison délabrée et en étudièrent la façade. Seules les fenêtres du rez-de-chaussée garnies de barreaux pouvaient laisser deviner que des marchandises de valeur y étaient entreposées.

— Celles du premier sont ouvertes, dit Fay.

— Et vu les taches de couleur sur les murs, il doit être en train de regarder la télé, fit observer Ning.

— Quand sa copine n'est pas là, il monte dans sa chambre vers vingt-deux heures.

— Alors, comment on entre ?

— Laisse-moi faire. Ça va, tu n'es pas trop nerveuse ?

Ning, qui avait vécu des situations infiniment plus dangereuses avant et après son entrée à CHERUB, s'efforça d'afficher une mine anxieuse.

— Je suppose que tu sais ce que tu fais.

— Ouais, tu peux me faire confiance, dit Fay en plaçant une main rassurante sur l'épaule de sa camarade.

Elle se dirigea vers la maison, évita le portail dont les gonds avaient une fâcheuse tendance à grincer puis enjamba un muret. Lorsque Ning l'eut rejointe, elles descendirent les marches inégales menant à l'entresol puis passèrent des cagoules kaki.

Fay sortit de sa poche un pistolet à aiguilles et s'attaqua à la serrure. Ning, qui savait que le maniement de cet outil requérait un long apprentissage, fut impressionnée par l'habileté de sa complice. Lorsque la porte céda, une pluie de toiles d'araignée dégringola du cadre.

— Merde, il y a un entrebâilleur, dit-elle. Prends le coupe-boulon dans mon sac.

Ning s'empara d'une énorme paire de pinces, en glissa l'extrémité dans l'entrebâillement et fit sauter le morceau de métal qui leur interdisait l'entrée. La porte s'ouvrit alors sur une pièce humide au papier peint d'un autre temps et au sol couvert de poussière.

Un rayon de lune éclaira des meubles en formica et des photos de famille encadrées remontant aux années 1970 et 1980. Ning et Fay gravirent les marches menant au rez-de-chaussée et découvrirent un environnement plus moderne mais livré au désordre le plus complet : des vêtements jonchaient la moquette, une poubelle débordait d'emballages de nourriture à emporter et une montagne de vaisselle sale était entassée dans l'évier de la cuisine.

— Quel gros dégueulasse, chuchota Fay en dégainant son Glock.

Elle s'engagea dans l'escalier, mais la dernière marche émit un craquement sinistre. Elle se figea, les yeux braqués sur la porte ouverte de la chambre. Elle bloqua sa respiration, patienta quelques secondes puis, n'ayant entendu aucun son alarmant, poursuivit sa progression.

Elle passa la tête à l'intérieur de la pièce et s'étonna de ne pas y trouver sa cible. Elle jeta un bref coup d'œil sous le lit et à l'intérieur de l'armoire puis se pencha à la fenêtre. Trop haut. Clay devait toujours se trouver dans la maison.

— Mais où est-ce qu'il est passé ? murmura-t-elle.

Ning balaya le couloir du regard. Elle repéra deux portes fermées et une trappe au-dessus de sa tête. Soudain, un smartphone HTC abandonné sur le lit émit un bref signal sonore. Fay se pencha pour en étudier l'écran : Clay venait de recevoir un SMS d'une certaine Imelda.

— Il a laissé son portable, dit-elle en rejoignant sa camarade dans le couloir. Ça veut dire qu'il s'est barré en quatrième vitesse.

Ning sentit ses entrailles se nouer. Si Clay n'avait pas pris le temps de récupérer son téléphone, il pouvait très bien s'être équipé d'une arme. Et s'il surgissait d'une des pièces qu'elles n'avaient pas visitées, elles se feraient canarder avant de pouvoir battre en retraite.

Elle s'adossa à un mur, progressa lentement vers une porte puis en tourna lentement la poignée. Elle découvrit une seconde chambre. Une dizaine de paires de Nike flambant neuves étaient alignées au pied d'une armoire.

Fay s'approcha de la dernière pièce, mais la porte s'entrouvrit avant qu'elle n'ait pu la tirer. Une main se referma sur son poignet droit, orienta le pistolet vers le plafond, puis l'entraîna à l'intérieur d'une salle de bains exiguë. Tandis qu'elle s'efforçait de libérer le Glock, son dos heurta un porte-serviettes et elle lâcha un cri de douleur.

Fay et son adversaire se disputaient l'arme à feu, et le coup pouvait partir à tout moment dans une direction aléatoire. Si elle avait appliqué à la lettre les règles énoncées par ses instructeurs, Ning se serait tenue à distance et aurait attendu l'issue du duel. Mais elle se refusait à abandonner sa camarade. Elle se précipita à son tour dans la salle de bains puis bouscula Clay d'un solide coup d'épaule. Ce dernier perdit l'équilibre et entraîna Fay vers la baignoire, où ils s'emmêlèrent dans le rideau de vinyle. Dans cette empoignade confuse, le pistolet atterrit par miracle sur le tapis de bain jaune citron.

Prenant appui sur le mur carrelé, Clay repoussa Fay des deux jambes contre le lavabo puis se pencha pour ramasser le Glock. Mais Ning l'avait déjà pris de vitesse. Profitant de l'effet de surprise, Fay bondit sur le dos du garçon, mais il se redressa vivement avant qu'elle n'ait pu passer les bras autour de son cou et la précipita au fond de la baignoire. Consciente que son adversaire n'avait pas l'intention de se rendre, Ning mit fin au pugilat en lui portant un coup de crosse à l'arrière du crâne.

Clay s'agenouilla devant le lavabo. Ning posa le canon du Glock sur sa tempe.

— Tu es un peu trop jeune pour mourir, tu ne trouves pas ? dit-elle d'une voix exagérément grave. Alors sois gentil et pose les mains sur la tête.

Tremblant de rage, Clay obtempéra.

— Vérifie qu'il n'avait pas un autre téléphone, lança Ning. S'il a eu le temps d'appeler les renforts, on va devoir se tailler en vitesse.

Fay, qui s'était extraite de la baignoire, palpa les poches du garçon puis fouilla rapidement la pièce.

— Pas de mobile, dit-elle, mais j'ai trouvé ça à côté du balai à chiottes.

Elle brandit un cylindre métallique noir équipé d'une poignée, un objet qui ressemblait vaguement à un extincteur.

— Une bombe lacrymo, sourit Ning en se tournant vers son prisonnier. C'est ça que tu étais venu chercher ?

— Qui l'eût cru ? ricana Fay. Hagar n'a même pas été foutu de confier un flingue à son petit frère.

— Et vous, les filles, qu'est-ce que vous foutez ici ? grogna Clay. Je vous signale qu'il n'y a rien à piquer.

Ning et Fay échangèrent un regard consterné. À l'évidence, leur stratagème visant à se faire passer pour des garçons avait lamentablement échoué.

— Conneries, dit Fay. Ça fait un bout de temps que je te surveille. Je sais ce que vous trafiquez, toi et ton frère. Alors tu vas nous conduire au coffre immédiatement.

— Quel coffre ? demanda Clay.

— S'il te plaît, ne me prends pas pour une débile. Je sais que tu reçois beaucoup de visites, et vu la tronche de tes invités, je doute qu'ils viennent ici pour prendre le thé et grignoter des petits gâteaux.

— Il n'y a pas de coffre, je vous dis. D'ailleurs, vous n'avez qu'à vérifier.

Grâce au tuyau de Warren concernant son cousin charpentier, Ning et Fay savaient que Clay mentait. Seulement, elles ignoraient dans quelle partie de la maison Hagar gardait son stock, et Fay n'en avait pas appris davantage lors de son opération de surveillance.

— Ne te fatigue pas, dit cette dernière. Tu vas nous montrer où se trouve ce foutu coffre, puis tu nous feras le plaisir de l'ouvrir.

Clay secoua la tête.

— Merde, les filles, vous êtes en plein délire ! Comment pourrais-je vous montrer un truc qui n'existe pas ?

Fay se tourna vers Ning.

— Passe-moi le flingue, dit-elle. On va accompagner ce petit con en bas et le cuisiner à notre manière.

Elle escorta Clay jusqu'au salon sous la menace de son arme, lui ordonna de s'asseoir sur le sofa puis assura sa surveillance pendant que sa complice perquisitionnait le rez-de-chaussée.

Warren avait lâché un indice important : son cousin était charpentier. Ning souleva les cadres du salon puis inspecta les placards. Elle était sur le point de regagner l'entresol lorsqu'elle remarqua dans le couloir une minuscule fente courant du sol au plafond. Lorsqu'elle y frappa, la cloison rendit un son creux. Elle glissa la lame d'un canif dans la fente suspecte puis exerça un mouvement de levier en manipulant le manche de droite à gauche. Le radiateur fixé au mur bougea de quelques millimètres. En l'observant attentivement, elle découvrit qu'il n'était pas connecté aux tuyaux du chauffage central. Elle le saisit à deux mains et tira d'un coup sec.

— Bingo, s'exclama-t-elle en découvrant la porte d'un coffre encastré dans le sol. Mais il est équipé d'un clavier. On cherche un code, pas une clé.

Fay s'adressa à Clay.

— Alors ?

— Il est équipé d'un minuteur. Je ne peux pas l'ouvrir pendant la nuit. Ou alors, il faudrait que je demande le code à mon frère.

Tandis que Clay se perdait en explications, Ning saisit son smartphone, lança le navigateur, pianota la marque et la référence du coffre puis en étudia attentivement les caractéristiques.

— Il est en train de nous enfumer, dit-elle. Le Tecumax 416R requiert un code à cinq chiffres. Il ne dispose pas de minuterie.

Fay hocha la tête.

— Logique. En surveillant cette baraque, j'ai vu des gens aller et venir à n'importe quelle heure du jour ou de la nuit.

— Mon frère vous le fera payer cher ! rugit Clay. S'il ne vous vend pas au premier maquereau venu, il vous tranchera la gorge.

Fay s'accorda quelques secondes de réflexion. À l'évidence, son prisonnier n'était pas impressionné par l'arme braquée dans sa direction. Comme la majorité des hommes auxquels elle avait eu affaire lors de ses précédents braquages, il ne la croyait pas capable de faire usage de la violence. Ce garçon arrogant avait besoin d'une petite démonstration de force.

Sans le quitter des yeux, elle glissa une main dans son sac et en sortit un emballage en papier d'une quinzaine de centimètres de long qu'elle déchira avec les dents. Elle en sortit un scalpel chirurgical à usage unique dont elle fit sauter la protection plastique avec l'ongle du pouce.

Enfin, elle posa la lame sur la joue de Clay et pratiqua une longue incision. Horrifiée par cette scène, Ning dut faire un effort surhumain pour ne pas intervenir. Tandis que sa victime roulait des yeux terrifiés, Fay débita un discours maintes fois entendu de la bouche de sa tante.

— Le corps humain contient environ neuf litres de sang. Cette plaie n'est pas bien méchante. Elle devrait se refermer avant que tu ne te vides complètement. Mais tant que tu ne m'auras pas donné la combinaison, je pratiquerai une autre entaille toutes les minutes. Dès la troisième, tes chances de mourir d'hémorragie grimperont à cinquante pour cent.

— Je vais avoir une cicatrice à vie, espèce de chienne ! hurla Clay en portant une main à sa joue sanglante.

— Je n'ai aucune envie de flinguer cette jolie moquette, sourit Fay en faisant danser son scalpel sous les yeux du garçon. Et s'il te plaît, ne me traite pas de chienne. Nous avons un léger différend, c'est évident, mais moi, je fais de mon mieux pour rester polie.

— Tu es complètement cinglée !

— Le code ?

— Deux, quatre, un, trois, zéro, lâcha Clay.

Fay se tourna vers sa camarade.

— À toi de jouer, ma grande.

Ning regagna le couloir, s'accroupit et composa les cinq chiffres. Une rangée d'ampoules LED clignota, puis un discret bruit de moteur électrique se fit entendre. Un déclic, et la porte s'entrebâilla de quelques centimètres.

— Ça marche, cria Ning.

Grâce à la lampe intérieure dont le coffre était équipé, elle découvrit neuf briques d'un kilo de cocaïne sous vide et trois sacs de toile remplis de sachets d'un gramme.

— Je dirais… dix à douze kilos, lança Ning.

Les yeux de Clay étaient vitreux, sa chemise maculée de sang.

— Mets le matos dans les sacs, dit Fay. Ensuite, reviens ici. Je veux être certaine que ce crétin n'essaiera pas de me la jouer à l'envers pendant que je le ligoterai.

## 24. Kalifornia

*Deux jours plus tard*

Installé dans les locaux d'une ancienne station-service derrière la gare de King's Cross, le centre de lavage Kalifornia Kar Kleen employait une dizaine de travailleurs venus d'Europe de l'Est. Ses clients devaient débourser huit livres pour un service standard, vingt-cinq pour un nettoyage extérieur et un rafraîchissement intérieur, cinquante pour une formule complète avec finitions. La direction n'acceptait ni les chèques ni les cartes de crédit. En réalité, la société permettait à Hagar, son propriétaire, de blanchir l'argent tiré de ses activités illégales.

Plus petit que ses collègues adultes, Ryan était cantonné au nettoyage intérieur des véhicules. Il y passait l'aspirateur puis nettoyait les moindres recoins à l'aide d'un arsenal composé de produits d'entretien, de brosses et de tissus microfibres suspendus à sa ceinture.

Après une longue journée de cours, il entamait sa troisième heure de travail dans une Mini dont les deux portières et l'habitacle exigu l'obligeaient à accomplir toutes sortes de contorsions. Sa propriétaire étant mère de deux enfants, la banquette arrière était maculée de taches poisseuses, de traits de feutre et de vomissures. Il appliqua une giclée de mousse nettoyante sur une auréole puis frotta à l'aide d'une brosse à ongles, mais il eut beau insister à s'en faire mal aux épaules, il ne parvint qu'à en estomper les contours. Il redoutait de se faire remonter les bretelles par Milosh, le chef d'équipe, un individu aussi prompt à la critique que réticent à mettre la main à la pâte.

Ryan se pencha sous les sièges avant et découvrit un nid à miettes et à poussière. Il tentait d'en extraire une minuscule chaussette Dora l'exploratrice et un biscuit moisi lorsque des coups frappés à la lunette arrière le firent sursauter. Il effectua une manœuvre de retournement et se cogna la tête contre la portière. Planté derrière le véhicule, Craig, d'un geste, lui fit signe de sortir. La mine sombre, l'homme le conduisit sans décrocher un mot jusqu'au bureau de la direction installé dans la boutique de l'ancienne station-service.

— Le chef d'équipe m'a dit que tu faisais du bon boulot, grogna-t-il. Ta période d'essai est terminée.

Surpris que Milosh ait pu louer la qualité de son travail en dépit de ses reproches incessants, Ryan esquissa un sourire.

— À partir de demain, tu commenceras à rembourser ta dette à raison de dix livres de l'heure, poursuivit Craig. Tu bosseras tous les jours après les cours, et de huit heures à dix-neuf heures le samedi. Et si tu essayes de te faire porter pâle, je viendrai personnellement te botter les fesses. Pigé ?

Ryan était partagé. S'il était satisfait de s'être fait une place auprès de Craig, la perspective de passer le plus clair de son temps libre à astiquer des voitures ne le transportait pas de joie.

— Mais quand ferai-je mes devoirs ? demanda-t-il.

— Sache que je me fous royalement de tes petits problèmes. La seule chose qui m'intéresse, c'est le fric que tu me dois. Maintenant, fous-moi le camp et remets-toi au boulot.

Lorsque Ryan sortit du bureau, une Mercedes Classe E aux vitres fumées s'immobilisa à l'entrée de la station de lavage. Milosh accourut ventre à terre pour accueillir son conducteur, un métisse de grande taille.

— Je m'en occupe immédiatement, monsieur, dit-il sur un ton obséquieux. Ça ne prendra pas longtemps.

Ryan reconnut Hagar au premier coup d'œil. Il avait étudié son visage sur les dizaines de photos de surveillance jointes à son ordre de mission. L'homme se dirigea vers le bureau de la direction.

— Toi et toi, cria Milosh en désignant deux individus qui s'affairaient autour d'une berline. Filez-moi un coup de main, c'est une urgence.

— Besoin d'un coup de main, chef ? demanda Ryan, qui voyait là un moyen de jeter un coup d'œil au véhicule d'Hagar.

Milosh lui lança un regard dédaigneux.

— Termine la Mini, dit-il. Pas question qu'un débutant dans ton genre pose ses sales pattes sur la voiture de Mr Hagar.

.:.

Shawn était attablé devant le Burger King du centre commercial de Wood Green. Grand et émacié, il portait un bouc, un maillot des Lakers et un pantalon de survêtement vert pomme.

— Eh, je ne m'attendais pas à rencontrer des filles aussi sexy, dit-il lorsque Fay et Ning se présentèrent à lui.

Elles posèrent leur Coca et leurs frites sur la table, s'assirent en face du dealer puis placèrent leurs sacs entre leurs jambes. Se méfiant de leur nouvel associé, elles avaient insisté pour que la transaction ait lieu dans un endroit fréquenté, mais le centre commercial était sur le point de fermer et la plupart des clients avaient déjà déserté les lieux.

Shawn avait lui aussi pris ses précautions, en la personne de deux gorilles plantés devant un stand de beignets au volet fermé. Pourtant, il semblait étonnamment détendu. En observant son attitude, Ning comprit qu'il planait complètement.

— Je ne savais pas que vous viendriez accompagné, dit Fay en désignant les deux gardes du corps d'un hochement de tête. Nous ne voulons pas d'embrouilles.

Sur ces mots, elle écarta brièvement un pan de sa veste afin d'exhiber le Glock glissé dans sa ceinture.

Sourire aux lèvres, Shawn balança sa chaise en arrière.

— Vous faites pas de bile, dit-il d'une voix traînante. Voilà comment nous allons procéder. Je vais prendre quelques échantillons de votre matos et les confier à mon chimiste. Il se rendra aux toilettes, testera la came et s'assurera que vous n'êtes pas en train d'essayer de nous rouler. Dès qu'il me donnera le feu vert, je vous filerai le cash.

Fay hocha la tête.

— Et pendant que votre chimiste testera la came, ma copine comptera le pognon.

— Ça me semble correct, dit Shawn en sortant un petit outil en forme de T de la poche de son pantalon.

Cette sonde était utilisée par les fermiers et les géologues pour prélever des échantillons de terre, mais les dealers l'utilisaient pour piocher de la poudre au cœur des paquets pour vérifier sa pureté.

Du pied, Fay poussa son sac en direction de Shawn. Ce dernier s'en empara, fit glisser la fermeture Éclair, jeta un bref coup d'œil autour de lui avant de planter l'objet dans trois briques sous vide choisies au hasard. Il plaça les prélèvements dans des tubes puis piocha quelques sachets.

— Je vous ai déjà dit que la dope des paquets était pure à quatre-vingt-cinq pour cent, et celle des sachets à vingt-cinq.

Shawn haussa les épaules.

— Je ne vous connais pas, les filles. Je ne peux pas prendre le risque de claquer tout mon fric en sucre glace.

Un homme aux avant-bras recouverts de tatouages s'approcha de la table, s'empara des échantillons puis s'enferma dans les toilettes aménagées sous les escaliers mécaniques. Shawn poussa une sacoche en direction de Ning. À l'intérieur, elle découvrit plusieurs liasses de cinq mille livres composées de billets de cinquante et de vingt. À la vue comme au toucher, les coupures semblaient authentiques.

— Il fallait en avoir dans le pantalon pour braquer l'entrepôt d'Hagar, ricana Shawn. Il paraît qu'il vous cherche partout.

Fay haussa les épaules.

— Et ce n'est qu'un début. Si vous êtes toujours intéressé, j'aurai bientôt autre chose à vous proposer.

— Évidemment que je suis intéressé. Mais si j'étais à votre place, je prendrais l'oseille et je me ferais oublier. Hagar a des hommes partout. S'il vous choppe, il ne vous fera pas de cadeau.

— On sera prudentes.

À cet instant, le mobile de Shawn vibra brièvement. Il en inspecta l'écran puis dit :

— Quatre-vingt-six pour cent pour les briques, trente-trois pour les sachets.

— Ah, qu'est-ce que j'avais dit ? sourit Fay.

— Je vous filerai six mille par kilo de poudre, trois pour les sachets.

Fay se raidit.

— On s'était pourtant mis d'accord. Sept mille plus quatre mille, soixante-quinze mille au total. C'est à prendre ou à laisser.

Shawn éclata de rire.

— Vous avez une montagne de marchandise sur les bras et l'un des pires tueurs du pays aux fesses. Vous ne pouvez pas vous trimbaler éternellement avec cette came à la recherche de l'acheteur idéal.

Malgré la colère qui l'habitait, Fay s'exprima avec le plus grand calme.

— J'ai des contacts dans des endroits où personne n'a jamais entendu parler d'Hagar. Manchester, Glasgow, Belfast. Si je leur propose un matos d'une telle qualité à sept mille livres le kilo, ils me mangeront dans la main.

— Bon, si c'est comme ça que tu vois les choses… dit Shawn en reculant sa chaise.

Il se tourna vers ses complices et baissa les pouces pour leur signifier que la transaction était annulée.

— Bon sang, vous êtes vraiment un amateur, sourit Fay.

Shawn haussa un sourcil.

— Comment ça, un amateur ?

— À ce tarif-là, je vous fais un cadeau, et vous le savez parfaitement. Eli récupérerait son investissement rien qu'en vendant les sachets. La vérité, c'est que vous essayez de tirer le prix à la baisse parce que vous comptez empocher la différence dans le dos d'Eli.

Shawn secoua lentement la tête.

— Eh bien, on peut dire que tu en as dans le citron, dit-il en désignant la sacoche contenant l'argent. Allez, prenez le cash et tirez-vous avant que je ne change d'avis.

— On vous fera signe quand on se sera réapprovisionnées.

Shawn saisit les deux sacs à dos et se leva.

— Faites gaffe, les filles, dit-il. Vous êtes malignes mais pas invincibles.

## 25. La tête sur les épaules

Vêtu d'un jean Diesel et d'un polo Lacoste, Warren, alerté par des coups frappés à la porte, découvrit Fay et Ning plantées sur le perron de la maison. Elles portaient leurs capuches rabattues de façon à se protéger de la pluie battante et des regards indiscrets.

— La vache, tu y es allé fort sur l'after-shave, grimaça Ning.

— Eh, on dirait que tu as vu un fantôme, ajouta Fay. Bon, on peut entrer ou tu nous laisses moisir sous la flotte ?

L'air anxieux, Warren fit un pas d'écart pour permettre aux filles de se réfugier dans le vestibule, puis il les conduisit jusqu'à la cuisine.

— Ta mère est là ? demanda Fay.

— Non, dit-il en ouvrant la porte du réfrigérateur. Le samedi matin, elle fait le ménage dans les bureaux. Elle ne sera pas de retour avant midi. Vous voulez quelque chose à boire ? Coca ? Jus d'orange ?

— Non, ça ira. Maintenant, assieds-toi. Il faut qu'on discute.

Mais Warren demeura debout, les mains crispées sur le dossier d'une chaise.

— Bon sang, pourquoi es-tu si nerveux ? s'étonna Fay.

— Sans blague, tu te poses vraiment la question ? Vous ne devriez pas être ici. Vous êtes au courant de la situation ? Eli a envoyé un SMS à Hagar pour le féliciter de la qualité de la came qu'il vous a achetée. Évidemment, Hagar a pété les plombs. Il y a un tas d'histoires qui circulent sur ce qu'il a l'intention de vous faire subir, quand il vous aura retrouvées, ainsi qu'à ceux qui vous ont renseignées.

Fay ne cilla pas.

— Tu débarques ou quoi ? Tu devais bien savoir qu'Hagar l'aurait mauvaise, quand tu nous as refilé le tuyau.

— Je n'avais pas imaginé que vous seriez assez débiles pour revendre la marchandise à son pire ennemi.

— Je ne suis pas débile. Je sais exactement ce que je fais.

— Tu es en plein délire... Hagar t'a déjà identifiée. Je sais qu'il a buté ta mère et ta tante parce qu'elles l'avaient dépouillé plusieurs fois. Moi, je croyais que tu voulais faire du business, mais la vérité, c'est que tu ne penses qu'à te venger. Je ne sais pas ce qui m'a pris de marcher dans ta combine.

— Moi, je sais, dit Fay en posant sur la table une épaisse liasse de billets.

— Si Hagar me découpe en morceaux, ce fric ne me servira pas à grand-chose, grogna Warren.

— Le deal nous a rapporté cinquante mille livres, mentit Fay. Ta part s'élève à dix mille, mais si tu n'en veux pas...

L'air pensif, Warren hocha la tête puis s'empara du pactole.

— Fais gaffe à la façon dont tu dépenses ce fric, précisa Ning. Si tu commences à jeter l'argent par les fenêtres, les gens te poseront des questions embarrassantes.

— Ne t'inquiète pas. Ce pognon, je vais le mettre de côté pour l'université. Enfin, si je reste en vie jusqu'au bac...

— Arrête de psychoter et parle-moi plutôt de cet autre endroit où ton cousin a travaillé, dit Fay. Tu sais, cette piaule où ils font pousser de l'herbe.

Warren secoua la tête.

— Dans tes rêves. Hagar est sur le sentier de la guerre. Je préfère me faire aussi discret que possible.

— Et c'est maintenant que tu te mets à flipper ? gloussa Fay. Après le coup dans lequel tu as trempé, tu crois vraiment qu'il te suffira de te mettre au vert pour qu'Hagar te pardonne ?

Warren leva les yeux au ciel.

— Bordel, qu'est-ce qui vous a pris de débarquer ici à l'improviste ? Vous auriez au moins pu appeler. On se serait retrouvés quelque part en centre-ville, là où personne ne nous connaît.

Ning partageait le point de vue de Warren. À ses yeux, Fay manquait de la plus élémentaire prudence. Cependant, conformément à son ordre de mission, elle devait continuer à jouer le rôle de la débutante naïve et inexpérimentée.

— OK, dit Fay. La prochaine fois, je te préviendrai avant de me pointer. Mais si tu acceptes de nous aider, je ferai de toi un partenaire à part entière, et tu recevras un tiers du butin.

À ces mots, Warren se décida à s'asseoir. Il considéra longuement la liasse de billets.

— Non, il n'est pas question que je vous aide, dit-il.

— Tu as déjà les deux pieds dans la boue, Warren. Foutu pour foutu, tu as peur de quoi ? Qu'Hagar te découpe en morceaux *deux fois* ?

Le garçon frappa du poing sur la table.

— On est en danger de mort, tu es au courant ? Ce n'est pas un jeu.

Fay décida de changer de tactique.

— Si tu me laisses tomber, je pourrais parler à certaines personnes d'un charpentier un peu trop bavard et de son cousin.

Warren se dressa d'un bond.

— Tu essayes de me faire chanter ? cria-t-il.

Fay se leva à son tour.

— Hagar a tué ma mère et ma tante, rugit-elle. Alors je préfère être claire avec toi : je suis prête à tout pour accomplir ma vengeance.

— Dans ce cas, pourquoi tu ne le butes pas, tout simplement ? Tu as un flingue, tu n'as qu'à t'en servir.

Fay secoua la tête. Ses mains tremblaient comme des feuilles.

— J'ai d'autres projets. Oui, je veux que ce salaud crève. Mais avant, je veux qu'il sache qu'il a tout perdu, et qu'il expie ses meurtres.

Une larme roula sur la joue de Fay. Ning ignorait si son chagrin était sincère ou si elle jouait son rôle à la perfection.

Warren contourna la table puis posa une main maladroite sur l'épaule de Fay.

— Je sais qu'il t'a fait du mal et que tu le hais de tout ton cœur. Mais crois-tu que ta mère et ta tante auraient voulu que tu deviennes une criminelle ?

— Je ne pourrai pas vivre une existence normale tant qu'Hagar n'aura pas payé pour ce qu'il a fait, sanglota Fay.

Warren passa une main dans ses cheveux et lâcha un long soupir.

— Très bien. Je te dirai ce que je sais, mais je te préviens, c'est plutôt vague. Ne t'attends pas à des renseignements précis, comme pour la planque d'Hagar.

— Oh, merci, soupira Fay.

Après s'être essuyé les yeux d'un revers de manche, elle retrouva son autorité naturelle.

— À part ça, tu es célibataire, Warren ?

Ce dernier rougit jusqu'à la pointe des oreilles.

— Non, pas en ce moment… bredouilla-t-il.

— Dans ce cas, je me disais que tu pourrais m'emmener boire un verre un de ces soirs…

Ning n'en croyait pas ses oreilles. Warren, lui, ne savait plus où se mettre. Il n'avait pas de petite amie et trouvait Fay très mignonne, mais il la jugeait aussi dangereusement déséquilibrée.

— OK, dit-il sans grande conviction. La semaine prochaine, si tu veux…

— Non, ce soir, ricana Fay. Mon Dieu, tu es tellement mignon quand tu as la trouille !

⁂

Ryan appréciait les jours de pluie, car les clients se faisaient rares. Il avait pris son poste à huit heures du matin et avait reçu l'ordre de se rendre à la concession Volkswagen du quartier afin d'en briquer les véhicules d'exposition. Ce travail accompli, il se rendit au McDonald's afin de faire le plein de café et de muffins, puis il resta désœuvré de dix à onze heures du matin.

La météo ayant annoncé un temps exécrable, Milosh avait autorisé plusieurs employés à regagner leur domicile. Les cinq restants tuaient le temps sous l'auvent de la station en échangeant des blagues et des anecdotes sans intérêt.

— Il faut que j'aille aux toilettes, dit Ryan.

Il se dirigea vers la cabine en plastique dressée à l'arrière du bâtiment puis obliqua vers le bureau de la direction. Il était impatient de visiter cette pièce où Craig rencontrait régulièrement Hagar et ses lieutenants. Il venait de voir deux hommes en sortir, verrouiller la porte derrière eux puis quitter les lieux à bord d'une voiture de sport.

Conscient qu'il n'avait pas encore gagné la confiance de Craig, il avait jugé préférable de ne pas emporter son pistolet à aiguilles. Quelques jours plus tôt, il avait noté la marque, le modèle et le numéro de série de la serrure puis communiqué ces informations au campus. Les spécialistes de CHERUB lui avaient aussitôt fait parvenir un double par coursier spécial.

À son grand soulagement, la clé était parfaitement usinée. Il entra dans le bureau, baissa la fermeture Éclair de sa combinaison puis sortit de sa poche intérieure trois disques de caoutchouc pas plus grands que des pièces de monnaie. Deux d'entre eux contenaient des caméras miniaturisées et orientables à distance. Ayant déjà repéré les emplacements les plus favorables, il en fixa un sur un miroir de surveillance incurvé braqué vers l'entrée de l'ancienne boutique, l'autre sur la poignée d'un extincteur. Les appareils étaient conçus pour s'orienter et effectuer automatiquement le point sur la source de son la plus proche.

Le troisième disque était plus petit. Il renfermait un micro à analyseur de fréquence qui captait le son produit par les claviers d'ordinateur. Il distinguait la signature particulière de chaque touche puis, associé à un logiciel d'interprétation sophistiqué, était capable de reconstituer toute chaîne de caractères frappée dans son rayon d'action. Il plaça l'appareil sous la table, entre les deux ordinateurs portables.

Lorsqu'il quitta le bureau en laissant intentionnellement la porte entrouverte, il vit Craig se diriger droit sur lui.

— Tu étais où, bordel ? gronda ce dernier.

— Justement, je vous cherchais, répondit Ryan avec le plus grand calme. J'avais une question à vous poser concernant mes heures…

— Comment es-tu entré dans le bureau ?

Ryan joua l'innocent.

— C'était ouvert.

Craig considéra la porte entrebâillée et sembla mordre à l'hameçon.

— Qui était là avant toi ?

— Je ne sais pas comment ils s'appellent, mentit Ryan, qui avait étudié le profil de tous les lieutenants d'Hagar pendant la phase de préparation de la mission. Le blond, et le gros qui porte toujours un pull.

— Je vois, grogna Craig. Il faudra que je pense à leur botter le cul, à ces cons-là.

— À propos de mes heures… dit timidement Ryan. Milosh ne tient pas de liste de présence, et comme vous n'êtes pas toujours là... je me disais que je pourrais noter ça dans un registre.

— Fais comme tu veux, mais si je t'attrape à truquer les chiffres...

Ryan se rendit aux toilettes. Au sortir de la cabine, il eut la désagréable surprise de se trouver de nouveau confronté à Craig. Nokia bon marché vissé à l'oreille, ce dernier, d'un geste, lui fit signe de rester immobile.

— OK... marmonna-t-il dans l'appareil. Non... non, non. Dis-lui de ne pas bouger. Je vais envoyer quelqu'un.

Ryan sentit la panique le gagner. Avait-il laissé une preuve compromettante dans le bureau ? L'équipement qu'il venait d'installer avait-il déjà été découvert ?

— J'ai donné toutes les indications à Luke, poursuivit Craig. Qu'est-ce qu'il a, une tumeur au cerveau ?... Bien, alors je considère qu'il n'est pas malade. Au pire, il aurait pu appeler et quelqu'un s'en serait occupé. Ce type est une feignasse. Tel que je le connais, il a encore dû picoler toute la nuit et il ne peut pas décoller la tête de l'oreiller.

Après avoir lâché une ultime bordée d'injures, il mit fin à la communication et fusilla Ryan du regard.

— J'ai besoin que tu fasses quelque chose pour moi. Tu connais Kentish Town ?

— Vaguement, mais j'ai l'appli Google Maps sur le nouveau mobile que tu m'as filé.

— Je veux que tu retrouves l'un de mes gars devant le supermarché Iceland. Il te confiera un paquet.

Ryan roula des yeux inquiets.

— Je vous dois déjà tellement de fric... Je ne veux pas prendre le risque de me faire dépouiller une deuxième fois.

Les traits de Craig se durcirent.

— Ce n'est pas une proposition, mais un ordre. Je ne connais pas encore le lieu de livraison, mais tu recevras les détails par SMS.

Sur ces mots, il remit à Ryan trois billets de vingt livres.

— Pour le taxi, en cas de besoin.

— Merci, dit Ryan en commençant à ôter sa combinaison.

— Je peux savoir ce que tu fous ? gronda Craig.

— Je ne vais quand même pas me balader en ville avec le nom de la boîte imprimé sur le dos ?

Craig esquissa un embryon de sourire.

— Bien entendu, soupira-t-il. Je suis un peu surmené. J'ai l'impression que les neurones sont en rupture de stock, ces jours-ci, dans cette organisation. Je crois qu'on va avoir besoin de garçons dans ton genre, qui ont encore la tête sur les épaules.

## 26. Un truc moche

Sous la pression de Fay, Warren finit par lâcher le morceau.

— Avant que Craig ne me confie mon propre stock, je bossais pour mon oncle tous les samedis. Une fois, quand je me suis pointé à l'atelier, je l'ai trouvé au boulot avec toute une équipe. Ils terminaient la fabrication de grandes plaques de treillage formées de lattes entrecroisées. Il y avait aussi un électricien qui fixait des ampoules sur des appliques.

— Tout ce qu'il faut pour cultiver le cannabis en milieu fermé, sourit Fay. Et où ce matériel a-t-il été installé ?

— C'est là que ça se complique. Les hommes d'Hagar ont tout emporté à bord d'une camionnette en plusieurs voyages, mais ils n'ont pas précisé leur destination. Cependant, j'ai relevé quelques indices.

Warren marqua une pause pour ménager son effet.

— La camionnette était un peu particulière. C'était un Transit blanc avec des bandes bleu marine et de grandes taches de peinture mate sur les côtés. Je pense qu'elles dissimulaient le logo d'une société.

— À l'heure qu'il est, Hagar a dû le revendre ou s'en débarrasser.

— Sans doute, mais le plus important, c'est que la camionnette faisait l'aller-retour en dix minutes. Cet élément pourrait nous aider à localiser la serre.

— Cinq minutes aller, cinq minutes retour, dit Ning, l'air pensif.

— À cinquante kilomètres heure, ça nous fait quand même un rayon de quatre kilomètres autour de l'atelier.

— Non, intervint Ning. Il n'y a pas un endroit à Londres où l'on puisse rouler à cette vitesse pendant plus d'une minute. En comptant les ralentissements et les arrêts au feu rouge, il est impossible de rouler plus d'un kilomètre et demi en cinq minutes.

— Pas faux, dit Fay.

— À chaque passage, les types mettaient une dizaine de minutes à charger le matériel, précisa Warren. Le déchargement devait être plus rapide, mais je pense qu'ils ne roulaient que deux minutes maximum.

Ning sortit son smartphone et lança l'application calculette.

— Deux minutes de trajet à... disons une vitesse moyenne de vingt-cinq kilomètres heure, ça nous fait un rayon de huit cents mètres autour de l'atelier.

— Il faudrait qu'on visualise tout ça sur Google Maps, suggéra Fay. Warren, où est ton ordinateur ?

Le garçon, qui semblait désormais collaborer de son plein gré, conduisit les filles jusqu'à sa chambre.

— Wah, la classe, s'exclama Fay en découvrant la pièce propre et rangée aux murs ornés de photographies de montagnes russes.

— Drôle de déco, dit Ning.

— Je suis un geek des attractions à sensation, confessa Warren, l'air un peu embarrassé. Je traîne même sur des forums spécialisés.

Fay s'assit devant le bureau et souleva l'écran du portable.

— Où se trouve l'atelier de ton cousin ?

Lorsqu'elle eut placé un repère sur Google Maps, elle imprima la page. Warren sortit un compas de son sac de classe et traça un cercle délimitant la zone des recherches.

— Ça fait quand même un paquet de rues, soupira Fay. Ça nous prendrait des jours pour toutes les visiter, et je suppose que la serre n'est pas signalée par une enseigne...

Ning ne partageait pas ce point de vue défaitiste.

— Il faut procéder par élimination, dit-elle. Nous cherchons un bâtiment de grande taille. Selon toi, Warren, quelle place peut occuper le matériel ?

— Il ne tiendrait pas dans une maison de taille normale. Et j'ai compté quarante-huit rampes de spots.

— Donc, la serre doit se trouver dans une usine désaffectée, un hangar, ce genre de construction.

— Je passe en mode satellite, on y verra plus clair, dit Fay.

— Ils ont transporté tout le matériel en plein jour, fit observer Warren. Il doit y avoir un endroit où se garer à l'abri des regards, une allée privée ou un parking souterrain.

Fay zooma sur une rue située au nord-ouest du cercle tracé par Warren.

— Ici, par exemple, il n'y a que des maisons individuelles, annonça-t-elle.

Ning saisit un feutre sur le bureau et en ôta le bouchon avec les dents.

— Je vais cocher toutes les rues que nous pouvons éliminer.

Les trois complices passèrent deux heures le nez collé à l'écran d'ordinateur. Parmi les bâtiments les plus imposants, ils écartèrent les églises, les écoles, les centres commerciaux et les postes de police. Ce tri achevé, ils établirent une liste de seize constructions disposant d'un parking privé, à l'écart de la chaussée.

— Les filles, je vous rappelle qu'on est samedi. Il faut que j'aille bosser.

— Très bien, répondit Fay. On se débrouillera sans toi.

Sur ces mots, elle traça une ligne irrégulière séparant le cercle en deux parties égales.

— Voilà comment on va se partager le boulot, dit-elle. Maintenant, il ne nous reste plus qu'à vérifier sur place.

Ryan livra le paquet chez une jolie Russe vivant dans un appartement-terrasse perché au trente-troisième étage d'un immeuble de Canary Wharf. Puis, obéissant à des consignes délivrées au téléphone par une voix inconnue, il prit possession d'un deuxième colis à Chinatown, se rendit dans une agence de protection rapprochée de Leicester Square, puis acheva sa tournée par un échange de marijuana dans un parking souterrain de Soho.

Après avoir sillonné Londres pendant cinq heures, il reçut l'ordre d'attendre de nouvelles instructions. Il était en train de dévorer une part de pizza sur un banc public lorsqu'il reçut un SMS l'informant qu'il devait livrer l'argent récolté au dépôt d'une société de taxis, derrière la station de bus de Finsbury Park.

Parvenu à proximité de son objectif, il aperçut un individu obèse planté sur le trottoir opposé, les mains sur les hanches, devant une station de lavage de la franchise Kalifornia Kar Kleen. Lorsqu'il put observer son visage, il reconnut l'une des trois brutes qui l'avaient dépouillé et passé à tabac quelques jours plus tôt.

Aussitôt, Ryan changea brutalement de direction et se mêla aux usagers qui patientaient devant un arrêt de bus. Là, il observa discrètement le comportement de l'homme et constata qu'il donnait des ordres aux employés de la station. Ne sachant quelle stratégie adopter, il sortit son mobile et composa le numéro de James.

— *Bonjour*, fit la voix de James. *Je ne peux pas vous répondre pour le moment. Pour joindre le centre de contrôle des missions, appuyez sur cinq.*

À cet instant, Ryan vit l'individu saluer ses collaborateurs puis remonter la rue à pied. Il lui emboîta le pas.

L'homme portait un polo étroit et un short cargo qui dévoilait le bas de son dos. À deux cents mètres de la station, il s'engagea dans une voie latérale. L'ayant perdu de vue,

Ryan hâta le pas puis se posta à l'angle de la rue. L'homme s'immobilisa à la hauteur d'une Peugeot et sortit un trousseau de clés. À en juger par ses vêtements moulants, il ne portait pas d'arme. En outre, il était seul et, compte tenu de son surpoids, ne constituait pas de menace sérieuse. Ryan estima qu'il pouvait intervenir sans crainte. S'il corrigeait la brute qui lui avait volé la marchandise, il ne pouvait que marquer des points aux yeux de Craig.

Il attendit que sa cible se soit assise sur le siège conducteur pour courir vers la voiture et refermer violemment la portière sur sa jambe demeurée à l'extérieur. Il saisit l'homme par le col de son polo puis lui porta un coup de genou en pleine tête.

— Tu te souviens de moi, connard ? gronda-t-il avant d'enchaîner deux directs.

Le premier brisa le nez du criminel. Le second lui fendit la lèvre inférieure.

Ryan tira sa victime inanimée hors de la voiture, glissa une main dans la poche arrière de son short, s'empara de son portefeuille puis battit en retraite vers la rue principale. Il manqua de bousculer une vieille dame qui poussait un Caddie, puis un jeune homme athlétique au jean taché de peinture et chaussé de bottes de chantier. Celui-ci jeta un coup d'œil dans la ruelle et découvrit l'individu étendu sur la chaussée.

— Eh toi ! cria-t-il avant de se lancer à la poursuite de Ryan.

Ce dernier se mit à courir. Son poursuivant, en excellente forme physique, réduisit son retard de quelques mètres en une dizaine de secondes. Ryan obliqua sur la gauche, s'engagea dans une rue bordée de maisons mitoyennes puis aborda une montée extrêmement raide que son entraînement lui permit de gravir sans ralentir. Il prit rapidement une vingtaine de mètres d'avance. Son poursuivant, lui, cala à une centaine de pas du sommet de la colline. En jetant un coup d'œil par-dessus son épaule, Ryan le vit s'agripper à un réverbère puis, au bord de l'asphyxie, brandir un poing rageur dans sa direction.

Il ne connaissait pas bien le quartier de Finsbury Park. Il avisa une allée étroite qui séparait deux blocs d'habitations puis déboucha sur la route principale, à environ un kilomètre de l'endroit où avait débuté la course-poursuite. Il ralentit l'allure, traversa la rue et s'engouffra dans un magasin Tesco.

Là, il ouvrit le portefeuille, en étudia la carte d'identité puis dégaina son Alcatel. Il avait reçu plusieurs appels en absence. Il ouvrit l'historique de réception et rappela l'inconnu qui lui avait ordonné de se rendre au dépôt de la société de taxis.

— Salut, c'est Ryan, dit-il en cherchant son souffle.

— Qui ça ? demanda l'homme à l'autre bout du fil.

— Vous m'avez demandé d'amener le fric à Finsbury Park, mais il s'est passé un truc moche.

— Un truc moche ?

— Je ne sais pas si vous êtes au courant, mais je me suis fait dépouiller, il y a quelques jours. Il se trouve que j'ai aperçu l'un de mes agresseurs devant le lieu de livraison. J'ai réussi à le maîtriser et à piquer sa carte d'identité.

— Quoi ? s'étrangla l'inconnu. C'est toi qui as massacré Fat Tony ? Bordel, mais pourquoi tu as fait ça ?

Ryan n'y comprenait strictement plus rien.

— Je vous l'ai dit. C'est l'un des types qui m'ont massacré.

— Fat Tony est le gérant de la station de lavage de Finsbury. Il travaille pour Hagar. Tu ferais mieux de rappliquer immédiatement. Tu vas devoir t'expliquer.

— OK, je... je vous rappelle dans une minute, bégaya Ryan.

Il rangea son mobile puis se prit la tête entre les mains. Si Fat Tony était l'un des hommes d'Hagar, pourquoi lui avait-il volé sa marchandise ? Il devait forcément jouer un double jeu en faveur d'Eli. Le sac de Ryan contenait plus de vingt mille livres. Il n'était pas question de retourner à la société de taxis. Ce serait sa parole contre celle de l'homme qu'il venait de tabasser. Et en tant que nouveau venu dans le milieu de Kentish Town, il était peu probable qu'on lui accorde la moindre crédibilité.

Ryan sortit son iPhone configuré par les spécialistes en communications de CHERUB, composa le numéro de son contrôleur et dressa un rapide tableau de la situation.

— Tu aurais dû m'appeler avant de lui régler son compte, dit James.

— Il allait se barrer. Comme je n'arrivais pas à te joindre, je devais prendre une décision.

— OK, je comprends. Marche jusqu'à Crouch End. Je viens te chercher.

— Merci.

— Je serai là dans une dizaine de minutes.

Ryan marqua une pause puis murmura :

— Tu y comprends quelque chose, toi ?

— Oui, c'est assez clair. J'arrive. Je t'expliquerai.

## 27. L'épreuve finale

Sur les huit bâtiments figurant sur sa moitié de carte, Ning s'intéressait plus particulièrement à un vaste hangar rectangulaire disposant d'un parking invisible depuis la rue.

Sur place, elle découvrit l'entrée d'une allée surmontée d'un panneau à la peinture écaillée indiquant *Marston Lawn Bowling Club*[1], *fondé en 1862*. Elle sortit son iPhone et lança le navigateur Internet.

Une brève recherche sur Google l'orienta vers des articles parus dans des journaux de quartier : quelques années plus tôt, par souci d'économie, le club avait déménagé vers un nouveau site couvert au nord de Londres. Une société immobilière avait envisagé de construire sur les lieux une luxueuse résidence, mais le projet avait été rejeté par les autorités municipales. À en croire les registres en ligne des services cadastraux, le site était désormais la propriété d'une société enregistrée à Jersey. Rien ne prouvait qu'Hagar en exerçait le contrôle, mais c'était précisément le genre de montage qu'utilisaient les trafiquants de drogue pour mettre leurs biens à l'abri du fisc et de la police.

S'il s'agissait bien de la serre d'Hagar, les lieux devaient grouiller de caméras de surveillance. De plus, le braquage avait forcément conduit le gang à renforcer ses mesures de

1. Le *lawn bowling* est un jeu de boules anglais se pratiquant sur surface gazonnée. (NdT)

sécurité, et le signalement de Fay et de Ning devait avoir été communiqué à tous ses membres.

Ning rabattit la visière de sa casquette sur son front, ramassa une bouteille de bière vide abandonnée au pied d'un muret puis s'engagea dans l'allée en titubant, comme si elle était ivre.

Elle déboucha sur un parking désert, simple dalle de béton craquelé où poussaient des pissenlits. Au-delà d'un antique portail en fer forgé se dressait le hangar, simple parallélépipède aux parois d'aluminium dépourvues de fenêtres. S'il disposait de caméras de sécurité, elles avaient été soigneusement dissimulées.

Ning approcha de l'entrée et constata que les portes renforcées étaient équipées d'une serrure électronique de facture plus récente que le reste du bâtiment. À la simple vue de ces éléments, elle fut convaincue de se trouver devant la serre d'Hagar, mais il en faudrait davantage pour convaincre Fay.

D'une démarche hésitante, elle s'aventura dans le terrain vague qui bordait le hangar. Des mauvaises herbes jusqu'aux genoux, elle foula le sol jonché d'ordures et de verre brisé. L'un des flancs de la construction était percé de grilles d'aération, mais ces ouvertures avaient été bouchées à l'aide de panneaux de contreplaqué aux vis de fixation étincelantes. À l'évidence, ce dispositif était récent. C'était comme si toutes les mesures avaient été prises pour retenir chaleur et humidité. En tendant l'oreille, elle perçut le bourdonnement grave d'un générateur électrique.

Tous les indices concordaient. Même si elle n'avait repéré aucune caméra, elle était désormais certaine d'être observée. Pour écarter tout soupçon, elle zigzagua de plus belle, simula une brève perte d'équilibre puis, au mépris de toute pudeur, baissa son short sur ses chevilles avant de s'accroupir dans les hautes herbes, comme si elle satisfaisait un besoin pressant. Elle espérait que ce stratagème suffirait à convaincre un éventuel observateur qu'elle n'était qu'une adolescente alcoolisée cherchant un lieu discret pour se soulager.

Elle demeura dans cette position pendant une minute avant de se traîner jusqu'au parking puis de remonter l'allée jusqu'à la rue. Elle envisagea de contacter Fay pour lui faire part de sa découverte, mais elle se ravisa. Elle avait bouclé ses recherches en moins d'une demi-heure, une efficacité qui ne collait pas au rôle qu'elle s'était attribué depuis le début de la mission : celui d'une adolescente un peu paumée tombée sous la coupe d'une délinquante récidiviste. Elle décida de retourner au centre Nebraska, de prendre une douche puis de faire part à James de ses découvertes avant de reprendre contact avec sa complice.

.:.

James lâcha la poignée de gaz puis pila devant la vitrine d'une laverie automatique déserte.

— On va patienter ici, dit-il. Vu que tu as disparu dans la nature avec la recette de ta tournée, Craig a dû envoyer des hommes à l'appartement. On n'y retournera que lorsque la situation sera clarifiée.

Secoué par cette nouvelle balade à tombeau ouvert, Ryan descendit de la moto et sortit son Alcatel. Il avait reçu quatre appels en absence.

— Ils doivent déjà être après moi, dit-il.

Ils entrèrent dans la laverie et s'installèrent sur des chaises réservées à la clientèle.

— Je crois que Craig s'est foutu de ta gueule, annonça James.

— Qu'est-ce que tu veux dire ? s'étonna Ryan.

— Combien de garçons de ton âge travaillent pour Hagar ?

— Je ne sais pas exactement. Plusieurs dizaines.

— Mais les types à qui il confie un stock à gérer, comme ce Warren, sont beaucoup moins nombreux. À ton avis, comment s'assure-t-il de leur loyauté et de leur capacité à supporter la pression ?

— Il les teste, j'imagine.

— Exactement. Et c'est ce qui t'est arrivé, j'en mettrais ma main à couper. Craig t'a envoyé livrer un sac rempli de lait en poudre, seul, la nuit, dans un appartement inoccupé. Là, trois de ses complices t'ont dérouillé et t'ont piqué ta marchandise. Et la façon dont tu as réagi l'a renseigné sur ton caractère. La plupart des garçons auraient perdu les pédales dans une telle situation. Mais tu ne t'es pas défilé. Tu as eu le cran de retourner à L'Abri et de présenter tes excuses. Ensuite, tu as accepté de rembourser ta dette et tu as bossé dur à la station de lavage. Bref, tu as prouvé ton dévouement et ta détermination. Tu étais mûr pour l'épreuve finale.

— Si je comprends bien, je ne suis pas tombé sur Fat Tony par hasard.

— Craig t'a envoyé déposer le fric à l'endroit où travaille l'un de tes agresseurs.

— Car la société de taxis et la station Kalifornia de Finsbury Park appartiennent aussi à Hagar, évidemment…

— J'en suis convaincu. Ce genre de société-écran lui sert à blanchir l'argent sale. Une cinquantaine de bagnoles doivent passer entre leurs mains chaque jour, mais leurs comptes officiels doivent en annoncer le double. Et ils réinjectent du cash illégal pour équilibrer les comptes. Idem pour la société de taxis. Tous les clients payent en liquide, et la moitié des chauffeurs sont des immigrants illégaux.

— Mais tu penses que Craig m'aurait laissé massacrer Fat Tony sans intervenir ?

— Il voulait que tu fasses tes preuves, et il ne doit pas être déçu. Le seul souci, c'est qu'il doit se faire de la bile pour ses vingt mille livres, à l'heure qu'il est. Je crois qu'il est temps que tu termines ta livraison.

— Et si on se gourait sur les intentions de Craig ?

— J'ai apporté ton oreillette. Je serai dans les parages, prêt à envoyer l'artillerie lourde si les choses tournent mal.

— Très bien. Dans ce cas, inutile de le faire poireauter plus longtemps. Mieux vaut ne pas trop le foutre en rogne. Je vais aller au dépôt de taxis et demander à lui parler personnellement.

## 28. Droit dans le mur

Lorsque la limousine noire ralentit à sa hauteur, Ryan sentit son rythme cardiaque s'accélérer. Lorsque Craig avait annoncé qu'il viendrait le chercher en voiture, il avait dissimulé une balise GPS sous la semelle de l'une de ses baskets. Ce dispositif permettrait à James de suivre le véhicule en demeurant hors du champ de vision de ses occupants.

Ryan ouvrit la portière et s'installa sur la banquette arrière. La cabine empestait le tabac froid. Il posa son sac sur l'accoudoir central puis se tourna vers Craig.

— Tout est là, dit-il.

Le chauffeur était une véritable montagne de muscles au cou tatoué d'une chaîne. « C'est Paul », pensa Ryan, qui avait étudié son signalement dans les documents joints à son ordre de mission.

— Démarre, lança Craig en jetant un coup d'œil méfiant à la lunette arrière.

Paul écrasa la pédale d'accélérateur. Les pneus crissèrent, puis Ryan se sentit plaqué à la banquette.

— Alors ? dit Craig, le visage fermé. Je peux savoir pourquoi tu as insisté pour me remettre la recette en mains propres ?

Ryan boucla sa ceinture de sécurité.

— De deux choses l'une, dit-il. Soit Fat Tony joue un double jeu, soit l'agression de l'autre soir était un coup monté.

Le chauffeur tourna la tête et se fendit d'un sourire.

— Tu penches vers quelle hypothèse ? demanda Craig.

— Je crois que vous m'avez fait passer un test. Tous les garçons de Kentish Town veulent leur part du gâteau, et c'est de cette façon que vous faites le tri.

Craig s'empara du sac et le posa entre ses pieds.

— Je dois reconnaître que tu es extrêmement malin.

— Peut-être. Mais, surtout, je travaille dur.

— Ne parle à personne de ce test, avertit Craig.

Ryan hocha la tête.

— Alors, je vais retourner bosser à la station de lavage ?

Pour toute réponse, Craig se pencha vers lui et saisit fermement sa joue entre le pouce et l'index.

— J'apprécie certaines qualités, gronda-t-il. Le bon sens, le courage et la loyauté. Mais les gamins dans ton genre m'ont toujours causé du tort. Oh, je reconnais qu'ils peuvent rendre des services, mais ils se croient plus malins que tout le monde. La vérité, c'est qu'ils ne pensent qu'à grimper dans la hiérarchie. Tôt ou tard, ils se mettent en tête de me doubler.

— Je ne suis pas comme ça. Tout ce que je veux, c'est me faire un peu de pognon pour m'acheter des trucs sympas. Et mettre du fric de côté pour l'université.

Craig éclata de rire.

— Ça, c'est ce que tu penses aujourd'hui. Mais tu finiras par devenir trop gourmand, comme tous les autres.

— OK. Donc, vous êtes en train de m'expliquer que je suis trop intelligent pour bosser pour vous ?

— Ne me fais pas dire ce que je n'ai pas dit. Mais n'oublie jamais que j'ai vingt ans d'expérience dans ce business et que je m'y connais en coups tordus. J'en ai maté des plus malins et plus coriaces que toi.

Ryan hocha la tête.

— Alors, pour la station de lavage ?

— J'ai d'autres projets pour toi. Il me faut quelqu'un pour remplacer Fat Tony. Vu qu'il est en arrêt maladie à cause de toi, je pense que tu es le mieux placé.

— Et qu'est-ce que je devrai faire ?

— Pour le moment, je vais te déposer à la station de métro la plus proche. Tu jetteras ce téléphone dans une poubelle publique. Ce soir, j'enverrai quelqu'un en glisser un nouveau dans ta boîte aux lettres. Demain matin, tu recevras un coup de fil de Clark, un bon ami à moi.

⁂

Le matériel de surveillance stocké dans le cabanon ayant souffert de l'humidité, Fay et Ning durent se procurer caméras et jumelles dans un magasin spécialisé ouvert le dimanche matin. Leurs achats terminés, elles s'assirent dans un abribus à proximité de l'ancien club de *lawn bowling*.

Ning était anxieuse. À l'évidence, sa complice faisait preuve de la plus extrême imprudence, comme le prouvait la façon désordonnée dont elle avait préparé le braquage de la planque et la manie qu'elle avait de se renseigner sur Hagar auprès du premier venu. Il n'était pas question de la laisser reconnaître la serre de façon aussi négligente.

— Je n'ai pas vu de caméras, dit-elle, mais si elles ont été placées dans des endroits discrets, elles ont très bien pu m'échapper. J'ai fait un tour sur Internet pour me renseigner sur la façon dont les flics mènent leurs opérations de surveillance. Et je peux te dire qu'ils y vont en douceur, lentement, patiemment. Par exemple, ils peuvent passer une journée entière à étudier les issues. Ensuite, ils se rapprochent, mais à la moindre alerte, ils peuvent suspendre tout leur dispositif pendant plusieurs semaines.

— Les méthodes de Kirsten et de ma mère étaient nettement plus directes, ricana Fay. Elles n'avaient peur de rien.

— Et ça ne leur a pas vraiment porté chance, fit observer Ning.

Fay se raidit.

— Eh, fais gaffe à la façon dont tu parles d'elles !

— Je ne leur manque pas de respect. Mais j'ai beaucoup réfléchi à notre dernier braquage. Que se serait-il passé si la porte de l'entresol avait été bloquée par une barre de fer ? On serait restées dehors, comme des imbéciles. Et on a mis un temps fou à monter à l'étage. Clay a eu le temps de se planquer. S'il avait eu un flingue, il ne nous aurait pas fait de cadeau.

— Le coup s'est bien passé, que je sache. Et dans ce boulot, le risque zéro n'existe pas.

— Peut-être, mais je pense qu'on ne fait pas le nécessaire pour réduire ce risque au minimum.

— Et qu'est-ce que tu y connais, toi ? répliqua Fay.

— Je me demande simplement pourquoi tu es si pressée. On vient de ramasser plus d'argent qu'on ne peut en dépenser. Pourquoi ne pas y aller en douceur, cette fois ? On pourrait au moins attendre qu'Hagar et ses hommes baissent un peu la garde…

— Cet enfoiré a tué ma mère. Si tu n'as pas le cran nécessaire, tu n'as qu'à retourner au centre et glander devant la télé. Je n'ai pas besoin de toi.

— Warren a raison, soupira Ning. Tu ne penses qu'à te venger, et ça t'empêche de garder les idées claires. Écoute, si tu tiens absolument à te faire tuer, c'est ton affaire. Mais ne compte pas sur moi.

Pour Ning, c'était l'instant de vérité. Elle s'apprêtait à jouer un audacieux coup de bluff. Son ordre de mission exigeait qu'elle demeure auprès de Fay, mais le comportement de cette dernière l'exposait désormais à des risques inacceptables. Si elle ne parvenait pas à la faire changer d'attitude, elle serait contrainte de se retirer de l'opération.

— Prends l'équipement, je me casse, dit-elle en posant le sac contenant les jumelles et les caméras.

— Ça va, arrête de dramatiser !

— Je ne dramatise pas, j'ai juste envie de rester en vie, répliqua Ning. Et puis je crève de faim. Le restau de sushis devant lequel on est passées avait l'air pas mal. Quand j'aurai déjeuné, j'irai peut-être au ciné ou au centre, pour glander dans ma chambre. Cette nuit, si tu veux encore de moi, je retournerai au club de *lawn bowling* et on pourra commencer la surveillance depuis l'entrée de l'allée, pour voir qui entre et sort de la serre. Mais pas question d'aller plus loin avant de savoir combien de personnes se trouvent à l'intérieur et où sont placées les caméras.

— Tu te la joues pro, à ce que je vois.

— Pas besoin d'être pro pour voir que tu vas droit dans le mur, et que tu t'obstines à accélérer.

Sur ces mots, Ning tourna les talons et remonta la rue d'un pas nerveux. Moins de dix secondes plus tard, à son grand soulagement, elle entendit Fay crier :

— OK !

Ning se figea, fit volte-face puis posa les mains sur les hanches.

— Comment ça, *OK* ?

— *OK*, je vais calmer le jeu, dit Fay en marchant dans sa direction. En fait, je pense que Kirsten et ma mère préféreraient me savoir vivante que morte.

— Bon. Déjeuner et ciné ?

Fay hocha la tête, posa son sac puis serra Ning dans ses bras.

— Alors, parle-moi de ces trucs que tu as trouvés sur Internet ?

Ning hocha la tête.

— J'ai bookmarké quelques pages. On verra ça ensemble quand on sera de retour au centre.

— Tu sais, sourit Fay, ce n'est pas plus mal qu'on se soit pris la tête. Ça fait un siècle que je ne suis pas allée au cinéma.

## 29. Superman

Clark n'était qu'un nom d'emprunt. L'individu avec lequel Ryan avait rendez-vous en avait hérité en raison de ses cheveux noirs soigneusement peignés et de ses lunettes à monture plastique, mais son nez cabossé et sa lèvre inférieure anormalement épaisse contrastaient avec ce look à la Clark Kent[2].

— Tu es certain que tu n'as pas été suivi ? demanda-t-il avec un fort accent du nord de l'Angleterre.

— Rien à craindre de ce côté-là.

— Ouais, je me doute bien. Craig m'a dit que tu étais plutôt débrouillard.

— Disons qu'il n'a jamais eu à se plaindre de moi.

— Tu vas avoir besoin d'un gilet de protection. Suis-moi.

Clark vivait à l'extrémité opposée de la cité. La décoration de son appartement n'avait pas changé depuis les années 1980. Les murs étaient tapissés de râteliers où étaient exposées toutes sortes d'armes, des poings américains aux fusils d'assaut Kalachnikov.

— Ce sont des vrais ? demanda Ryan en désignant un alignement de fusils à pompe.

— Évidemment, répondit Clark en sortant un gilet du tiroir supérieur d'une commode. Tiens, ça devrait t'aller. Personnellement, je ne sors jamais sans.

2. Clark Kent est le nom d'emprunt de Superman dans la vie civile. (NdT)

Ryan passa le vêtement puis, constatant qu'il formait des bourrelets sous son T-shirt, sortit un sweat-shirt à capuche de son sac à dos.

— Je vais crever, avec cette chaleur, dit-il.

— Tu préfères prendre un coup de couteau ? sourit Clark en lui confiant une bouteille d'Évian. Tiens. Au moins, tu ne mourras pas de soif.

Alors que Ryan glissait la bouteille dans son sac, Clark, contre toute attente, se jeta sur lui. Il essaya de le ceinturer, mais Ryan se déroba. En reculant vers un angle de la pièce, il se prit les pieds dans le cordon d'alimentation d'une lampe et se cogna contre un mur où étaient alignées une dizaine de battes de base-ball.

— Ah, j'ai failli t'avoir ! s'esclaffa Clark avant de repartir à l'assaut.

Cette fois, il anticipa les mouvements de Ryan et balaya ses jambes d'un coup de pied. Ryan s'effondra sur le tapis puis se traîna à plat ventre jusqu'au sofa. Il roula sur le dos et considéra son adversaire. À en juger par son expression hilare et la nature même de ses attaques, il comprit qu'il s'agissait d'un simple rite de passage, un moyen de le mettre à l'épreuve.

Lorsque Clark approcha, Ryan plongea tête la première entre ses jambes, saisit fermement ses mollets et le souleva de terre. Son adversaire bascula en avant puis roula sur le canapé en se tordant de rire.

— Une vraie anguille, gloussa-t-il en levant les mains en l'air pour annoncer la fin des hostilités. Tu ne te débrouilles pas mal du tout.

Ryan était perplexe. Si Clark ne semblait pas hostile, cette partie de catch improvisée avec un individu rencontré moins d'une demi-heure plus tôt avait quelque chose de profondément dérangeant.

Ce dernier décrocha du mur un cylindre d'une vingtaine de centimètres et en fit pivoter la base. En une fraction de seconde, l'arme tripla de longueur.

— Tiens, prends ça, dit Clark.

Ryan s'empara de la matraque télescopique, fouetta les airs puis en flanqua un coup sur un coussin du canapé.

— Tu seras mes yeux et mes oreilles, annonça Clark. Je m'occuperai de notre client, et tu feras le guet.

Ils empruntèrent un taxi appartenant à l'une des sociétés d'Hagar. Clark s'entretint avec le chauffeur de façon familière, preuve que les deux hommes avaient l'habitude de collaborer. Après des semaines de travail plus ou moins infructueux, Ryan était soulagé de se trouver enfin au cœur du gang, une position qui lui permettrait de livrer des informations capitales à son contrôleur de mission.

Vingt minutes plus tard, le véhicule atteignit Edgware et se gara devant une clinique privée spécialisée dans les soins dentaires.

— Attends-nous, lança Clark à l'adresse du chauffeur.

Clark et Ryan poussèrent la porte de l'établissement et découvrirent une élégante salle d'attente meublée de fauteuils en cuir. Sur les murs blancs, à côté d'un poster proposant un traitement de blanchiment des dents pour le prix exceptionnel de cent quarante-neuf livres, un écran LCD diffusait les programmes de la matinée.

Clark marcha jusqu'au guichet de réception et grimaça un sourire qui se voulait enjôleur.

— Bonjour, mademoiselle. Mon fils a rendez-vous à onze heures trente avec le docteur Lladro.

— Très bien, dit-elle en désignant la salle d'attente. Si vous voulez bien patienter quelques minutes, il va vous recevoir.

Ryan et Clark s'installèrent dans les fauteuils les plus éloignés du guichet.

— Lladro a monté cette clinique il y a environ quatre ans, chuchota Clark à l'oreille de son complice. Comme il ne pouvait offrir aucune garantie financière, les banques ont refusé de financer son projet. Alors c'est l'une des sociétés d'Hagar qui a avancé l'essentiel du pognon. Mais cet avorton a cessé de payer ses traites.

— Il a des problèmes financiers ? s'étonna Ryan.

— Tant que les gens auront des dents, il est impossible qu'un dentiste fasse faillite. Mais la femme de Lladro est morte il y a dix-huit mois. Depuis, il a sombré dans le jeu, la cocaïne et les call-girls. Il doit du fric à la moitié des usuriers de Londres et personne n'arrive plus à lui mettre la main dessus.

— Et c'est pour ça que vous avez pris rendez-vous.

À onze heures trente précises, une assistante en blouse immaculée chaussée de Crocs blanches leur fit signe de la suivre jusqu'à l'un des cabinets, une cabine de verre dépoli où trônait un fauteuil surmonté d'une énorme lampe articulée.

— Où est Lladro ? gronda Clark en découvrant un homme svelte d'une trentaine d'années aux mains gantées de nitrile bleu ciel.

— Je suis le docteur Greenwin, annonça l'inconnu. Le docteur Lladro est souffrant. Je suis son remplaçant.

— Vous savez où il se trouve ?

— Je n'ai pas le droit de divulguer des informations personnelles concernant les membres de l'équipe médicale. Mais ne vous inquiétez pas, je suis parfaitement qualifié pour…

Avant que Greenwin n'ait pu achever sa phrase, Clark se tourna vers Ryan.

— Bloque la porte, ordonna-t-il.

Sur ces mots, il se pencha vers la desserte où étaient alignés les instruments dentaires puis s'empara d'une sonde à l'extrémité pointue qu'il pointa sur la gorge de son otage.

Folle de terreur, l'assistante se précipita vers la porte mais Ryan s'interposa.

Alors, Clark commença à cuisiner Greenwin.

— Tu connais bien Lladro ?

— Non, pas particulièrement. Je travaille pour lui depuis quatre ans, mais nos relations sont d'ordre strictement professionnel.

— Et où je peux le trouver ?

— Je n'en sais rien, je vous le jure.

— Quand sera-t-il de retour ?

— Aucune idée. Il n'a pas mis les pieds ici depuis deux semaines.

— Et qu'est-ce qu'il fait quand il ne travaille pas ?

— Je sais qu'il joue beaucoup au golf.

— Où ça ?

— À Highgate, je suppose.

— Il ne répond plus sur son mobile, dit Clark. Il a un autre numéro ?

Greenwin haussa les épaules.

— Probablement. Je ne sais pas.

— Mais il vous a confié ses patients. Vous devez bien l'avoir au téléphone de temps en temps.

Le dentiste secoua la tête.

— Depuis la mort de sa femme, le comportement du docteur Lladro est devenu quelque peu... imprévisible.

— Écoute-moi bien. Ton patron doit de l'argent au mien, mais aussi à d'autres types plutôt chatouilleux sur les retards de paiement. Mon boulot, c'est de récupérer le fric avant qu'il ait tout claqué. Je suis certain que la fille de la réception connaît son nouveau numéro de mobile. Vous n'allez pas me forcer à lui faire cracher le morceau ?

À cet instant, Ryan vit l'assistante glisser une main dans la poche de sa blouse et en sortir son iPhone.

— Eh, pas un geste ! lança-t-il.

— Je travaille avec le docteur Lladro depuis des années, dit la jeune femme. Si vous promettez de quitter les lieux immédiatement, je vais vous donner son numéro. Je sais qu'il a déménagé à l'hôtel, mais où, ça, je l'ignore. Tout ce que je peux vous dire, c'est qu'il dispute une partie de golf tous les lundis matin. Vous le trouverez au club-house de Highgate à l'heure du déjeuner.

L'air satisfait, Clark retira la sonde de la gorge de Greenwin.

— Eh bien voilà, ce n'était pas si difficile.

— Je vous supplie de ne pas faire de mal au docteur Lladro, implora l'assistante. Il vit un enfer depuis la mort de sa femme.

— Ça, ça ne dépendra que de lui. Quant à vous, je vous déconseille de lui passer un coup de fil ou de prévenir la police. N'oubliez pas que mon patron a prêté de l'argent pour construire cette clinique. Techniquement, tant que votre boss n'aura pas tout remboursé, elle lui appartient, et vous êtes son employée. Si vous tenez à votre boulot, je vous suggère de la boucler.

Sur ces mots, Clark et son complice quittèrent la salle d'examen puis traversèrent la salle d'attente.

— Messieurs ! s'exclama la réceptionniste en les voyant se diriger vers la sortie. Vous n'avez pas payé la consultation.

Clark et Ryan franchirent la porte sans se retourner et grimpèrent dans le taxi.

— Voilà une bonne chose de faite, dit Clark en consultant sa montre. Lladro doit être en pleine partie de golf. On va l'attendre à la sortie et le féliciter pour son score.

## 30. La peur du dentiste

Ning avait placé une caméra sans fil dans une haie ornementale, à l'entrée du parking de l'ancien club de *lawn bowling*, puis s'était installée dans un petit parc municipal situé à une centaine de mètres. Après une vingtaine de minutes, elle avait vu la camionnette aux bandes latérales bleues apparaître sur son écran de contrôle LCD. Cette apparition avait dissipé ses ultimes doutes : le hangar abritait bel et bien la serre où le gang cultivait ses plants de cannabis.

Peu avant minuit, un gardien la força à déguerpir puis ferma le portail à clé, mais dès qu'il eut quitté les lieux, elle franchit la clôture haute d'à peine un mètre cinquante puis reprit position sur le banc où elle avait établi son poste d'observation.

Ning et Fay établirent un roulement afin de maintenir une surveillance permanente de l'objectif. Dans la nuit du dimanche au lundi, elles furent en mesure d'établir avec précision la routine suivie par le personnel de la serre. Toutes les huit heures, les gardes se relayaient, mais ils n'étaient jamais plus de deux à l'intérieur du bâtiment.

Entre neuf et dix heures, une équipe de trois hommes rejoignait la serre, l'un à pied, un autre à bord de la camionnette, le dernier dans une vieille Honda. Jusqu'en début d'après-midi, ils effectuaient des allées et venues chargés d'outils et de bidons de fertilisant. À la fin de leur service, le chauffeur du van sortait le premier en tirant derrière lui deux ou trois sacs-poubelle pleins à craquer. Ses deux complices montaient à bord de la Honda puis le convoi quittait les lieux pour une destination inconnue. À l'exception de l'employé de la poste et des livreurs de pizzas, le personnel d'Hagar ne recevait aucune visite.

Le lundi, aux alentours de treize heures, Fay et Warren retrouvèrent Ning dans le square. Cette dernière constata qu'ils se tenaient par la main.

— Alors, quoi de neuf ? demanda Fay.

— Les trois jardiniers et les deux gardes sont à l'intérieur, répondit Ning. J'ai attendu cinq minutes après le départ du livreur de pizzas, puis j'ai effectué une sortie pour planquer une seconde caméra derrière le hangar pendant qu'ils étaient en train de bouffer.

Elle tourna son écran de contrôle vers ses complices. La seconde caméra était braquée sur les portes anti-incendie à l'arrière du bâtiment.

— La prochaine fois qu'elles s'ouvriront, on devrait avoir un aperçu de ce qui se trouve à l'intérieur.

— Excellent travail, dit Fay.

Ning posa le moniteur à ses côtés puis considéra ses camarades d'un œil soupçonneux.

— Finalement, vous avez l'air de super bien vous entendre, tous les deux.

Elle se demandait si Fay éprouvait réellement des sentiments pour Warren ou si ce flirt n'était qu'un moyen de garder sous contrôle sa principale source de renseignements.

— Il est trop mignon, gloussa Fay en posant une main sur la cuisse du garçon.

— Mais c'est quoi son rôle, dans l'histoire ? demanda Ning, sans chercher à dissimuler son agacement. Il fait partie de l'équipe, maintenant ?

Fay esquissa un sourire coupable.

— Où en serait-on sans lui ?

Ning lâcha un soupir puis s'empressa de changer de sujet.

— Bon, le problème, c'est que je n'ai toujours pas localisé les caméras, dit-elle en reposant l'écran sur ses genoux.

— À ton avis, combien de temps devra-t-on poursuivre la surveillance ?

— Un jour de plus, à moins que quelque chose d'inattendu ne se produise. Le gardien du square commence à me regarder d'un drôle d'œil.

— Maintenant qu'on connaît leur manège, il suffit d'attendre que les trois jardiniers ouvrent les portes arrière pour leur sauter dessus, suggéra Fay.

— Mauvaise idée. Si les deux gardes font correctement leur boulot, ils doivent être en état d'alerte maximale à chaque fois que quelqu'un quitte le bâtiment. Et à moins que leur dispositif de sécurité ne soit un foutoir complet, ils doivent avoir des armes à portée de main.

— Oui, bien sûr, tu as raison. Dans ce cas, on ferait mieux d'intervenir la nuit, lorsqu'il n'y a que les deux gardes dans le hangar ?

— On doit trouver un moyen d'entrer sans qu'ils le sachent, intervint Warren. Il doit bien y avoir un angle mort dans leur système de vidéosurveillance. Si seulement on pouvait localiser leurs caméras…

— Jusqu'ici, rien ne prouve qu'ils en aient, dit Fay.

Ning secoua la tête.

— Hagar n'est pas un débutant, et avec tout son fric, il peut se payer les caméras les plus discrètes sur le marché.

— Alors on est coincés, conclut Warren.

Fay lui adressa un large sourire.

— Mais non, il nous reste une solution. Si on ne peut pas entrer sans nous faire repérer par les gardes, il nous suffit de trouver un moyen de les attirer à l'extérieur.

∴

Lorsque Clark reconnut la berline Jaguar stationnée sur le parking du terrain de golf, il ordonna à Paul de se garer à proximité. De cette position, il pourrait surveiller les allées et venues aux alentours du club-house.

Ryan commença par tuer le temps en jouant sur son iPhone puis, redoutant que la batterie ne tombe à plat, rangea l'appareil dans sa poche. Paul, qui avait posé un journal sur son volant, lisait à haute voix les définitions d'une grille de mots croisés.

Trois heures s'écoulèrent avant que Clark ne lance :

— Le voilà. Ryan, suis-moi.

Ils descendirent de la voiture et marchèrent à la rencontre d'un homme chauve et corpulent à peine plus grand que son sac de golf.

— Vous cherchez quelque chose, messieurs ? demanda Lladro d'une voix haut perchée.

Clark se planta devant lui et le considéra sans dire un mot. Saisi de panique, le dentiste tourna les talons et se mit à courir en direction du club-house. En trois foulées, Ryan le rattrapa et le saisit par le col de son polo.

— Oui, je cherche quelque chose, gronda Clark en plaquant Lladro contre le coffre de sa Jaguar. Cent quatre-vingt mille livres, ça te dit quelque chose ?

— J'ai déjà parlé à vos chefs, couina le dentiste tandis que Clark glissait d'autorité une main dans la poche de son pantalon. Le chèque est prêt, chez moi, sur mon bureau.

— Change de disque, je la connais, ta chanson.

Sur ces mots, Clark porta à Lladro un violent crochet à l'abdomen puis lança la télécommande de la Jaguar à Ryan. Ce dernier enfonça le bouton commandant l'ouverture du coffre. Un coup de poing au visage arracha à Lladro un cri perçant.

— On va faire un tour, crâne d'œuf, ricana Clark avant de soulever son prisonnier par la ceinture.

Le dentiste battit vainement des jambes dans les airs puis fut précipité dans le coffre de son propre véhicule.

— File-moi le porte-clés, ordonna Clark en le refermant d'un coup sec. Et embarque son sac de golf. Ces clubs doivent valoir beaucoup de pognon.

Sourd aux coups de pied et de poing dont Lladro bourrait la carrosserie, il s'installa au volant de la Jaguar. Ryan jeta le sac de golf sur la banquette arrière. Dès qu'il eut pris place à l'avant du véhicule, Clark effectua une manœuvre en marche arrière et manqua de peu d'emboutir une Range Rover. Il tourna le volant de la paume de la main puis enfonça la pédale d'accélérateur.

Ryan jeta un coup d'œil au rétroviseur intérieur et constata que le taxi s'était lancé dans leur sillage. Clark ne lui avait pas fait part de ses intentions. Comptait-il liquider Lladro ? Le cas échéant, il devrait tout mettre en œuvre pour sauver le dentiste, mais cette intervention mettrait inévitablement fin à la mission.

— Tu n'as pas l'air dans ton assiette, dit Clark.

— C'est à cause de la chaleur, expliqua Ryan. J'étouffe, avec ce gilet.

Tenant le volant d'une main, Clark lui adressa un coup de poing amical à l'épaule.

— Te bile pas, dit-il. On a fait le plus difficile. Maintenant, on va enfin pouvoir rigoler.

## 31. Top pizza

Près d'une heure plus tard, quand Clark ouvrit le coffre chauffé à blanc par les rayons du soleil, il découvrit son otage en nage et au bord de l'asphyxie.

— Alors, crâne d'œuf, c'est pas la grande forme, à ce que je vois ?

— Laissez-moi m'entretenir avec vos supérieurs, gémit Lladro.

— Ils ne veulent plus te parler, sourit Clark en saisissant sa victime par la ceinture, comme un vulgaire bagage à main.

— J'exige de...

Un coup de poing à la mâchoire réduisit Lladro au silence.

— Tu n'exiges rien du tout, dit Clark. Tu te tais et tu écoutes.

Il lâcha sa victime, qui s'affala lourdement sur le sol. Aveuglé par les phares du taxi braqués dans sa direction, Lladro tourna la tête, découvrit un mur de béton orné d'un chiffre tracé à la peinture jaune et comprit qu'il se trouvait dans un parking souterrain.

— Mon patron m'a chargé de te transmettre un message, grogna Clark avant de lui asséner un coup de pied à l'estomac.

Il posa un talon sur la poitrine du dentiste et s'adressa à Ryan.

— Vas-y, mon garçon. Cogne-le, fais-toi plaisir.

Profondément mal à l'aise, Ryan avança vers Lladro, mais son pas hésitant trahit ses réticences.

— Eh, de quoi as-tu peur ? s'étonna Clark.

Le dentiste ayant adopté la position fœtale, Ryan lui donna un inoffensif coup de basket dans le dos. Son complice exprima son insatisfaction par un grognement, le contraignant à exécuter une attaque plus appuyée.

— Voilà, c'est déjà mieux ! s'exclama Clark.

Sur ces mots, il fit pleuvoir une avalanche de coups qui laissa Lladro au seuil de l'inconscience.

— Va chercher l'essence dans le taxi, dit-il enfin.

Ryan inspecta le contenu du coffre. Au milieu d'un fatras d'armes et de jouets d'enfants, il trouva un bidon rouillé. La situation était grave. Il devait à tout prix trouver un moyen de soustraire Lladro à son bourreau. Hélas ! le pauvre homme n'était pas en état de courir. Il lui faudrait maîtriser Clark puis profiter de l'effet de surprise pour mettre Paul hors d'état de nuire.

Lorsque Ryan lui eut remis le bidon, Clark en dévissa le bouchon, versa l'essence sur la tête du dentiste puis sortit un briquet de sa poche.

— Dans une seconde, on va t'entendre couiner comme le vilain petit cochon que tu es, ricana-t-il.

— Allez-y, je n'en ai rien à foutre, répliqua Lladro. Je vais enfin retrouver ma femme.

— Oh, comme c'est touchant. Mais dis-moi, combien de call-girls t'es-tu envoyées depuis que cette vieille peau a cassé sa pipe ?

Ryan sortit la matraque télescopique de la poche de son pantalon et vint se poster derrière Clark, prêt à lui porter un coup à l'arrière du crâne. Dès qu'il s'en serait débarrassé, il se précipiterait vers Paul et lui infligerait un traitement comparable. Si le chauffeur gardait une arme à feu dans sa boîte à gants, Ryan devrait s'en remettre à l'efficacité de son gilet pare-balles.

Mais à sa grande surprise, Clark éclata de rire, replaça le briquet dans sa poche puis s'accroupit devant son souffre-douleur.

— Je ne vais pas te laisser t'en sortir aussi facilement, gros lard. On saisit ta Jaguar et tes clubs de golf. Pour le reste, Hagar a décidé de t'accorder deux semaines. Soit tu rembourses les trois cent quatre-vingt mille livres que tu lui dois, soit tu te rends chez le notaire pour lui céder officiellement la clinique.

Les mains tremblantes et le visage ruisselant d'essence, Lladro s'assit péniblement.

— Si je pouvais m'entretenir avec Hagar et lui exposer les faits, je suis certain qu'il se montrerait plus conciliant.

Sidéré par l'aplomb de Lladro, Clark lui lança le bidon vide au visage.

— Sors-toi cette idée de la tête, dit-il. Une dernière chose : si tu envisages de prendre la fuite ou même de mettre fin à tes misérables jours, sache que mon petit doigt m'a dit que ta fille étudie l'histoire et les sciences politiques à l'université de Portsmouth. Trafalgar Halls, chambre 309. Si tu disparais, je me ferai un plaisir de lui rendre une petite visite.

Clark et Ryan prirent place à bord de la Jaguar et quittèrent le parking souterrain suivis du taxi.

— Vous avez déjà tué quelqu'un ? demanda Ryan de but en blanc, secoué par la scène à laquelle il venait d'assister.

— Hagar ne serait pas d'accord, sourit Clark. Réfléchis une seconde. Tu as déjà vu un mort payer ses dettes ?

— Évidemment, vu sous cet angle…

— En tout cas, comme je m'y attendais, tu n'as pas perdu ton sang-froid. J'ai parlé de toi avec Craig, hier soir. Ça te dirait, un boulot en solo ?

— Quel genre de boulot ?

— Tu ne devrais pas être dépaysé, sourit Clark. On va filer un sac de sucre en poudre à un gamin de ton âge, le lui laisser en gardiennage pendant quelques jours puis le charger de la livraison.

— Et moi, je devrai le dépouiller.

— Voilà, tu as tout pigé. Le type en question est un élève de St Thomas, alors tu pourras le surveiller sans difficulté. Je n'ai pas encore tous les détails le concernant, mais je t'enverrai un SMS quand j'en saurai davantage.

.:.

Une mobylette Honda aux couleurs de la société *Top Pizza* ralentit à hauteur du numéro dix-huit de la rue. En découvrant une bâtisse en travaux aux cadres dépourvus de fenêtres, le livreur lâcha un juron. Convaincu que l'employée du standard avait commis une énième erreur en notant la commande, il baissa la fermeture Éclair de son blouson molletonné et sortit son téléphone mobile. À cet instant, deux filles d'une quinzaine d'années jaillirent de l'espace étroit qui séparait la maison de l'habitation voisine.

— C'est pour nous, s'exclama joyeusement l'une d'elles. Pizza jambon ananas et ailes de poulet sauce barbecue.

Le livreur lâcha un soupir de soulagement. Même s'il n'était pour rien dans ces erreurs de commandes, son patron le tenait toujours pour responsable lorsqu'il revenait chargé de pizzas froides qui passaient aussitôt à la poubelle.

— J'ai bien cru que j'avais fait le voyage pour rien, expliqua le garçon en soulevant la visière de son casque.

Il descendit de la mobylette pour sortir les pizzas de son coffre.

— On fait une soirée camping dans un champ derrière la maison, expliqua Fay. Combien on te doit ?

Le livreur étudia le bon de commande scotché aux boîtes en carton.

— Douze livres vingt-huit, dit-il.

Tandis que Fay faisait mine de chercher de l'argent dans la poche de son jean, Ning s'approcha du garçon, comme si elle s'apprêtait à récupérer les pizzas.

— Soirée chargée ? demanda-t-elle.

— Le lundi, c'est plutôt tranquille, répondit le livreur en haussant les épaules.

À peine eut-il achevé sa phrase que Ning balaya ses jambes, le précipita au sol, le retourna sur le ventre puis s'assit à califourchon sur son dos.

— Si tu te débats, je te casse un bras, gronda-t-elle.

Fay s'accroupit, détacha la jugulaire du livreur puis fit rouler son casque dans le caniveau. Ning lui lia les mains à l'aide d'un morceau de fil de fer. Enfin, elle le saisit par les cheveux et le força à lever la tête.

— Ouvre la bouche.

Constatant que le garçon refusait d'obtempérer, Ning lui pinça le nez. Lorsqu'il fut à bout de souffle, il écarta les mâchoires. Fay glissa une balle de caoutchouc entre sa langue et son palais, puis maintint le bâillon à l'aide d'une sangle de bagage en nylon.

— Là, tiens-toi tranquille, on ne te fera aucun mal, dit Ning, soulagée d'avoir pu capturer le coursier sans faire un usage excessif de la force.

Elle passa une seconde sangle autour de ses chevilles, puis les deux filles le saisirent par les pieds et les bras avant de le transporter à l'écart, derrière la maison.

— Pas de panique, dit Fay. Dès qu'on en aura terminé, on appellera ton patron pour lui dire où tu te trouves.

De retour dans la rue, Ning se coiffa du casque.

— Tu es sûre de pouvoir conduire ce truc ? demanda Fay en désignant la mobylette.

— En Chine, tout le monde roule en bécane ou en scooter. Fais-moi confiance, je sais ce que je fais.

Ning replaça les pizzas dans le coffre puis enfourcha le deux-roues. Fay sortit de son sac le casque qu'elle avait pris soin d'emporter puis s'installa derrière sa complice.

— Accroche-toi, dit cette dernière avant d'actionner le démarreur électrique puis de tourner la poignée d'accélérateur.

## 32. Un pur chef-d'œuvre

À minuit moins dix, Ning déposa Fay à une dizaine de mètres du parking du club de *lawn bowling*.

— Parfait, la camionnette est là, dit cette dernière. Bonne chance. On se retrouve dans cinq minutes.

Ning roula jusqu'au portail de fer forgé, mit pied à terre, récupéra un carton de pizzas dans le coffre de la mobylette et se dirigea vers l'entrée principale. Redoutant que les gardes en faction ne reconnaissent en elle la fille ivre morte qui s'était soulagée dans le terrain vague quelques jours plus tôt, elle garda la visière de son casque baissée.

La porte vitrée était obstruée par un rideau opaque, mais un fin rai de lumière prouvait qu'une lampe était allumée à l'intérieur du bâtiment. Ning enfonça le bouton de l'interphone. Un bourdonnement se fit entendre puis une voix résonna dans le haut-parleur.

— Qui est là ?

— C'est le livreur de pizzas, répondit Ning.

— Personne n'a rien commandé.

Certaine qu'elle se trouvait dans l'angle de vue d'une caméra de surveillance, Ning fit semblant de déchiffrer l'adresse figurant sur le bon de commande.

— Marston Bowling Club. C'est bien ici, non ?

— Oui, mais il s'agit d'une erreur.

— Vous pouvez vérifier ?

— Mais puisque je vous dis que personne n'a commandé de pizza ! Combien de fois faudra-t-il que je vous le répète ?

— OK, dit Ning. Il doit y avoir un malentendu. Je vais appeler mon manager.

Ning tourna le dos à la porte, ôta son casque et porta son mobile à l'oreille.

— La commande… ils disent qu'ils n'en veulent pas… OK… OK… Je crois qu'ils ne veulent pas être dérangés… OK. C'est compris. À demain.

Ning appuya de nouveau sur le bouton de l'interphone.

— Qu'est-ce qu'il y a encore ? gronda son interlocuteur.

— Désolée de vous embêter, dit Ning, mais nous fermons à minuit. Mon patron dit qu'on a confondu votre adresse avec celle d'un autre client régulier. Alors vu que la pizza va partir à la poubelle, il se propose de vous l'offrir.

— OK, attendez une minute, dit l'homme.

Il s'entretint quelques secondes avec son collègue puis demanda :

— Elle est à quoi, cette pizza ?

Ning s'accorda quelques secondes de réflexion puis, craignant d'essuyer un refus, elle décida de miser sur la pizza la plus commune.

— C'est une royale, dit-elle.

L'homme se détourna à nouveau de l'interphone pour faire passer le message à son complice.

— Une royale, ça ira, dit-il enfin. De toute façon, mon pote ne peut pas dire non à la bouffe. Il arrive immédiatement.

Quelques secondes plus tard, un bourdonnement d'origine électrique se fit entendre, puis un homme musculeux de plus d'un mètre quatre-vingts apparut dans l'entrebâillement de la porte.

— Une pizza gratuite, sourit-il. C'est mon jour de chance.

Une bouffée d'air moite fouetta le visage de Ning. De la main gauche, elle tendit la boîte. De l'autre, elle brandit un aiguillon électrique à bétail et infligea au garde une décharge de soixante-quinze mille volts. Lorsqu'il bascula en avant et s'affala lourdement sur le sol, elle feignit l'épouvante.

— Oh mon Dieu ! s'écria-t-elle.

La voix de l'homme demeuré à l'intérieur du bâtiment jaillit de l'interphone.

— Quoi ? Qu'est-ce qui se passe ?

— Je ne sais pas ! couina Ning. Il tremble. Je crois qu'il fait une crise cardiaque. Je vais appeler une ambulance.

— Non ! Attendez. J'arrive.

L'individu étendu sur le sol peinait à retrouver ses esprits.

— Je ne sais pas ce qui s'est passé, gémit-il. J'ai eu comme… comme une espèce de spasme.

Le second garde, un véritable géant, franchit la porte du hangar, s'accroupit à ses côtés, saisit son poignet et tâta son pouls. Aussitôt, il reçut un coup à hauteur de la nuque et s'étala de tout son long sur son camarade. Ce dernier comprit enfin de quel stratagème il avait été victime, mais il était incapable de faire un geste. C'est ce moment que choisit Fay pour traverser le parking au pas de course et rejoindre sa complice.

Lorsque les deux hommes eurent recouvré toutes leurs facultés, ils découvrirent deux pistolets automatiques braqués dans leur direction.

— À l'intérieur, ordonna Fay.

L'un des gardes tenta de se relever.

— Non ! cria Ning. Restez à terre. Rampez !

Lorsqu'elle entra dans le bâtiment à la suite de ses prisonniers, l'odeur âcre de la marijuana la saisit à la gorge. Sur sa droite se trouvait une petite pièce aménagée en poste de sécurité. Sur une longue table, des écrans d'ordinateur diffusaient des images de l'extérieur et de l'intérieur du hangar. Ning remonta un couloir, écarta un épais rideau noir et découvrit un vaste espace illuminé par de longues rampes de spots. Le sol était tapissé de faux gazon en matière plastique, un vestige de l'ancien terrain de bowling. Des cloisons en contreplaqué s'élevant à hauteur d'épaule délimitaient les différentes zones de cultures composées d'alignements de bacs où poussaient des plants de cannabis à divers stades de croissance.

— Où est-ce que tu vas ? lança Fay. Il faut qu'on ligote ces deux crétins.

Elle garda les prisonniers en joue pendant que sa complice les attachait à une colonne de béton à l'aide de sangles à bagages.

— Et fermez-la, ou on sera obligées de vous bâillonner, avertit-elle.

L'opération achevée, Warren, coiffé d'une cagoule, les rejoignit dans le hangar. Il se dirigea vers l'ancien espace détente du club. Sur le bar plaqué acajou, il trouva cinq PC connectés à un ensemble de pompes électriques alimentant des dizaines de tubes en plastique transparent.

— Ce matos a dû coûter un fric fou, dit-il.

— Culture hydroponique, expliqua Fay. Pas besoin de terre. L'eau et le fertilisant sont en contact direct avec les racines. Grâce à cette technique, l'herbe grandit cinq fois plus vite. Chaque enclos abrite des plants à un stade de croissance bien précis. Les ordinateurs contrôlent automatiquement l'ensoleillement artificiel, ainsi que l'approvisionnement en eau et en fertilisant. Grâce à cette chaîne de production en continu, Hagar dispose toujours d'un stock de marchandise prêt à la vente.

Warren hocha la tête.

— Ce qui explique pourquoi Eli a perdu tant de clients réguliers. La came d'Hagar est de bien meilleure qualité et nous savons maintenant pourquoi.

— Exact, et il ne nous reste plus qu'à tout rafler. Par ordre de priorité, les feuilles séchées, les plants à maturité puis les graines germées.

— Pourquoi pas les plants en phase de croissance ?

— Ils ne nous rapporteront rien. Ils sont tellement fragiles qu'ils faneront avant d'être replantés.

Sur ces mots, Fay s'empara d'un tabouret de bar.

— Qu'est-ce que tu fous ? demanda Ning.

— Je vais démolir ce matériel et laisser Hagar redémarrer sa production à zéro.

Après avoir inspecté chaque parcelle, Ning atteignit le fond du hangar. Elle poussa une porte équipée d'un joint en caoutchouc et pénétra dans une pièce plongée dans une semi-obscurité. La chaleur y était moins étouffante, mais le parfum du cannabis plus intense que jamais. Le long des murs, elle découvrit des étagères garnies de tiroirs à fond grillagé tapissés de feuilles si sèches qu'elles s'émiettaient au moindre contact.

Ning sortit de son sac à dos un rouleau de sacs-poubelle, détacha l'un d'eux puis y versa le contenu d'un tiroir. Lorsqu'elle eut répété l'opération pendant quelques minutes et réuni plusieurs kilos de marijuana, elle activa son oreillette. Moins de cinq secondes s'écoulèrent avant que la voix de James ne résonne sous son crâne.

— Tout se passe comme prévu ?

— Tranquille, chuchota Ning. Aucun problème à signaler.

— Excellent, dit James. Si tu as besoin de moi, je me trouve à deux minutes du hangar.

À cet instant, Fay entra dans la pièce.

— Prends ton temps, dit-elle. S'ils s'en tiennent à leur routine habituelle, il n'y aura pas de changement d'équipe avant demain matin.

Quatre heures après le début de l'opération, Ning s'empara du trousseau de clés suspendu à un crochet dans le poste de sécurité vidéo, monta à bord de la camionnette puis effectua une marche arrière jusqu'aux portes anti-incendie. Fay et Warren tirèrent aussitôt un grand nombre de sacs pleins à craquer hors du hangar.

Ning descendit du véhicule, en ouvrit les portes arrière, se débarrassa des outils de jardinage et des bidons de fertilisant qui encombraient l'espace de chargement puis commença à y placer les sacs de cannabis.

— Dernière fournée, sourit Fay. J'ai coupé les tubes d'alimentation, fracassé les ordinateurs sur le sol et laissé toutes les pompes en fonctionnement. C'est un vrai déluge, là-dedans. Il y a de la flotte partout.

Le trio se mit en route. Dès qu'ils eurent parcouru deux kilomètres, Ning se gara devant une rangée de boutiques afin d'ôter le casque dont elle était coiffée depuis qu'elle avait détourné la mobylette du livreur. Fay l'imita. Warren, lui, retira sa cagoule. À la vue des cheveux trempés de ses complices, il éclata de rire.

— Qu'est-ce que vous êtes moches ! plaisanta-t-il en se penchant pour embrasser Fay sur la joue. Mais ce braquage était un pur chef-d'œuvre.

Au grand déplaisir de Ning, ce baiser innocent se transforma bientôt en une étreinte plus ardente.

— Eh, ça va, vous n'êtes pas tout seuls, grogna-t-elle. Au cas où vous ne l'auriez pas remarqué, on est toujours sur le territoire d'Hagar, et vu notre âge, si les flics nous trouvent au volant de cette camionnette, on risque de ne pas revoir la lumière du jour pendant un bout de temps.

— Maman a raison, gloussa Fay en repoussant Warren. Je ferais mieux d'appeler Shawn et de l'informer qu'on a du matos à proposer pour son patron.

Elle composa le numéro du lieutenant d'Eli, mais la ligne n'était plus attribuée. En désespoir de cause, elle contacta un modeste dealer de rue qui, non sans quelque réticence, finit par lâcher ses nouvelles coordonnées.

De la conversation qui suivit, Ning n'entendit que la moitié des répliques.

— Oui, bien sûr que j'ai vu l'heure, soupira Fay. Mais j'avais hâte de vous faire partager la bonne nouvelle. Je me trouve en ce moment même dans une camionnette bourrée de cannabis. Et cette marchandise, je viens de la piquer à Hagar. Pour info, j'ai aussi démoli sa serre. Je cherche un moyen rapide de refourguer cette herbe, alors j'ai tout de suite pensé à vous.

Elle marqua une pause, puis ses traits s'affaissèrent.

— OK, je vois. Bon, eh bien, vous avez mon numéro... Rappelez-moi dès que vous vous serez décidés.

Sur ces mots, elle mit fin à la communication puis lâcha un grognement de frustration.

— Un souci ? demanda Ning.

— Je pensais qu'il serait plus enthousiaste. Il me recontactera dès qu'il aura parlé à Eli.

— Pas étonnant, dit Warren. Tu espérais quoi, en appelant à une heure pareille ?

Pour toute réponse, Fay afficha une moue boudeuse.

— Alors, on va où ? demanda Ning.

— On ne peut pas abandonner la camionnette en ville, répondit sa complice.

— Dans ce cas, dès qu'on aura déposé Warren, on ira planquer la marchandise aux jardins de Greenacre.

## 33. Cérémonie sacrificielle

Deux jours après le pillage de la serre, Ning se réveilla sur un matelas pneumatique installé dans un angle du cabanon. Elle s'assit, jeta un œil à la fenêtre et constata que la camionnette se trouvait toujours à l'endroit où elle l'avait garée, devant la parcelle.

Elle attrapa un carton de jus d'orange qui flottait dans une cuvette d'eau froide et en but deux longues gorgées au goulot. Elle enfila un legging, un T-shirt et une paire de bottes en caoutchouc puis quitta le cabanon afin de se rendre aux toilettes, un simple cube de bois bâti au-dessus d'une fosse à compost.

En chemin, elle croisa Fay, dont le visage trahissait un profond désarroi.

— Le réseau est pourri, à la parcelle. Je suis allée jusqu'à la route pour vérifier mes SMS et mes messages audio. Shawn n'a pas tenté de me contacter, et il ne répond pas au téléphone.

— Il a sans doute changé de mobile, dit Ning.

— Mais ça fait deux jours ! À quoi il joue, là ?

— Je crois que tu noircis le tableau. Il est juste en train de te faire mariner. Il va sans doute essayer de te faire croire qu'il possède un stock énorme de cannabis et qu'il n'est pas intéressé, histoire de faire baisser les prix.

— On est mal, je te dis. J'ai croisé la bonne femme de la parcelle numéro douze. Elle m'a fait une remarque comme quoi elle me croisait souvent, ces derniers temps. Je pense qu'elle sait que je crèche dans le cabanon.

— Tu ne peux pas continuer à vivre ici, dit Ning. On va retourner au centre Nebraska. De toute façon, je dois y aller pour prendre une douche et faire une lessive.

— Je ne veux pas laisser le van.

— Vu l'endroit où on se trouve, il n'y a rien à craindre. Le plus important, c'est que tu décompresses. Tu devrais te distraire, voir un film ou faire du shopping.

Le visage de Fay se ferma.

— Non, je dois attendre que Shawn me contacte, gronda-t-elle.

— Ce que j'essaye de te faire comprendre, c'est que tu n'as aucune prise sur les événements, et que te prendre la tête ne sert strictement à rien.

— Et les banalités que tu me balances toutes les deux minutes, elles servent à quelque chose ? répliqua Fay.

Ning secoua la tête.

— Je crois que tu fais un blocage. Pourquoi tiens-tu à ce point à ce qu'Eli achète notre marchandise ? Hagar doit déjà être fou de rage, à l'heure qu'il est. Ça devrait te suffire.

— Et qu'est-ce que tu fais du fric que toute cette herbe peut nous rapporter ?

— On est déjà blindées, avec ce que nous a rapporté le premier braquage.

— Mon but, c'est qu'Hagar pète totalement les plombs et commette une imprudence. Et le meilleur moyen, c'est de fourguer sa came à son pire ennemi.

— Mais il est super prudent. Warren ne l'a jamais vu, et selon lui, Craig est le seul de ses lieutenants à le rencontrer régulièrement.

— T'inquiète, je le connais bien, ce salaud, dit Fay. Ma mère et ma tante l'ont dépouillé une dizaine de fois. Il est intelligent, évidemment. Mais il a un point faible : il est extrêmement colérique. Tant que les choses se déroulent comme il le souhaite, il reste méthodique et précautionneux. Mais dès qu'il perd le contrôle de la situation, il devient bête et méchant. Et c'est à ce moment-là que j'entrerai en scène.

À cet instant, son mobile émit un bref signal sonore.

— Un SMS de Shawn ? demanda Ning.

— Non, c'est Warren. Il est au collège, et il veut qu'on déjeune ensemble.

.:.

Les élèves de sixième, de cinquième et de quatrième étaient assis en tailleur sur le parquet, devant la scène de l'auditorium. En cette dernière journée de l'année scolaire, l'atmosphère était électrique. Les élèves de terminale étaient en plein délire. Couverts d'œuf et de farine, ils avaient arraché les boutons de leur chemise et brûlé leur cravate lors d'une authentique cérémonie sacrificielle.

— Un peu de calme ! s'écria le directeur. Les troisième ! Vous entendez ce que je vous dis ?

Ces derniers observèrent le silence pendant une demi-seconde avant de reprendre leur chahut. Les filles de terminale entonnèrent une chanson particulièrement grossière évoquant les attributs physiques de leur prof de sport. À ce chœur répondit celui d'un groupe de supporters d'Arsenal lançant des insultes à l'adresse de leurs rivaux de Tottenham.

Ryan s'était installé à proximité d'un élève aux cheveux ras nommé Ash Regus. Ce dernier avait le profil type des recrues d'Hagar : c'était un garçon costaud et un peu plus malin que la moyenne qui espérait pouvoir financer ses études universitaires en passant ses week-ends à fourguer de la drogue. Le sac Eastpack posé entre ses pieds contenait la fausse marchandise que Craig lui avait confiée.

— Je ne parlerai que lorsque j'aurai obtenu le silence, grogna le principal. Et sachez que j'ai toute la journée devant moi.

Assis derrière lui sur des chaises en plastique, ses collègues, qui étaient impatients de se retrouver dans la salle des profs pour siroter le cocktail de fin d'année, échangèrent un regard accablé.

Près de cinq minutes s'écoulèrent avant que le principal ne se décide à entamer son discours.

— Au cours de l'année qui s'achève, certains d'entre vous ont fait connaissance avec le collège. D'autres, après sept ans passés dans cet établissement, s'apprêtent à découvrir la vie d'adulte. Au nom de toute l'équipe enseignante, je tiens à leur souhaiter bonne chance...

Tandis que l'homme débitait son laïus assommant, Ryan ne quittait pas le sac d'Ash des yeux. Son propriétaire gardait une sangle enroulée autour du poignet et l'autre autour de la cheville. À l'évidence, son contenu revêtait une importance capitale. Ryan n'avait aucune chance de le lui faucher sans qu'il s'en aperçoive.

Soudain, sans crier gare, l'élève de terminale assis dans son dos donna un violent coup de pied dans le dossier de sa chaise. Furieux, Ryan se retourna et le fusilla du regard.

— Qu'est-ce que tu fous ici ? demanda le garçon. Va t'asseoir avec les gens de ton âge.

— Ah ouais ? Et qu'est-ce que tu comptes faire pour m'y forcer ?

Pour toute réponse, son rival lança un second coup de pied.

— Bouge, je te dis.

Intrigués par l'altercation, plusieurs élèves, dont Ash, tournèrent la tête dans leur direction. Réalisant que sa stratégie de surveillance discrète était tombée à l'eau, Ryan, tremblant de rage, ramassa son sac et se leva afin de rejoindre les garçons de sa classe, mais il reçut un violent coup de chaise dans les mollets.

— Eh, fais gaffe où tu mets les pieds, ricana le garçon, suscitant l'hilarité de ses camarades.

À ces mots, Ryan vit rouge. Incapable de se maîtriser, il fit volte-face et se jeta sur son tourmenteur, soulevant un murmure fébrile dans l'assistance. Il bloqua fermement sa tête sous son bras et lui porta un crochet en plein visage. Après un bref instant de sidération, les garçons de terminale se portèrent au secours de leur camarade. Ils tentèrent de maîtriser Ryan, mais ce dernier se déroba, perdant une manche de sa chemise au passage. Lorsqu'un de ses adversaires revint à la charge, il le mit hors de combat d'un coup de poing à la tempe. Deux professeurs d'éducation physique sautèrent de l'estrade et se précipitèrent vers le lieu du pugilat. Mais avant qu'ils n'aient pu intervenir, pour quelque raison obscure, une autre rixe éclata entre élèves de seconde. L'incident se transforma alors en bagarre générale.

— Je vous ordonne de vous asseoir ! cria le directeur.

Mais la situation était déjà hors de contrôle. Avec cinq victimes étendues à ses pieds, Ryan n'avait plus guère d'adversaires. Seul un professeur de sport osa s'approcher et poser une main sur son épaule.

— Ne me touche pas, sale con, gronda Ryan, aveuglé par la colère.

— Comment oses-tu ? s'étrangla l'homme en le ceinturant fermement.

Le principal continuait à s'époumoner dans le micro.

— Tout cela est absolument inacceptable !

Alors qu'une dizaine de profs plongés dans la mêlée tentaient vainement de rétablir l'ordre, une fille de seconde portant une perruque rose fluo brisa la vitre d'un boîtier d'alarme anti-incendie. Dès que la sirène retentit, les élèves les plus jeunes commencèrent à quitter la salle.

— Que tout le monde s'assoie ! hurla le principal.

Constatant que cet ordre restait lettre morte, il s'entretint brièvement avec son assistante puis changea son fusil d'épaule. Il s'éclaircit la gorge puis annonça :

— Je vous demande d'évacuer la salle. Que chacun rejoigne le point de rassemblement qui lui a été indiqué lors du dernier exercice anti-incendie.

Tout en se contorsionnant afin de se défaire de l'emprise du prof, Ryan essaya de repérer Ash. Il l'aperçut fugitivement à proximité de la porte, un instant avant qu'il ne disparaisse de son champ de vision.

— Vas-tu enfin cesser de te débattre ? gronda son adversaire.

Ryan envisagea d'employer la manière forte pour s'en débarrasser, puis il se ravisa. Si la mission tirait en longueur, il devrait retourner au collège en septembre. Or, si un tel coup d'éclat lui assurerait une extraordinaire popularité auprès des élèves de St Thomas, les autorités de CHERUB ne verraient pas les choses du même œil. La mort dans l'âme, il dut se résoudre à abandonner toute résistance et à laisser le professeur le conduire manu militari jusqu'au bureau de la direction.

Ryan ne craignait ni cette confrontation, ni la sanction qui risquait de lui être infligée. Il y avait bien plus grave : Ash s'était éclipsé avec le sucre en poudre de Craig.

## 34. Imposteur

À son retour au centre Nebraska après deux jours d'absence injustifiée, Ning se fit passer un savon par l'éducateur de permanence. Par chance, elle ne fut pas consignée dans sa chambre. Pour toute punition, elle écopa d'une retenue d'une semaine d'argent de poche et fut privée d'une excursion au bord de la mer à laquelle elle n'avait jamais eu l'intention de participer.

S'il lui fut facile de faire entrer Fay dans le foyer, elle eut davantage de difficultés à expliquer sa présence dans la salle de bains à une fillette de dix ans un peu trop curieuse. Lorsqu'elles eurent pris une douche et se furent changées, elles s'installèrent sur le lit pour regarder des émissions trash sur E4 en grignotant des Maltesers. Pour la première fois depuis quarante-huit heures, Fay, plus détendue, cessa de consulter l'écran de son mobile toutes les vingt secondes.

À quatre heures de l'après-midi, elle reçut un appel de Shawn. Avant de répondre, elle activa la fonction haut-parleur afin que sa complice ne manque rien de la conversation.

— Désolé d'avoir mis autant de temps pour te rappeler, dit Shawn. J'ai parlé à Eli, et il dit qu'on a largement assez de stock pour le moment.

Fay et Ning étaient convaincues qu'il s'agissait d'une ruse destinée à leur faire réviser leurs prétentions financières.

— Attendez au moins de connaître notre prix, dit Fay.

— Ne te fatigue pas. On vient de lâcher une fortune pour acheter votre coke, et notre trésorerie est à sec depuis que Hagar marche sur nos plates-bandes. Si j'étais vous, je me débarrasserais de cette herbe, ou je la fourguerais à vos potes du Nord, si seulement ils existent... Un conseil : faites-vous oublier, et contentez-vous du fric que vous avez ramassé jusque-là.

Fay se raidit.

— Écoute-moi, s'il te plaît. Le produit qu'on te propose, c'est de la marijuana hydroponique avec un taux énorme en THC. C'est la qualité de cette herbe qui a permis à Hagar de piquer vos meilleurs clients. Je vous offre une chance unique de retourner la situation.

— Tu ne vois pas plus loin que le bout de ton nez, Fay. À ton avis, que va-t-il se passer quand Hagar réalisera qu'on est en train de revendre son stock ? Ce sera la guerre ouverte, et personne ne veut en arriver là.

— Oh, je vois. Vous avez la trouille. Mais vous devez comprendre que vous n'avez pas le choix. Hagar est un prédateur. Si vous refusez l'affrontement, il grignotera peu à peu toutes vos parts de marché, et vous vous retrouverez à poil.

— Hagar et Eli sont des hommes d'affaires, soupira Shawn. Ils savent ce que coûtent les guerres de gang en fric et en vies humaines. Leur truc, c'est de faire tourner leur business, pas d'attirer l'attention des autorités en se tirant dessus en pleine rue. Les projets d'Eli, c'est de s'offrir une villa à Ibiza, des montres en diamant et une Porsche plus rapide que celle d'Hagar. Mais pour ça, il n'est pas prêt à envoyer une centaine de types à la morgue.

— Et il laisse ses ennemis bouffer son secteur sans rien dire ?

— Fay, tu n'es qu'une gamine. Tu penses que tu peux tout connaître du business en écoutant les tuyaux de simples dealers de rue. La vérité, c'est que tu n'as pas la moindre idée de la façon dont les choses se passent au plus haut niveau. Tu as autant de chances de déclencher une guerre entre Hagar et Eli qu'entre le Canada et les États-Unis.

Prise de court par les explications de Shawn, Fay s'accorda quelques secondes de réflexion puis lâcha d'une voix fébrile :

— Et tu ne connais pas quelqu'un qui pourrait être intéressé par notre marchandise ?

— Non, Fay. Tout ce que je peux te dire, c'est que mon boss ne veut plus rien avoir à faire avec vous. Et de toi à moi, parce que je t'aime bien, je vais te confier un secret : la dernière fois que j'ai vu Eli, il envisageait d'organiser une rencontre avec vous, et de prévenir Hagar afin qu'il se présente à sa place. Ce serait un excellent moyen de préserver à la fois la paix et les affaires.

— Bon Dieu, lâcha Fay, abasourdie par cette révélation.

— Suis mes conseils et évite les ennuis, conclut Shawn avant de mettre un terme à la communication.

Fay jeta son mobile sur la moquette, à l'autre bout de la chambre, puis demeura silencieuse, les bras croisés, le regard perdu dans le vide.

— Shawn n'a peut-être pas tout à fait tort, dit Ning.

— Il est proche d'Eli, mais il ne connaît pas Hagar.

— Et toi, si je peux me permettre, tu ne connais ni l'un ni l'autre.

— C'est vrai, mais tout ce qu'on m'a raconté va dans le même sens. Quand il est en difficulté, Hagar est incapable de se maîtriser. Et c'est sa colère qui le perdra.

— Je pense qu'il vaudrait mieux trouver un autre acheteur, suggéra Ning. Je te laisserai ma part et tu auras de quoi vivre pendant quelques années.

— Ce n'est pas parce que Eli est un lâche que je vais me dégonfler.

— Mais s'il nous laisse tomber, notre plan est à l'eau.

— Nous n'avons pas besoin de lui pour mettre le feu aux poudres. Tout ce qui compte, c'est qu'Hagar pense qu'il lui a déclaré la guerre.

— OK, et peux-tu me dire comment on va s'y prendre ? demanda Ning.

⁘

James poussa la porte du collège, traversa le préau désert puis entra dans la salle d'attente aménagée devant le bureau du directeur. Il y trouva Ryan, deux élèves et une mère de famille à la mine anxieuse installés dans des chaises en plastique. Il s'assit près de son agent.

— Qu'est-ce que tu as foutu ? grogna-t-il.

— J'ai cogné un type qui donnait des coups de pied dans ma chaise. Puis il y a eu une espèce d'émeute…

— Bien, je te félicite, dit James en fusillant Ryan du regard.

En vérité, il était partagé. S'il était désormais membre à part entière du personnel de CHERUB, il n'avait que vingt-deux ans et se sentait encore proche de ses jeunes subordonnés. Au fond, il avait souvent l'impression d'être un imposteur en mission d'infiltration dans le monde des adultes. S'il était étonné que Ryan ait perdu le contrôle de ses nerfs, ce comportement tempétueux lui rappelait sa jeunesse passée au service de l'organisation.

— Il y a quelqu'un dans le bureau ? demanda-t-il en désignant une porte close.

— Oui, le directeur est là, dit la femme. Mais il a dit qu'il avait des coups de fil à passer avant de nous recevoir.

James n'était pas dupe. Il savait pertinemment que le corps enseignant ne disposait que d'un éventail très réduit de sanctions réglementaires. De toute évidence, l'individu chargé de statuer sur le sort des élèves palliait son impuissance en les faisant mariner.

James se leva, frappa à la porte et entra dans le bureau sans qu'on l'y invite. Il trouva le directeur en train de consulter un site de vente de véhicules d'occasion sur son ordinateur portable. L'homme leva la tête et bredouilla :

— Jeune homme, je ne vous ai pas permis d'entrer.

— Il se trouve que je suis mécanicien à mon compte. Pour moi, le temps, c'est de l'argent.

— Oh, je vois. Vous devez être le frère de Ryan.

James hocha la tête.

— Et son tuteur légal.

— Bien, en ce cas, faites-le venir, et fermez la porte derrière lui.

Sourds aux protestations de la mère de famille, qui patientait depuis bien plus longtemps qu'eux, James et son agent s'assirent devant le directeur. Lorsque ce dernier eut résumé la situation, Ryan reconnut qu'il avait eu tort de céder à la violence et qu'il aurait mieux fait de s'en remettre à l'arbitrage des professeurs.

Le directeur précisa qu'il n'avait pas contacté les autorités policières, mais qu'il serait contraint de revoir sa position si un parent d'élève venait à porter plainte.

— Cependant, conclut-il, je souhaite que tu repartes du bon pied dès la rentrée prochaine. Je te demanderai de rédiger un devoir de mille mots sur Gandhi et Martin Luther King, deux personnages historiques qui ont atteint leur but sans recourir à la violence. Sur ce, je te souhaite de bonnes vacances.

James et Ryan quittèrent l'établissement puis se dirigèrent à pied vers l'appartement.

— Cet incident va figurer dans le rapport de fin de mission ? demanda Ryan.

James se trouvait confronté à un dilemme. D'une part, il appréciait son agent et ne souhaitait pas le déstabiliser en cours d'opération. De l'autre, il accomplissait sa première mission en tant que contrôleur, et tenait à respecter les règles à la lettre.

— Ça dépend, lâcha-t-il en esquissant un sourire énigmatique.

— Ça dépend de quoi ?

— Sache que je déteste faire la lessive, vider le lave-vaisselle et passer l'aspirateur. Je crois que je serais plus détendu et plus enclin au pardon si quelqu'un s'occupait de tout ça à ma place.

Ryan éclata de rire.

— Ça marche. De toute façon, je suis en vacances.

— Et si ça ne te dérange pas, tu seras gentil de me masser les pieds, plaisanta James.

— Avec plaisir, Maître, répliqua Ryan.

James lui lança une claque amicale dans le dos puis revint à un sujet plus sérieux.

— Alors, quand Ash est-il censé livrer la marchandise ?

— Lundi matin.

— Et tu as un plan ?

Ryan haussa les épaules.

— Rien de très précis, mais Craig m'a filé son adresse, alors je pense procéder à une fouille discrète...

## 35. Perquisition

Après avoir regardé *Warm Bodies* sur leur MacBook, les filles éteignirent la lumière peu après vingt-trois heures, mais Fay demeura éveillée afin de surveiller le comportement de sa complice. Au bout d'une heure, constatant que Ning émettait un sifflement discret à chaque respiration, elle s'assit puis chercha ses vêtements à tâtons dans la pénombre. Elle enfila son T-shirt et son jean mais, n'ayant retrouvé qu'une chaussette roulée en boule, dut se résoudre à glisser ses pieds nus dans ses Converse. Elle vérifia que son portefeuille et ses clés se trouvaient dans sa poche arrière, récupéra son mobile puis se glissa discrètement dans le couloir.

Le seul bouton commandant l'ouverture de la porte principale se trouvant dans la salle de permanence des éducateurs, Fay entra dans une chambre inoccupée du rez-de-chaussée, ouvrit la fenêtre et sauta à l'extérieur du bâtiment. Elle traversa l'aire de jeux réservée aux plus jeunes résidents puis escalada la clôture. Elle se laissa tomber sur le trottoir puis se dirigea vers le métro Kentish Town.

Douze minutes plus tard, elle trouva l'entrée de la station fermée par une grille. Elle lâcha un juron, puis rejoignit l'abribus afin d'étudier le plan qui y était affiché. Elle établit un itinéraire comportant un changement qui lui permettrait de rejoindre la parcelle de Greenacre.

Ryan avait passé la fin de l'après-midi à plat ventre sur le toit d'un bâtiment municipal abritant une crèche. De ce point d'observation, il pouvait surveiller la maison où Ash vivait en compagnie de sa mère et de son frère. Vers dix-huit heures, sa cible avait reçu la visite d'une élève de seconde particulièrement craquante. Ils avaient tiré les rideaux d'une fenêtre puis n'avaient donné aucun signe de vie pendant une heure et demie.

La fille avait quitté les lieux peu après vingt et une heures. Quinze minutes plus tard, un vieux coupé BMW s'était arrêté devant la porte, puis le chauffeur avait donné un coup de klaxon. Chargés de matériel de camping, Ash et son frère avaient pris place à bord du véhicule. Ryan supposa qu'ils partaient en week-end avec leur père.

Lorsqu'ils eurent quitté les lieux, il concentra son attention sur la fenêtre du salon. Confortablement installée dans un fauteuil club, la mère d'Ash regardait la télévision en surfant sur un iPad. Au grand désespoir de Ryan, elle demeura ainsi pendant près de trois heures avant de fermer la fenêtre et d'éteindre la lumière. Ne sachant où elle était allée se coucher, il décida de patienter quarante minutes avant de descendre du toit. Il traversa la rue, regarda à droite et à gauche pour s'assurer qu'il n'y avait pas de témoins, poussa le portail menant à un petit jardin puis étudia les points d'accès. La porte était équipée d'une serrure dernier cri à quatre points, et la lucarne de la salle de bains était trop étroite pour qu'il puisse s'y glisser. Il n'avait d'autre possibilité que de forcer l'une des fenêtres en PVC du salon.

Ryan sortit un rouleau de film adhésif de son sac à dos, découpa un carré d'une trentaine de centimètres de côté puis en ôta la pellicule protectrice. Lorsqu'il fut en place, Ryan s'empara d'un outil à l'aspect étrange en forme de compas équipé d'une ventouse. Il le colla contre la vitre puis actionna une petite pompe manuelle semblable à celles utilisées par les cyclistes. Le dispositif était conçu pour exercer à la fois un effet de succion et de poussée sur la surface du verre. Après quelques secondes de manipulation, un claquement sec se fit entendre, puis la vitre se fendit.

À l'aide d'un outil à pointe de diamant, Ryan prolongea la fente et pratiqua une découpe formant trois côtés d'un rectangle. Il exerça une poussée sur la portion de vitre fragilisée qui bascula vers l'avant, à la manière d'une trappe. Après avoir rangé son matériel, il passa une main à l'intérieur et tourna la poignée.

Il enjamba le rebord de la fenêtre puis atterrit maladroitement dans le salon obscur, entre une table basse et un porte-magazines.

Il se déplaça furtivement jusqu'au couloir qui desservait les autres pièces de la maison. Il était étonnamment large, preuve que les lieux avaient initialement été conçus pour une personne handicapée. Derrière la première porte, il entendit un ronflement régulier. De la seconde, laissée entrouverte, s'échappait une odeur suspecte rappelant certains couloirs du bâtiment principal du campus. Il y entra puis, grâce à l'application lampe torche de son iPhone, étudia les posters affichés derrière le lit superposé. À hauteur de la couchette supérieure, une galerie de super-héros ; en dessous, des filles dénudées tirées du magazine *FHM*.

À ses pieds, Ryan découvrit une construction en briques Lego, la veste d'uniforme d'Ash et des vêtements de sport sales roulés en boule. Dans la poubelle, des stylos usagés et des cahiers de cours, mais aucune trace de la marchandise. Rien sous le bureau, sous la commode et sous l'armoire. En se penchant sous le lit, il découvrit le sac Eastpack perdu parmi des paires de chaussures et des emballages de sucreries, mais lorsqu'il le tira vers lui, il le trouva étonnamment léger. En étudiant son contenu, il ne trouva que deux classeurs, une règle et un rapporteur. En se baissant à nouveau il repéra enfin ce qu'il cherchait : la brique de poudre sous film plastique se trouvait contre le mur du fond. Ryan glissa la tête et les épaules sous le sommier puis tendit un bras sans parvenir à s'en emparer.

Il recula, sortit la règle du sac puis déplaça le paquet dans sa direction. Au moment précis où il l'attrapa, une jeune fille cria :

— Maman !

Ryan tourna la tête et aperçut les roues avant d'un fauteuil roulant.

— Maman, il y a un cambrioleur dans la chambre des garçons !

Ryan était furieux contre lui-même. Comment avait-il pu surveiller l'appartement pendant presque sept heures sans réaliser qu'Ash avait une sœur handicapée ?

Il essaya de se dégager en marche arrière, mais il reçut un violent coup de béquille à la cuisse. En se contorsionnant, il réussit à sortir la tête de sous le lit. Son adversaire était une fille d'une douzaine d'années aux épaules larges et musclées, mais dont les jambes s'arrêtaient à hauteur du genou. Ryan posa les pieds contre la table de nuit puis, poussant sur les cuisses, essaya vainement d'écarter la chaise d'infirme, dont les freins étaient bloqués.

La mère d'Ash déboula dans la chambre.

— Fais attention, Sophia, cria-t-elle. Il a peut-être un couteau.

Mais la jeune fille, faisant preuve d'un courage hors du commun, porta à Ryan deux autres coups de béquille avant que sa mère ne l'écarte d'autorité du lit superposé.

— Appelle la police, ma chérie. Je m'occupe de lui.

Sur ces mots, elle saisit l'arme improvisée de sa fille et la brandit au-dessus de sa tête. Ryan, qui était parvenu à se dégager, s'assit dos à la table de nuit.

— Si tu bouges un muscle, je t'assomme, gronda la femme.

Dans le couloir, Sophia s'entretenait avec un standardiste des services d'urgence. Ryan estima qu'il devait tenter le tout pour le tout. Il se dressa d'un bond, mais au lieu de se précipiter au contact de son adversaire, il sauta sur le lit, s'empara d'un oreiller qu'il plaça à hauteur de sa tête puis, profitant du rebond du sommier, sauta de l'autre côté de la chambre. La béquille frappa violemment son casque improvisé mais il atteignit le couloir sans dommage. Le paquet de poudre serré contre sa poitrine, il boita jusqu'à l'entrée mais se heurta à une porte fermée à clé.

Sophia lâcha le téléphone fixe puis, mobilisant toute la puissance de ses épaules et de ses bras, lança son fauteuil en direction de Ryan. Ce dernier esquiva la charge, mais une pièce métallique égratigna sa cheville. Il se rua dans le salon, évita un énième coup de béquille, mais trébucha contre le porte-magazines et s'affala sur le canapé.

— La police sera là dans deux minutes, lança Sophia depuis l'entrée.

Tandis que la femme revenait à la charge, Ryan se leva d'un bond, zigzagua vers la fenêtre, en enjamba le seuil, atterrit dans le jardinet et bondit au-dessus du muret qui longeait le trottoir.

La porte de la maison s'ouvrit et la chaise roulante de Sophia dévala l'allée menant au portail. Ryan, qui boitait bas, remontait la rue aussi vite que possible, mais sa poursuivante gagnait rapidement du terrain. Soudain, la mère de Ash apparut à contre-jour dans l'encadrement de la porte.

— Ma chérie, ne prends pas de risques ! Reviens ici, nous n'avons plus rien à craindre.

À contrecœur, Sophia obéit à cette injonction et abandonna la poursuite, mais une dizaine de secondes plus tard, Ryan, qui croyait s'en être tiré, entendit la sirène d'un véhicule de police.

## 36. Situation de crise

Fay avait étudié des dizaines de vidéos sur YouTube expliquant le fonctionnement de la boîte de vitesses. Armée de ce savoir purement théorique, elle éprouvait de vives difficultés à maîtriser le subtil équilibre entre l'accélérateur et l'embrayage.

Après plusieurs essais infructueux, la camionnette commença à vibrer, puis se mit lentement en mouvement sur le chemin qui longeait la parcelle. Fay passa la seconde, mais une ornière la fit dévier de sa trajectoire et elle faillit percuter une serre. Elle freina sans enfoncer la pédale d'embrayage, et le moteur cala. Elle tourna le volant *in extremis*, et le véhicule finit sa course en roue libre au ras d'une rangée de choux-fleurs.

— Et merde ! jura Fay.

Une heure plus tard, elle commença à prendre la main. Elle parvenait désormais à passer la troisième au bon régime et à corriger sa trajectoire en fonction des variations du terrain. Elle se gara devant la parcelle puis siffla une canette de Red Bull en consultant l'application Google Maps.

Son objectif se trouvait à Finchley, à six kilomètres et demi. Malgré les précautions prises par son ennemi juré pour garder son adresse secrète, l'un des indics de Fay l'avait mise en contact avec la baby-sitter d'Hagar, qui avait lâché l'information pour trois cents livres.

Elle remonta à bord de la camionnette, alluma les phares, roula jusqu'au portail des jardins de Greenacre puis se lança sur la route. Elle passa la seconde sans difficulté mais rétrograda accidentellement en première. Effrayée par le rugissement du moteur, Fay fit une embardée. Le chauffeur d'une BMW qui roulait en sens inverse lança un coup de klaxon puis se déporta sur le bas-côté pour éviter la collision.

— À trois cents mètres, au rond-point, prenez la deuxième sortie, annonça la voix de synthèse du GPS.

Fay s'arrêta à un feu rouge. Deux véhicules s'immobilisèrent derrière elle. Lorsqu'elle lâcha la pédale de frein, la camionnette commença à reculer. Alerté par cette manœuvre, le conducteur stationné en seconde position actionna son avertisseur. Elle passa la première, donna un coup d'accélérateur, s'élança sur le rond-point sans tenir compte de la signalisation et rejoignit en ligne droite la deuxième sortie.

Une dizaine de minutes plus tard, malgré quelques incidents causés par son inexpérience, Fay atteignit son objectif sans terminer dans le décor ou être appréhendée par la police.

— Vous êtes arrivé à destination, annonça le GPS.

Fay gara la camionnette à hauteur du numéro cinquante-sept. Hagar vivait dans une majestueuse construction de style Belle Époque disposant d'une extension moderne, un bâtiment en verre à deux étages. Une rampe de parking menait à un garage souterrain.

Fay ignorait si la maison était occupée, mais elle jugeait probable la présence d'au moins un garde du corps à plein-temps. Elle éteignit les phares, descendit de la camionnette et en ouvrit la porte latérale. Elle attrapa un bidon métallique rempli d'essence, dévissa le bouchon puis arrosa généreusement les sacs contenant les plants de marijuana.

De retour derrière le volant, elle récupéra le briquet et l'enveloppe posés sur le siège passager, tourna la clé de contact puis lâcha le frein à main. Elle effectua une manœuvre en marche arrière afin de se positionner face à l'accès au parking puis elle plaça le levier de vitesse au point mort. Dès que la camionnette commença à dévaler la rampe, Fay sauta de la cabine, mit le feu à un morceau de chiffon glissé dans une bouteille de Coca remplie d'essence, jeta cette bombe incendiaire par la porte latérale laissée ouverte puis courut se mettre à l'abri sur le trottoir opposé.

Le véhicule prit de la vitesse puis une boule de feu pulvérisa le pare-brise et souffla les portières arrière. Ayant légèrement dévié de sa trajectoire, la camionnette plia littéralement la porte automatique puis termina sa course dans le garage. En s'approchant, Fay aperçut la carrosserie d'une voiture de sport derrière la carcasse en flammes. Des aboiements se firent entendre dans la maison, puis de la lumière apparut aux fenêtres du deuxième étage.

Fay marcha jusqu'à la porte d'entrée et glissa l'enveloppe dans la boîte aux lettres. Elle contenait une simple feuille de papier sur laquelle elle avait écrit :

« Ne touche plus à notre business. Aujourd'hui, on a cramé tes bagnoles. La prochaine fois, on s'en prendra à tes gamins. »

Fay esquissa un sourire, tourna les talons puis dévala la rue à toute allure.

∴

La police se présenta au domicile de Ash trois minutes après le départ en catastrophe de Ryan, mais ce dernier boitait déjà dans l'allée qui serpentait entre les immeubles d'une cité voisine, à deux cents mètres de là. Le torse contusionné et la chaussette droite souillée de sang, il regagna l'appartement à bord d'un bus de nuit.

James envisagea de le conduire aux urgences, mais un rapide examen suffit à le convaincre qu'il ne souffrait d'aucune fracture. Il se contenta de désinfecter et de bander sa cheville blessée.

Après avoir pris une douche, Ryan se mit au lit. S'il était soulagé d'avoir accompli la mission que lui avait confiée Craig, la chaleur était telle qu'il eut les pires difficultés à trouver le sommeil. Il ne dormit que par intermittence et passa le plus clair de son temps à se bagarrer avec sa couette et ses oreillers.

Il se réveilla une énième fois aux alentours de deux heures du matin. La gorge sèche, il s'empara de la bouteille d'eau posée sur la table de nuit et but deux longues gorgées. Il jeta machinalement un œil au petit Samsung destiné aux communications avec le gang et constata qu'il avait reçu un SMS adressé depuis un mobile inconnu. Le message était rédigé en lettres capitales :

SITUATION DE CRISE. QUE TOUT LE MONDE RAPPLIQUE AU QG IMMÉDIATEMENT.

Ryan se précipita vers la fenêtre donnant sur L'Abri et vit un individu en doudoune sans manches se ruer vers le club. Plusieurs véhicules étaient stationnés en désordre sur la pelouse située derrière le hangar.

— Eh, réveille-toi ! cria Ryan en déboulant dans la chambre de son contrôleur de mission.

Ce dernier lâcha un grognement puis roula sur le dos.

— Fous-moi la paix, Kerry, marmonna-t-il. Je suis complètement crevé…

— Arrête de délirer, c'est moi, dit Ryan en le secouant par l'épaule.

— Mais qu'est-ce que tu fous là ? s'étonna James en frottant ses yeux gonflés.

Ryan lui tendit le Nokia.

— Ce message est tombé il y a une demi-heure. J'étais tellement claqué que je n'ai pas entendu le signal d'alerte. Ça bouge du côté de L'Abri.

— Tu as une idée de ce qui se passe ?

— Aucune.

— Des nouvelles de Ning ?

— Pas encore. Je voulais que tu sois le premier informé. Tu penses que je devrais y aller ?

— Évidemment. Va t'habiller pendant que je l'appelle.

∴

Brutalement tirée de son sommeil, Ning arracha l'iPhone à son dock de recharge puis, flottant entre le rêve et la réalité, écouta les explications de James.

— Non, je ne suis pas au courant, dit-elle.

Elle alluma la lampe de chevet et réalisa qu'elle se trouvait seule dans la chambre.

— Oh-oh. James, Fay s'est barrée. Elle a pris ses chaussures et son mobile. Je ne sais pas ce qui lui est passé par la tête, mais mon petit doigt me dit qu'elle a quelque chose à voir avec les derniers événements…

## 37. Représailles

Ryan avait paré à toute éventualité. Il avait enfilé son gilet de protection et accroché sa matraque télescopique à sa ceinture. Tandis qu'il courait vers L'Abri, il entendit la voix de James dans son oreillette.

— Je me suis connecté à la base de données des services d'urgence de Londres, dit-il. Il y a un peu moins de deux heures, un incident important a été signalé. Une camionnette en feu a été délibérément précipitée dans un garage privé au 57 Hartwood Road, à Finchley. Accroche-toi bien, il s'agit de l'adresse personnelle de Hagar.

— Tu crois qu'il s'agit de la camionnette que Fay et Ning ont piquée ?

— C'est plus que probable. Cinq véhicules ont été détruits, puis l'incendie s'est propagé au reste du bâtiment. Il n'y a pas de victimes, mais un gamin a été conduit à l'hôpital, par précaution, parce que les secouristes pensaient qu'il avait pu inhaler des vapeurs toxiques. À l'heure qu'il est, Hartwood Road est encore fermée à la circulation.

— La vache ! s'étrangla Ryan. Hagar va péter les plombs. Bon, je crois que je ferais mieux de la fermer, je vais entrer dans le hangar.

L'Abri offrait un spectacle insolite. Le local, qui n'accueillait d'ordinaire que des adolescents, grouillait d'adultes aux mines patibulaires. Ryan adressa un clin d'œil à Warren, le plus jeune membre de l'assemblée, puis se dirigea directement vers Craig, qui s'entretenait avec Hagar entre deux tables de billard.

— Eh, où tu vas comme ça, mon garçon ? lança un colosse aux cheveux roux portant un bandeau sur l'œil.

— J'ai reçu un message de Craig, répondit Ryan.

— C'est bon, lança Max, l'un de ses anciens collègues de la station de lavage. Ce gamin est réglo. Laisse-le entrer.

— Qu'est-ce qui se passe ? demanda Ryan.

— C'est la guerre, répondit Max. Les mecs d'Eli ont foutu le feu à la baraque d'Hagar. Il n'était pas sur les lieux, mais un de ses fils est à l'hosto.

— Oh merde, lâcha Ryan.

Il vint se poster à proximité de Craig et d'Hagar, puis il tendit l'oreille.

— Pourquoi se précipiter ? dit Craig d'une voix apaisante. On sait que ce sont les filles qui ont piqué la camionnette.

— Mais c'est Eli qui a racheté la coke. Il doit y avoir une taupe dans l'organisation qui refile des tuyaux à Fay Hoyt. Ils sont associés, c'est évident.

— Nous n'avons aucune preuve. On ne peut pas déclarer la guerre à Eli en se basant sur des suppositions.

— Tu envisages sérieusement la possibilité qu'une fille de quinze ans ait pu localiser ma planque, ma serre et mon adresse personnelle sans aide extérieure ?

Ryan jeta un bref coup d'œil à Warren. Il le trouva si pâle qu'il crut un instant qu'il allait tourner de l'œil.

— Tu as beaucoup d'ennemis, Hagar, répondit Craig. Je crois vraiment que nous devrions vérifier les faits avant d'ouvrir les hostilités.

— Ma décision est prise. Et si tu n'es pas avec moi, tu es contre moi.

Craig baissa la tête en signe de soumission.

— On fera comme tu voudras, dit-il. C'est toi le boss.

Estimant l'affaire réglée, Hagar s'adressa à ses troupes.

— OK, vous tous, approchez-vous et ouvrez bien vos oreilles. Cette nuit, Eli a franchi la ligne jaune en s'en prenant à ma maison et à ma famille. Et forcément, il s'attend à ce que nous nous attaquions à ses revendeurs à titre de représailles. Mais il ignore que j'ai moi aussi des informations le concernant, et en particulier sur les sociétés légales qui lui permettent de blanchir l'argent de ses trafics. Et ce sont elles que nous allons frapper.

Des rires et des cris enthousiastes saluèrent cette annonce.

— Je veux quatre à cinq hommes par voiture, ordonna Hagar. Prenez tout le matériel que vous pouvez emporter. Chaque équipe va se voir désigner trois cibles. Et je vous déconseille de remettre les pieds ici avant d'avoir atteint l'ensemble de vos objectifs.

.:.

— Où es-tu passée ? demanda Ning. Est-ce que tout va bien ?

— Je crevais de chaud sur la moquette, expliqua Fay à l'autre bout du fil. Comme je ne pouvais pas dormir, j'ai pris le bus de nuit pour me rendre à la parcelle, et je me suis occupée de la camionnette.

— Comment ça ?

— Ça, c'est mon affaire. Au fond, tu avais raison. Je n'aurais jamais dû vous embarquer dans cette histoire, Warren et toi.

— Qu'est-ce que tu as fait, bon sang? Où est la camionnette ?

Fay ignora délibérément la question.

— Je ne peux pas te parler. Je suis en surveillance devant L'Abri, et il y a du mouvement.

— Qu'est-ce que tu fiches là-bas ?

— Tu sais quoi ? Je crois que j'avais raison sur un point. Hagar a du mal à garder le contrôle de ses nerfs.

— Écoute, je ne comprends rien à ce que tu racontes, s'agaça Ning. Je croyais qu'on était associées. J'ai droit à des explications.

Fay éclata de rire.

— Je viens de déclencher la troisième guerre mondiale, *baby* ! Maintenant, il faut que je me tire en vitesse avant que quelqu'un me reconnaisse. Tu vas en cours demain ?

— Je suis en vacances depuis hier, dit Ning.

— Dans ce cas, retrouve-moi à la parcelle dans la matinée. Je t'expliquerai tout. Mais ne débarque pas avant dix heures trente. Je suis complètement claquée, et j'ai besoin de me reconstituer.

Sur ces mots, Fay mit fin à la communication.

.:.

Assise sur un tabouret derrière le comptoir de la supérette ouverte vingt-quatre heures sur vingt-quatre, Bijal regardait un épisode de *Friends* sur l'écran LCD suspendu au plafond. À quatre heures du matin, un vieux combi Volkswagen pila devant le magasin. Convaincue d'avoir à faire à l'un de ces groupes de fêtards qui débarquaient à la fermeture des boîtes de nuit pour faire le plein d'alcool et de cigarettes, elle sentit son sang se glacer lorsqu'elle vit cinq individus cagoulés se précipiter vers la devanture armés de tonfas et de battes de base-ball. Elle plongea derrière le comptoir et enfonça le bouton commandant la fermeture d'urgence de la porte d'entrée. Mais l'un des membres du commando avait déjà placé un pied à l'intérieur du magasin, rendant le dispositif inopérant.

— Quel accueil déplorable, lança Hagar en déboulant dans la supérette, aussitôt suivi de ses quatre complices.

L'un des hommes sauta par-dessus le comptoir, poussa Bijal contre le présentoir à cigarettes, lui porta deux coups de poing à l'estomac puis la jeta au sol.

— La caisse n'est pas verrouillée, gémit la jeune femme. Vous pouvez tout prendre.

Bijal avait déjà été victime de plusieurs vols à main armée, mais jamais elle n'avait eu affaire à un aussi grand nombre de braqueurs. L'homme qui venait de la frapper arracha le cordon d'alimentation de la caisse enregistreuse puis la précipita sur l'écran de télévision.

D'un coup de batte, Hagar balaya une cinquantaine de bouteilles d'alcool. Au fond du magasin, Ryan et Warren s'attaquèrent au bac réfrigéré contenant les produits frais. Ils en pulvérisèrent le spot halogène puis s'attaquèrent aux rayonnages, dispersant une pluie de crème fraîche et de morceaux de verre brûlants aux quatre coins de la supérette. Il ne fallut que cinq minutes au commando pour ravager l'établissement.

— On se tire, ordonna Hagar avant de se tourner vers Ryan. Toi, aide-moi à évacuer la vendeuse.

Ils traînèrent la jeune femme à l'extérieur de la boutique. Warren grimpa à bord du combi puis le chauffeur lança le moteur. Hagar s'adressa à sa victime.

— La prochaine fois que tu verras Eli, tu lui transmettras ce message : il est fini, et je veux qu'il quitte la ville immédiatement. Je me suis bien fait comprendre ?

— Je… je ne sais même pas de qui vous parlez, bredouilla Bijal.

Ryan n'était pas étonné. Eli n'était pas complètement inconscient. Il ne s'était pas présenté aux employés des sociétés-écrans qui lui permettaient de blanchir l'argent du trafic de drogue. À l'instant où Ryan se glissait sur la banquette arrière du combi, le dernier membre du commando – le roux au bandeau sur l'œil – mit le feu à un rouleau de papier toilette à l'aide d'un briquet puis le lança à l'intérieur du magasin, dans une flaque de whisky qui s'embrasa instantanément.

— Yeah, les mecs ! cria Hagar avant d'embarquer à bord du fourgon, bientôt suivi par le rouquin. Ça me rappelle le bon vieux temps.

Dès que le combi eut quitté les lieux du braquage, il posa le tiroir-caisse entre Ryan et Warren puis en souleva le couvercle, dévoilant plusieurs centaines de livres en billets de dix et vingt.

— Ce fric est à vous, les garçons. Cadeau de votre vieil oncle Hagar.

## 38. Le chant des sirènes

Ryan s'était forgé une image mentale d'Hagar depuis le jour où il avait entendu prononcer son nom dans le bureau de James Adams. Il s'était imaginé un être impitoyable et dominateur qui distribuait les ordres et laissait ses lieutenants faire le sale boulot. Mais Hagar ne correspondait pas à cet archétype. Assis à l'arrière du combi, il lançait des blagues et évoquait des anecdotes liées aux lieux qui défilaient devant ses yeux : la salle de cinéma désaffectée où il avait peloté une fille pour la première fois ; la boutique où il s'approvisionnait en pétards lorsqu'il était enfant ; son premier appartement, dont le plafond s'était effondré deux semaines après son emménagement.

— Craig et moi, on a traîné le promoteur jusqu'au balcon et on l'a pendu par les pieds jusqu'à ce qu'il promette de régler les réparations.

Le chauffeur pila devant un établissement servant du poulet frit à emporter, et Hagar acheta de quoi nourrir tous les membres du commando.

— C'est comme ça que je vois la vie, les mecs, dit-il. Au fond, je me fous complètement du fric. Ce que j'aime, c'est prendre mon pied avec mes potes.

— Moi, je suis fauché, sourit Ryan. On peut inverser les rôles ?

Hagar éclata de rire. Au moment où le combi abordait l'entrée d'un tunnel, l'homme qui occupait le siège passager avant dévissa le bouchon d'une bouteille de Coca dont le contenu gicla au plafond de la cabine sous l'effet de la pression, provoquant l'hilarité générale.

Leur objectif était un immeuble de standing comportant quatorze étages, à Canary Wharf, en plein cœur du territoire d'Eli. Tous feux éteints, ils se garèrent à l'arrière du bâtiment, près d'un monospace Renault où les attendait une poignée d'hommes de main.

Armés de battes et de machettes, les membres des deux équipes quittèrent leurs véhicules, se serrèrent la main puis enfilèrent des cagoules. Ils se regroupèrent près d'une porte coupe-feu que le borgne aux cheveux roux ouvrit à l'aide d'un pied-de-biche. À l'intérieur, l'air chaud et humide empestait le chlore. Ils poussèrent une seconde porte et déboulèrent dans la piscine de la résidence, au grand effroi de la sexagénaire qui y faisait des longueurs.

Un couloir tapissé de moquette les conduisit au hall d'entrée de l'immeuble. Deux individus se précipitèrent derrière le comptoir de marbre afin d'empêcher le veilleur de nuit de donner l'alerte.

— La clé de l'ascenseur, vite. On doit se rendre à l'appartement-terrasse du quatorzième étage.

— Je n'ai pas le droit, gémit l'employé.

Hagar adressa un hochement de tête à l'un de ses hommes. D'un coup de manche de pioche, ce dernier pulvérisa un écran d'ordinateur.

— Si tu ne fais pas ce que je te demande, mon pote va t'exploser la cervelle, expliqua Hagar.

Conscient qu'il n'avait guère le choix, le veilleur de nuit marcha d'un pas raide jusqu'aux ascenseurs aux portes vitrées.

— Entre six heures et minuit, un seul ascenseur est en service, dit-il avant d'entrer dans l'unique cabine disponible en compagnie de quatre hommes de main.

Hagar fut le dernier à y embarquer. Il s'adressa à ses complices demeurés dans le hall.

— Un peu d'exercice ne vous fera pas de mal, sourit-il. On se retrouve là-haut.

Les intéressés se précipitèrent vers la cage d'escalier et entamèrent sans rechigner l'ascension des quatorze étages de l'immeuble. Dès le sixième palier, la tête commença à leur tourner. En dépit de sa cheville douloureuse, Ryan fut le seul à atteindre l'appartement d'Eli sans effectuer de pause.

Hagar et ses complices avaient déjà investi les lieux.

— Eh bien, tu en as mis du temps ! s'esclaffa-t-il lorsqu'il vit Ryan franchir la double porte de bois savamment sculptée. Où sont les autres ?

— Ils ne vont pas tarder, dit Ryan en découvrant le luxe extravagant de l'appartement-terrasse.

Un vestibule tapissé de marbre s'ouvrait sur un open space dont les immenses baies vitrées dominaient la Tamise. Un escalier en spirale menait aux chambres et à la terrasse. Le veilleur de nuit avait reçu l'ordre de s'asseoir sur un long canapé de cuir noir, de se taire et de garder les mains sur la tête. Hagar se saisit d'un vase pop art dont la décoration reproduisait des photos de célébrités.

— Je crois que notre pote Eli se la raconte un peu trop, dit-il en étudiant les peintures contemporaines alignées sur l'un des murs. Sans blague, c'est de l'art, cette merde ?

Sur ces mots, Hagar laissa tomber le vase à ses pieds.

— Alors, qu'est-ce que vous attendez pour tout péter ? hurla-t-il.

Au moment où Warren et les autres traînards déboulaient dans l'appartement, le reste du commando passa à l'action, tailladant les tableaux, brisant les meubles, bouchant les lavabos et ouvrant les robinets en grand.

Ryan planta une sculpture en bois dans une toile de Damien Hirst puis il rejoignit Warren sur la terrasse afin de vider joyeusement les bacs à fleurs dans le jacuzzi.

— Qui veut une Rolex ? s'esclaffa Hagar en brandissant une boîte à bijoux et trois montres serties de diamants dénichées dans l'une des chambres à coucher.

Il lança l'une d'elles en direction de deux de ses complices qui se cognèrent front contre front en tentant de s'en emparer. Au même instant, la fumée provoquée par l'incendie d'une pile de magazines déclencha l'un des extincteurs automatiques installés au plafond. Tandis que Warren faisait main basse sur un ordinateur portable Sony, l'écho d'un lointain fracas métallique parvint aux oreilles de Ryan. Il se rua sur la terrasse et se pencha au-dessus du garde-fou : quatorze étages plus bas, un coupé BMW s'était encastré dans un flanc du combi. Deux autres véhicules étaient stationnés près des lieux de la collision. Une dizaine d'hommes cagoulés s'engouffrèrent dans le hall de l'immeuble. Le chauffeur du monospace Renault avait été extirpé de la cabine, et quatre individus le passaient à tabac.

— Eh, hurla Ryan en se postant en haut de l'escalier. La bande d'Eli a débarqué !

Tous les membres du commando se précipitèrent sur la terrasse.

— Merde, ils ont eu Curtis, s'étrangla Hagar. Joe, appelle des renforts. Les autres, descendez et massacrez-moi ces connards.

À l'exception de Ryan et de Warren, les hommes du gang se ruèrent hors de l'appartement.

Un second extincteur automatique se déclencha, puis une alarme stridente retentit. Soudain, le concierge, qui était demeuré sagement sur le canapé, se dressa d'un bond puis détala vers le hall d'entrée, son téléphone mobile vissé à l'oreille.

— Ce con va appeler les flics, dit Warren en se projetant dans sa direction.

Ryan le retint fermement par le bras.

— On s'en fout. De toute façon, l'alarme s'est déclenchée, et les pompiers doivent déjà être en route. Et puis, vu le boucan qu'on a fait, les voisins ont dû appeler les flics.

— Exact, dit Warren, l'air anxieux. On ferait mieux de s'occuper de sauver notre peau. Les mecs d'Eli sont plus nombreux que nous. S'ils nous trouvent, ils vont nous massacrer. En plus, il paraît qu'ils s'amusent à jeter de l'acide au visage de leurs ennemis.

Ryan partageait les inquiétudes de son camarade.

— Pas question de se lancer dans une bagarre générale, dit-il en s'emparant d'une batte abandonnée sur le parquet. On va descendre quelques étages et trouver un endroit où se planquer jusqu'à ce que les choses se calment.

— Hagar va être furieux quand il apprendra qu'on s'est dégonflés.

— Si tu en as assez de la vie, tu n'as qu'à rejoindre les autres au rez-de-chaussée, dit Ryan en poussant la porte donnant sur la cage d'escalier. On trouvera bien une excuse…

Il tendit l'oreille puis ajouta :

— Je crois que la voie est libre.

Lorsqu'ils eurent dévalé six volées de marches, Ryan se figea puis raffermit sa prise sur la batte.

— Chut, dit-il. J'entends du bruit. Écoute… Des sons à la fois proches et étouffés…

— Bizarre, ça ne vient pas de la cage d'escalier.

Deux étages plus bas, Ryan colla une oreille à la paroi.

— J'ai pigé ! Il y a du monde coincé dans l'ascenseur. Quelqu'un a dû bricoler les fusibles.

— Qui est là-dedans ? sourit Warren. Nos potes ou nos ennemis ?

— Aucune idée. Et franchement, je m'en fous.

Lorsqu'ils atteignirent le palier du huitième étage, ils entendirent des pas dans l'escalier, deux ou trois étages plus bas. Ryan et Warren franchirent une porte battante percée d'un hublot et débouchèrent sur un couloir moquetté desservant une dizaine d'appartements. Ils s'accroupirent de façon à ne pas être visibles depuis la cage d'escalier.

À en juger par les sons qui parvenaient à ses oreilles, Ryan estima que trois ou quatre hommes se dirigeaient vers le sommet du bâtiment.

— On va rester ici, chuchota-t-il. Ça doit être le chaos complet, en bas.

Une minute plus tard, un événement inattendu le contraignit à changer de stratégie : la sirène générale de l'immeuble se mit à hurler, preuve que le feu allumé au quatorzième avait pris une ampleur alarmante.

Un à un, les occupants de l'étage quittèrent leur appartement. Les uns étaient en pyjama et chaussons ; les autres avaient passé à la hâte des tenues improbables combinant vêtements de sport et de ville. Ryan et Warren ôtèrent leur cagoule.

Les résidents semblaient plutôt détendus. Tenant par la main un enfant à l'air ensommeillé, un homme s'entretenait avec l'un de ses voisins.

— On dirait que quelqu'un a encore fait brûler ses toasts, plaisanta-t-il.

Ryan se pencha à l'oreille de Warren.

— On a une chance de se tailler sans se faire repérer, dit-il. On n'a qu'à suivre le mouvement.

Un flot ininterrompu de résidents se pressait dans l'escalier de secours. Ryan repéra une femme encombrée d'un nourrisson et d'un enfant de trois ans qui braillait comme un possédé.

— Vous avez besoin d'aide ? demanda-t-il.

La jeune mère lui adressa un sourire reconnaissant puis lui confia son bébé. Parvenu au rez-de-chaussée, Ryan berça tranquillement l'enfant dans ses bras en étudiant le hall d'un œil inquiet. L'alarme générale avait déclenché un système d'urgence permettant la descente mécanique de la cabine d'ascenseur, mais ses occupants avaient filé sans demander leur reste. Lorsque les résidents se rassemblèrent sur le trottoir, ils furent saisis par la scène de chaos qui s'offrait à leurs yeux.

Une armée de secouristes administrait les premiers soins au chauffeur du monospace Renault et à un homme de main d'Eli baignant dans une mare de sang. Le combi n'était plus qu'une carcasse fumante dégorgeant de neige carbonique. Deux voitures de police et un camion de pompiers bloquaient l'accès à la rue. Quatorze étages plus haut, des lueurs orangées illuminaient le sommet de la tour. Une colonne de fumée noire glissait dans le ciel londonien.

Lorsqu'il eut rendu le bébé à sa mère, Ryan se tourna vers Warren.

— Le veilleur de nuit pourrait reconnaître nos vêtements, dit-il. Il faut qu'on se taille.

Les deux garçons contournèrent le bâtiment jusqu'à l'allée de service, où une équipe de pompiers équipés de masques respiratoires s'apprêtait à investir les lieux du sinistre. Ils s'engagèrent dans une rue perpendiculaire puis parcoururent une centaine de mètres avant d'observer plusieurs indices témoignant de l'affrontement sauvage qui avait eu lieu au milieu de la chaussée : une botte abandonnée, pointure quarante-six, quelques pièces de monnaie et un iPhone brisé.

— C'est l'une des rangers de Joe, dit Warren en se baissant pour ramasser une pièce de deux livres.

— Joe ? C'est lequel ?

— Le roux avec le bandeau sur l'œil.

Cinquante mètres plus loin, ils trouvèrent sa machette ensanglantée sur le trottoir.

— Oh, c'est du sérieux, dit Warren. Je crois qu'on ferait mieux de rejoindre un endroit plus fréquenté.

— Là-bas ! dit Ryan en désignant une artère embouteillée, au-delà du parking d'un magasin de bricolage.

Lorsqu'ils passèrent à hauteur d'un camion de livraison, un cri se fit entendre.

— Warren !

Les deux garçons se figèrent. Ryan posa une main sur sa matraque puis s'accroupit pour regarder sous le véhicule.

— Hagar ? lança-t-il.

Le chef de gang était allongé sous le camion. Un homme était étendu à ses côtés. Le bitume ruisselait de sang.

— Vous êtes blessés ? demanda Hagar.

— Non, tout va bien, répondit Ryan. Mais vous, on dirait que vous êtes dans un sale état.

— J'ai une coupure sans gravité à la cuisse. Mais Frank est en train de se vider de son sang. Il s'est pris un coup de sabre de samouraï à l'arrière de la tête.

Ryan rampa sous le véhicule, ôta le T-shirt roulé en boule qui faisait office de compresse et examina la blessure à l'arrière du crâne de Frank.

— Qu'est-ce que tu fous ? demanda Hagar.

— J'ai suivi des cours de secourisme, expliqua Ryan en estimant la longueur des cheveux du blessé. Je vais suturer provisoirement la plaie avec les moyens du bord. Ça va faire mal, mais ça interrompra le saignement.

Il se tourna vers Warren.

— On est passés devant un Caddie abandonné dans les buissons, à l'entrée du parking. S'il peut encore rouler, amène-le ici.

Tandis que Warren s'éloignait du camion, Ryan saisit une mèche de cheveux de chaque côté de la coupure et les noua fermement. Malgré les gémissements de Frank, il répéta l'opération à deux centimètres d'intervalle sur toute la longueur de la blessure.

— Ça ne me serait jamais venu à l'idée, dit Hagar sur un ton admiratif.

— Les cheveux sont extrêmement solides. Ça tiendra jusqu'à ce qu'on le conduise à l'hôpital.

Lorsque Ryan en eut terminé, Warren poussa le Caddie près du véhicule.

— Il roule correctement ? demanda Hagar.

— Il vire un peu sur la droite, mais ça devrait faire l'affaire, répondit Warren.

— Frank a perdu beaucoup de sang, dit Ryan. S'il ne reçoit pas des soins rapidement, je ne suis pas certain qu'il tienne le coup.

Ils installèrent le blessé dans le Caddie.

— Je vais le conduire jusqu'à l'immeuble d'Eli, dit Ryan. Il y a plusieurs équipes de secouristes, là-bas. Il sera immédiatement pris en charge.

Hagar posa une main amicale sur son épaule.

— On te doit une fière chandelle, gamin. Si les flics te coincent, contacte n'importe lequel de mes hommes. Dès que je serai informé, j'enverrai mes avocats pour te faire libérer.

## 39. Une question de confiance

Lorsque Ryan confia le blessé aux bons soins d'une équipe de secouristes, on ne lui posa aucune question. Contre toute attente, il put même quitter les lieux à l'arrière de l'ambulance qui transportait Frank et le chauffeur à l'hôpital. L'état de ce dernier était effrayant. Ses bras présentaient des fractures ouvertes, et l'une de ses orbites n'était plus qu'une plaie sanglante.

Ryan détestait les hôpitaux, où tout, des panneaux indiquant les services d'imagerie médicale et de chimiothérapie à la tenue du personnel, lui rappelait le combat perdu de sa mère contre le cancer. Lorsque Frank eut été placé sur un chariot-brancard, il l'accompagna jusqu'à une salle d'examen, puis une infirmière l'invita à rejoindre la salle d'attente. Craig et trois hommes de main d'Hagar l'y rejoignirent une vingtaine de minutes plus tard.

— D'après nos informations, dit Craig, deux membres du gang d'Eli ont été conduits ici, et je suppose que leurs potes sont dans les parages. J'ai des choses importantes à régler, mais je veux que vous restiez ici pour assurer la sécurité de Frank et de Curtis.

Assis sur une inconfortable chaise en plastique, Ryan lutta contre le sommeil pendant près de deux heures. Puis deux hommes d'Eli firent irruption dans la salle d'attente des urgences. La tension monta d'un cran mais ils se contentèrent d'acheter des bouteilles de boisson énergisante au distributeur. Au bout du compte, l'affrontement n'alla pas plus loin qu'un échange de regards hostiles.

Accablé d'ennui, Ryan était plongé dans la contemplation d'un chewing-gum collé sur le lino lorsque Craig lui donna une claque sur la cuisse.

— Suis-moi, mon garçon. On est convoqués.

Ils empruntèrent un interminable couloir jusqu'à un box d'examen. Ils y trouvèrent Hagar installé dans un fauteuil roulant, une jambe bandée et une béquille posée sur les genoux.

— Devinez qui m'a appelé ? demanda Hagar.

— Je parierais sur Eli, dit Craig.

— Comment tu es au courant ? Toi aussi il t'a contacté ?

— Non, mais je connais un peu le fonctionnement de l'esprit humain. Qu'est-ce qu'il a dit ?

— Qu'il n'avait pas déclenché tout ce bordel et qu'il ne voulait pas que la situation s'envenime. Selon lui, c'est Fay et sa copine qui ont démoli mes bagnoles. Il m'a conseillé de jeter un œil aux enregistrements des caméras de surveillance.

— Et qu'est-ce que ça a donné ?

— Le matériel d'enregistrement se trouvait dans une armoire métallique, à l'arrière du garage. Une partie a fondu pendant l'incendie, et le reste a été inondé par les pompiers. Bref, je n'ai pas une seule image exploitable.

— Un type compétent en informatique pourrait peut-être extraire quelques données, quel que soit l'état du disque dur, suggéra Craig.

Hagar haussa les épaules.

— Laisse tomber, tout est foutu, je te dis. Du coup, impossible de savoir si Eli dit la vérité.

— Si les filles bossaient pour lui, pourquoi auraient-elles fait cramer la marchandise en même temps que tes caisses ? Tout ça n'a rien à voir avec le business. Celui ou celle qui s'en est pris à ta baraque essaie de t'atteindre personnellement.

Hagar observa quelques secondes de silence puis lâcha sur un ton sinistre :

— Fay Hoyt. Je reconnais bien le style de sa mère et de sa tante.

— Dans ce cas, que vas-tu faire avec Eli ?

Hagar esquissa un sourire.

— Il est disposé à tirer un trait sur le saccage de son appartement si je lui pardonne d'avoir racheté la coke que Fay m'a piquée.

Craig lâcha un soupir de soulagement.

— Je n'ai pas fait les comptes, mais ce deal me semble correct. Une guerre ouverte nous coûterait une fortune, et les flics seront après nous si la violence se déchaîne dans les rues.

— Je dois rencontrer Eli vendredi, annonça Hagar. D'ici là, il a promis de tout faire pour retrouver Fay et sa copine.

— Il a des pistes ?

— Je ne sais pas. Mais on va mettre toutes les chances de notre côté. Fais courir le bruit que j'offre une récompense pour leur capture, dix mille pour Fay, trois mille pour la Chinoise.

— Fay passe son temps à traîner dans les rues pour récolter des infos, dit Craig. Avec une telle prime sur sa tête, on la localisera dès qu'elle posera un pied dehors.

Hagar jeta un bref regard à Ryan.

— Pourquoi tu as amené ce gamin, Craig ? demanda-t-il.

— Tu m'as dit qu'il était digne de confiance, et Curtis a perdu un œil. Alors j'ai pensé à lui pour accompagner Clark.

— Ah oui, j'oubliais, dit Hagar. Le nettoyage.

Ryan n'avait pas la moindre idée de ce dont il était question.

— Eh ouais, sourit Craig, les affaires ne vont pas s'arrêter sous prétexte que tu as piqué ta crise de nerfs.

Hagar se tourna vers Ryan.

— Tu as encore un peu de jus pour une petite balade, mon pote, ou tu es complètement au bout du rouleau ?

Ning poussa la porte du cabanon et brandit un sac en papier portant le logo McDonald's.

— McMuffin œuf bacon et jus d'orange, dit-elle.

— Et toi, tu n'as rien pris ? sourit Fay.

— Si, mais j'ai tout liquidé sur le trajet. Alors, qu'est-ce qui s'est passé la nuit dernière ? Pourquoi tu t'es barrée ?

En vérité, Ning, qui s'était entretenue avec James et Ryan, n'ignorait rien de la situation. Pourtant, soucieuse de ménager sa couverture, elle joua l'étonnée quand Fay décrivit l'attentat commis sur le garage d'Hagar et l'agitation qu'elle avait observée du côté de L'Abri.

— Et après, comment ça s'est terminé ?

Fay haussa les épaules.

— Ils se sont tous tirés en bagnole. Je n'ai pas pu les suivre, mais je suppose qu'ils se sont lancés dans une expédition punitive sur le territoire d'Eli.

— Pourquoi tu es partie sans rien me dire ?

— Je suis désolée, Ning. Warren et toi n'étiez pas vraiment motivés, je l'ai bien senti. Alors j'ai préféré la jouer solo.

— On faisait équipe, bordel. On a tous pris des risques dans le braquage de la serre. Tu aurais pu au moins nous demander notre avis avant de détruire la marchandise.

— Je vous filerai ma part du deal de coke, à Warren et toi. Vous n'aurez qu'à partager. Je me fous royalement du fric.

Ning secoua la tête.

— Ce n'est pas une question d'argent, mais de confiance.

— De toute façon, nous n'avons pas les mêmes objectifs, dit Fay. Tout ce qui m'importe, c'est de liquider Hagar.

Ning se laissa tomber sur une chaise pliante.

— Très bien. Alors qu'est-ce qu'on fait, maintenant ?

— On va se tenir tranquilles pendant un moment, le temps qu'Hagar règle ses comptes. Avec un peu de chance, Eli le butera, et je n'aurai même pas besoin d'intervenir.

Ning avait reçu un SMS de Ryan l'informant que les deux gangs avaient conclu un armistice, mais il n'était pas question d'en informer sa camarade.

— Et s'ils finissent par faire la paix ? fit observer Ning.

— C'est peu probable. Ma mère et ma tante disaient toujours que le caractère d'Hagar était totalement imprévisible, à une exception près : il est incapable de contenir sa colère.

Ning envisagea de rappeler à Fay que sa tante et sa mère avaient fini par perdre leur bataille contre Hagar, mais elle craignait qu'elle ne se braque.

— Tu as parlé à Warren ? demanda-t-elle, adoptant une tactique différente.

— Il était avec les types qui sont partis de L'Abri. Je lui ai envoyé plusieurs messages, mais il n'a pas répondu.

— Écoute, l'année scolaire est terminée et on a beaucoup d'argent, dit Ning. Je pense qu'on devrait quitter la ville jusqu'à ce que cette guerre des gangs soit terminée.

— Mais Warren n'acceptera jamais d'abandonner sa mère et son frère.

— Il n'est pas nécessaire qu'il vienne avec nous. Les hommes d'Hagar n'ont aucun moyen de savoir qu'il jouait un double jeu.

Fay afficha une moue embarrassée.

— Tu ne comprends pas. Ce que je veux dire, c'est que je ne veux pas partir sans lui.

Ning n'en croyait pas ses oreilles.

— Tu veux dire que tu es vraiment amoureuse de lui ?

— Évidemment que je l'aime. Qu'est-ce que tu avais imaginé ?

— Eh bien... Warren était notre meilleure source d'information. Alors, c'est vrai, il est plutôt sympa, mais je croyais que tu te servais de lui.

Fay fusilla Ning du regard.

— Ah d'accord. C'est donc comme ça que tu vois les choses. Eh bien sache que tu te goures.

— OK, excuse-moi. Je n'avais pas pigé.

Un silence gênant s'installa entre les deux complices.

— Et toi, tu penses que Warren est sincère envers moi ? demanda Fay.

— À vrai dire, je ne connais pas grand-chose aux mecs. Mais je ne le vois pas jouer la comédie.

Elles échangèrent un sourire. Fay rougit jusqu'à la pointe des oreilles.

— Si tu restes à Londres, tu devras te faire très discrète, dit Ning.

— Ils vont nous chercher partout, c'est clair. Mais ils cherchent un duo de braqueuses. Il vaudrait mieux qu'on ne traîne pas ensemble jusqu'à nouvel ordre.

— Il n'y a rien à craindre, tant qu'on se rencontre en centre-ville.

— Oui, tu as raison, dit Fay. Londres compte dix millions d'habitants. Il faudra juste se tenir à l'écart du territoire de nos ennemis.

## 40. Recyclage

À six heures du matin, Ryan se rendit à la gare de St Pancras et emprunta le premier train pour Chatham, une localité située à une cinquantaine de kilomètres à l'est de Londres. Redoutant de s'endormir et de rater son arrêt, il nota l'heure d'arrivée et programma le réveil de son iPhone en conséquence.

Parvenu à destination, il emprunta une passerelle afin de rejoindre le hall où l'attendait Clark.

— Alors, la grande forme ? demanda ce dernier.

— Tu parles, je suis claqué, répondit Ryan en le suivant jusqu'à un camion de déménagement garé sur le parking.

Lorsqu'ils eurent pris place dans la cabine, Clark lui tendit un thermos de café cabossé.

— Tiens, ça va te donner un coup de fouet.

Ryan remplit l'un des gobelets en plastique qui roulaient sur la plage avant et avala une gorgée de liquide tiède.

— Quel jus de chaussette ! toussa-t-il, espérant que le sucre et la caféine l'aideraient à sortir de sa torpeur.

Clark effectua une manœuvre en marche arrière.

— Alors, il paraît que j'ai raté la petite fête ? dit-il en empruntant la rampe de sortie.

Il s'engagea sur une route qui serpentait en zone périurbaine. Entre deux bâillements, Ryan lui présenta un résumé des événements de la nuit passée en prenant soin de ne pas dévoiler ce qu'il avait appris grâce à James et à Ning.

— Quel caractère, cet Hagar ! s'esclaffa Clark. C'est un malade, mais je l'adore.

— Comment a-t-il pu prendre la tête d'un gang aussi important alors qu'il a tant de mal à se contrôler ?

— Le bon côté des choses, c'est qu'il fout la trouille à tout le monde. Du coup, ses ennemis se méfient et nous, ses hommes, on suit ses ordres à la lettre. À part ça, contrairement aux autres chefs de bande, il n'est pas du genre à se la raconter. C'est un type simple avec qui on peut rigoler.

— Alors, où est-ce qu'on va ? demanda Ryan.

— Faire un peu de nettoyage. La routine.

Clark tourna le bouton de la radio et écouta attentivement le point trafic sur la fréquence locale.

Vingt minutes après avoir quitté la gare, le camion bifurqua, s'engagea sur un chemin de terre et ralentit à l'approche d'un entrepôt dont la toiture semblait avoir été récemment remplacée.

— Je déteste la cambrousse, grogna Clark en descendant du véhicule.

D'un signe de tête, il invita son jeune coéquipier à le suivre à l'intérieur du bâtiment. Ryan y découvrit un alignement d'enclos métalliques. Du sol constellé de bouse de vache séchée saillaient de vieux tuyaux en caoutchouc.

— C'est une salle de traite ? demanda-t-il.

— Oui, mais elle est désaffectée depuis au moins dix ans.

Au fond de la construction, dans un angle, plusieurs box avaient été démontés. D'innombrables sacs en plastique noir étaient alignés contre les murs. Une odeur âcre flottait dans l'air.

— La vache, j'ai les yeux qui piquent, dit Ryan.

— Mieux vaut ne pas respirer cette saloperie trop longtemps, avertit Clark. On doit tout charger dans le camion.

Ryan souleva l'un des sacs, mais le fond se déchira, libérant le contenu sur le sol. Il découvrit alors des segments de gaine de câble électrique d'un à deux mètres de long dont on avait arraché les fils métalliques.

— Depuis le temps que je leur demande de me fournir des sacs de meilleure qualité… grogna Clark. Ceux-là, il faut garder les mains dessous si tu ne veux pas qu'ils craquent.

Joignant le geste à la parole, il prit trois sacs entre ses bras puis les déposa derrière le camion. Ryan, dont les bras étaient nettement plus courts, dut se contenter de deux sacs par voyage. Des morceaux de gaine coupés en biseau perçaient les enveloppes de plastique noir et lui entaillaient les bras.

Tout en effectuant des allers-retours entre l'entrepôt et le camion, Ryan s'efforçait de comprendre à quoi rimait tout cela. Les sacs n'étant pas fermés, il jeta un discret coup d'œil à leur contenu sans rien trouver d'autre que des morceaux de câbles évidés. Il supposa que la drogue était importée au Royaume-Uni à l'intérieur de ces gaines, puis récupérée à l'issue d'une longue opération de découpe dans la salle de traite.

Lorsque la moitié de la marchandise fut rassemblée derrière le camion, prête à être chargée, Ryan remarqua une empreinte de main blanche sur la partie supérieure d'un sac. Il l'examina attentivement puis, constatant qu'il s'agissait d'une trace de poudre, s'assura que Clark se trouvait à l'extérieur avant de déchirer hâtivement le morceau de plastique et de le glisser dans sa poche.

Lorsqu'ils eurent achevé de vider l'entrepôt, ils embarquèrent les quelque deux cents sacs à l'arrière du camion. Sur le plancher métallique du véhicule, Ryan découvrit plusieurs bobines vides d'une quarantaine de centimètres de diamètre. Les unes, de couleur rouge, portaient l'inscription *Câble Sonata X Loudspeaker* ; sur les autres, de couleur bleue, on pouvait lire *Câble Sonata Supreme Audiophile*. Les deux produits avaient été fabriqués en Chine.

Cela faisait beaucoup d'informations à mémoriser, sans compter la plaque minéralogique du camion, les informations lâchées par Clark et le trajet emprunté depuis Chatham pour rejoindre la salle de traite.

— Je vais passer un coup de fil, dit Ryan avant de s'éloigner d'une dizaine de pas.

Il activa l'application dictaphone de son mobile, le plaça contre son oreille et consigna ses découvertes à voix basse en faisant mine de s'entretenir avec un correspondant.

L'opération de chargement s'acheva à neuf heures et demie. Repérant un robinet à l'entrée du bâtiment, Ryan ôta son T-shirt et son jean gorgés de sueur puis s'aspergea généreusement le torse et les jambes. Clark inspecta une dernière fois la salle de traite puis s'exclama :

— Voilà une bonne chose de faite ! On peut lever le camp.

Ils firent halte dans une station-service à proximité de Chatham pour acheter des muffins à l'œuf et à la saucisse et du thé servi dans des gobelets en polystyrène, puis ils rejoignirent un centre de recyclage des ordures ménagères dont l'odeur fétide se faisait sentir à un kilomètre à la ronde. Dans le ciel, d'innombrables mouettes surveillaient le ballet des camions-bennes qui déversaient leur chargement au pied d'une montagne de déchets.

Clark roula jusqu'à l'entrée du parking réservé au personnel et remit deux cents livres en espèces à un agent de surveillance posté dans une guérite.

— Vous ne devriez pas venir ici en plein jour, dit l'homme en déverrouillant le portail permettant d'accéder au centre de recyclage. Il y a trop de témoins.

— Qu'est-ce que j'y peux, moi ? dit Clark en haussant les épaules. Je ne fais qu'appliquer les consignes.

Clark et Ryan déposèrent les sacs au pied du camion, puis un bulldozer poussa la marchandise illégale vers la pile principale de débris.

En baissant les yeux, Ryan constata qu'il pataugeait dans une mélasse putride, souillant irrémédiablement sa paire de baskets préférée. Pour couronner le tout, une mouette se soulagea dans son dos, provoquant l'hilarité de son complice.

Une demi-heure plus tard, Clark le déposa devant la gare de Chatham.

— Tu as fait du bon boulot, dit ce dernier. Je dirai à Craig que tu mérites amplement ton salaire.

Lorsqu'il se trouva dans le train à destination de Londres, écrasé de fatigue et incommodé par sa propre odeur, Ryan glissa une main dans son jean, en sortit son smartphone et constata avec satisfaction que l'indicateur de charge affichait neuf pour cent. Il composa le numéro de James.

— J'ai du nouveau, dit-il. Je n'arrive pas à recoller toutes les pièces du puzzle, mais je crois que j'ai découvert la façon dont Hagar importe sa saleté de came.

## 41. Le secret des Crewdson

En ce jour de semaine, les jardins familiaux Greenacre étaient déserts. Étendues sur des chaises longues, Fay et Ning profitaient d'un bain de soleil. Seul le passage d'un train sur la voie ferrée voisine venait, de temps à autre, troubler ce moment de quiétude.

— Il faut que je pense à acheter de la crème solaire, dit Fay. Je suis en train de me transformer en homard.

— Ça te dirait qu'on se fasse un ciné cet après-midi ?

— Warren dort encore. Je préférerais qu'on remette ça à ce soir.

Ning voyait d'un très mauvais œil l'attachement de Fay à son petit ami. Elle redoutait d'être mise à l'écart et de ne pouvoir achever sa mission. Tandis qu'elle s'interrogeait sur le meilleur moyen de provoquer leur rupture, elle reçut un SMS de James lui indiquant que Ryan avait fait plusieurs découvertes capitales. Elle composait une réponse lorsqu'elle aperçut, à contre-jour, deux silhouettes se dirigeant vers la parcelle. Lorsqu'elle réalisa qu'il s'agissait d'hommes jeunes et athlétiques, elle comprit qu'elle n'avait pas affaire à des amoureux du jardinage.

— On a de la compagnie, dit-elle en posant la main sur la cuisse de Fay.

Alors, elles reconnurent Shawn, le principal adjoint d'Eli, accompagné d'un de ses hommes de main. Ning vérifia que son sac à dos se trouvait à portée de main. Elle savait qu'Eli et Hagar s'étaient réconciliés, mais il lui était impossible d'en informer Fay sans trahir sa couverture.

— Salut, les filles, lança Shawn en s'immobilisant à deux mètres des chaises longues.

Fay plissa les yeux puis plaça une main en visière sur son front.

— Comment tu nous as retrouvées ? s'étonna-t-elle.

Shawn éclata de rire.

— Je me renseigne toujours sur les gens avec qui je suis en affaires, expliqua-t-il. J'ai demandé à un de mes gars de te suivre, après notre rendez-vous.

— Qu'est-ce que tu fous ici ? demanda Fay. Je croyais que la came ne t'intéressait pas. Du coup, je m'en suis débarrassée.

— Et d'une façon plutôt spectaculaire, à ce qu'on m'a dit, sourit Shawn. Et justement, figurez-vous qu'Hagar a mis votre tête à prix, les filles. Mais je suis prêt à parier que mon boss ne réclamera pas la prime, en signe de bonne volonté.

Du coin de l'œil, Ning vit trois autres individus effectuer un mouvement de tenaille autour de la parcelle de façon à décourager toute tentative de fuite. Elle pressa le lobe de son oreille droite à deux reprises afin d'activer son système de communication, ajouta précipitamment les mots « SHAWN EST ICI, HOSTILE ! » au message qu'elle était en train de composer puis frôla le bouton *envoi*.

— Mesdemoiselles, je vais vous demander de bien vouloir me suivre, dit Shawn.

— Et si on refuse ? lança Fay en jetant un regard anxieux aux alentours.

— Dans ce cas, mes amis et moi-même devrons employer la manière forte. Je préférerais que nous nous comportions comme des personnes civilisées, mais vous viendrez avec nous de gré ou de force.

Fay et Ning échangèrent un bref regard. Sans prononcer un mot, elles tombèrent d'accord : il n'était pas question de se laisser capturer sans opposer de résistance.

Fay fut la première à se mettre en mouvement. Elle se dressa comme un ressort et écarta sa chaise longue d'un coup de pied. Ning plongea les deux mains dans le sol meuble puis jeta une poignée de terre au visage de Shawn et de son complice.

Mettant à profit son entraînement à la course à pied, Fay effectua un départ canon, bondit au-dessus de la clôture et détala dans la parcelle voisine. Ning, plus lente mais plus puissante, empoigna une chaise en plastique et frappa Shawn à l'entrejambe. Voyant sa camarade sprinter vers le portail des jardins familiaux, elle décida de s'élancer vers la parcelle opposée.

— Eh, arrêtez de piétiner mes brocolis ! lança une retraitée à la peau tannée par le soleil.

Ning jeta un regard par-dessus son épaule. Shawn se tordait de douleur sur le sol, mais ses quatre complices, découragés par l'impressionnante pointe de vitesse de Fay, s'étaient tous lancés à sa poursuite. L'un d'eux, étonnamment rapide, semblait en mesure de refaire rapidement son retard. Réalisant qu'elle n'avait aucune chance de lui échapper, elle fit halte, se baissa pour ramasser un bâton puis le brisa sur son genou afin d'obtenir une extrémité pointue. Enfin, armée de cette dague de fortune, elle se prépara à recevoir l'ennemi.

Lorsque ce dernier parvint à sa hauteur, il esquiva habilement le coup qu'elle tenta de lui porter puis tenta de la ceinturer, mais il perdit l'équilibre lorsqu'elle se déroba in extremis. Lorsqu'elle se remit en route, son poursuivant parvint à s'accrocher à son sac, si bien qu'elle n'eut d'autre choix que d'en laisser glisser les sangles et de l'abandonner.

La voix de James résonna dans son oreillette.

— Ning ! Qu'est-ce qui se passe ? Parle-moi, bon sang !

À cet instant, Ning planta un pied dans un sillon profond, trébucha puis percuta de plein fouet une structure en bambou où poussaient des haricots. Elle s'étala de tout son long. Moins de deux secondes s'écoulèrent avant que son adversaire ne se laisse tomber sur elle, chassant instantanément l'air de ses poumons.

Alors qu'elle tentait vainement de se dégager, Shawn, qui s'était péniblement traîné jusqu'à elle, pointa un automatique dans sa direction.

— Plus un geste, gronda-t-il, visiblement hors de lui.

Puis il s'adressa à l'homme qui avait capturé Ning et lança :

— Casse-lui un bras.

De nouveau, Ning entendit la voix de James.

— Ning, je suppose que tu ne peux pas me répondre. Accroche-toi, j'arrive. J'ai ta localisation GPS. J'appelle des renforts et je monte sur ma moto.

— Casse-lui son putain de bras, répéta Shawn, rouge de colère.

Maintes fois, Ning s'était sortie saine et sauve de situations désespérées, mais son adversaire pesait deux fois son poids et était tout en muscles. Elle tenta en vain de l'empêcher de saisir son poignet, mais l'homme plaça son bras dans son dos et lui imprima un mouvement de torsion.

— Non ! sanglota-t-elle.

Puis, au comble de la panique, elle lâcha un cri désespéré.

— Au secours !

— Ça t'apprendra à me cogner dans les joyeuses, gronda Shawn.

Au même instant, le coude de Ning émit un craquement sinistre.

⁂

— James, tu es là ? cria Ryan en se déchaussant à l'entrée de l'appartement.

Son appel étant demeuré sans réponse, il se précipita dans la cuisine. En étudiant le toast à la marmelade à peine entamé et l'ordinateur portable abandonnés sur la table, il comprit que James avait quitté les lieux précipitamment.

Ryan était partagé. D'un côté, il ne pensait qu'à se mettre au lit et à faire le tour du cadran. De l'autre, il était impatient d'exploiter les indices découverts dans la salle de traite désaffectée.

Il se rendit dans la salle de bains, se déshabilla devant la machine à laver puis y jeta ses vêtements, baskets comprises, avant de sélectionner le programme le plus énergique.

Dans la cabine de douche, le jet jailli du pommeau entraîna dans le siphon des traînées d'eau savonneuse mêlée de crasse. Ragaillardi, il s'assit sur le lit, appliqua de la lotion antiseptique sur ses coupures puis remplaça le bandage de sa cheville blessée.

Il s'installa devant le bureau, souleva l'écran de son ordinateur portable puis ouvrit un nouveau document Word. Il y consigna les événements de la nuit passée puis écouta l'enregistrement audio de son mobile pour s'assurer qu'il n'avait omis aucune information.

Après avoir enregistré le fichier et en avoir transmis une copie par e-mail au centre de contrôle, il se rendit dans la chambre de James afin de récupérer le kit d'analyse des narcotiques dans la valise contenant l'équipement préparé par les services techniques de CHERUB. À l'aide de minuscules pinces, il préleva quelques particules blanches sur le morceau de sac plastique trouvé dans la salle de traite et les laissa tomber dans un tube à essai contenant une solution vert pâle. Aussitôt, le liquide vira au vert épinard, indiquant la présence de cocaïne pure à près de cent pour cent.

Ravi d'avoir accompli l'un des principaux objectifs fixés par son ordre de mission, il lâcha une exclamation enthousiaste puis ouvrit une page Google. Il entra les mots *Câble Sonata Loudspeaker* et accéda au site Internet de Sonata, une entreprise américaine proposant des câbles audio de haute qualité à prix très compétitifs. Jusqu'alors, Ryan n'avait jamais imaginé que la qualité du câblage puisse influer sur la qualité du son. Il ouvrit des yeux ronds en constatant que le produit phare, *Carbon X*, était vendu à cent dollars le mètre.

Au clic suivant, il accéda à la liste des distributeurs de Sonata. L'importateur britannique était une société baptisée AV Master dont le siège social était établi à Rochester, à une cinquantaine de kilomètres à l'est de Londres. La veille encore, Ryan n'avait jamais entendu parler de cette ville, mais le train qu'il avait emprunté le matin même s'était arrêté en gare de Rochester, cinq minutes avant son arrivée à Chatham.

Électrisé par cette découverte, il établit une connexion Internet sécurisée en composant un interminable mot de passe et en posant son pouce sur le trackpad équipé d'un lecteur d'empreintes digitales. Ainsi, il accéda au système de recherche de CHERUB, un portail qui permettait d'accéder à diverses bases de données alimentées, entre autres, par les services de renseignement britanniques, l'administration des mines, le cadastre, le registre du commerce, le Trésor public et les douanes.

La connexion laissant à désirer, Ryan dut patienter une quinzaine de minutes avant d'obtenir une liste complète du personnel d'AV Master, ainsi que les informations concernant les propriétaires du camion de déménagement. La société dont le logo figurait toujours sur le véhicule l'avait vendu aux enchères quelques années plus tôt à un acheteur ayant présenté une fausse identité.

Ne disposant que d'une accréditation limitée, Ryan ne pouvait accéder aux données des compagnies privées comme les banques, les fournisseurs Internet et les opérateurs de téléphonie mobile. Épuisé, il estima avoir été au bout de son enquête et avoir amplement mérité une dizaine d'heures de sommeil. Alors qu'il fermait un à un les onglets du navigateur, il crut reconnaître un visage familier parmi les innombrables fenêtres ouvertes au cours de ses recherches, une photographie qui n'avait jusqu'alors pas retenu son attention.

L'homme figurant sur le cliché était le directeur d'AV Master, la société d'importation de câbles audio. Ryan se creusa la tête près d'une minute avant de se rappeler l'endroit où il l'avait rencontré. La photographie datait d'une bonne dizaine d'années, l'individu avait perdu beaucoup de cheveux, mais c'était bien lui qui lui avait remis sa carte de membre, le jour de sa première visite à L'Abri.

Il se connecta au site Internet de l'association et constata qu'il ne s'était pas trompé : Barry Crewdson, directeur de l'antenne de Kentish Town et responsable de l'organisation sur l'ensemble du Grand Londres. Jusqu'alors, Ryan était convaincu que L'Abri n'était qu'un mouvement caritatif infiltré par un gang de trafiquants de drogue, mais en étudiant les archives gouvernementales, il ne tarda pas à se forger une tout autre idée de la situation.

Fondée en 1988 par Marie Crewdson, une riche héritière anoblie par la reine en 2004, l'association comptait une trentaine d'antennes en Angleterre et au pays de Galles, ainsi que plusieurs refuges pour orphelins en Iran et au Pakistan. L'organigramme de l'association ne comptait pratiquement que des membres de la famille Crewdson. Dans les articles accordés par ces derniers aux quotidiens et radios nationales, il n'était question que d'aide à l'enfance déshéritée. Sur les photos accompagnant ces papiers, les Crewdson offraient le visage d'une joyeuse fratrie en pantalon de velours côtelé et pull irlandais accompagnée d'une multitude d'enfants et de labradors.

Certain d'avoir découvert le lien entre Barry et la société importatrice des câbles audio contenant la cocaïne, Ryan s'intéressa aux autres membres de la famille Crewdson.

À en croire les registres du cadastre, Marie, fondatrice du clan et icône du caritatif, s'était offert une maison sur Regent's Park pour la coquette somme de six millions et demi de livres. Outre ses activités au sein d'AV Master, Barry Crewdson était l'actionnaire majoritaire d'une société de transport et de déménagement transeuropéen. Son frère et ses deux sœurs possédaient des parts dans des entreprises de négoce de métal, des bureaux de bookmakers, des casinos et des agences immobilières.

Toutes les pièces du puzzle s'imbriquaient à la perfection. Les Crewdson formaient une famille d'apparence respectable, mais leur réseau de sociétés pesait plusieurs dizaines de millions de livres. En outre, il constituait le montage idéal pour organiser le transport de la drogue et le blanchiment de l'argent sale.

Les derniers doutes de Ryan furent balayés par la lecture d'articles parus dans la presse régionale qui, mis bout à bout, dressaient un portrait plus sombre de l'association caritative. Une antenne de L'Abri au pays de Galles avait été présentée comme une plaque tournante du trafic de drogue par un député local ; une importante quantité de cocaïne avait été saisie dans un club de Manchester ; l'un des principaux animateurs d'un centre du Sussex avait été arrêté par les stups puis relâché après le versement d'une énorme caution ; Lady Crewdson avait menacé de poursuites judiciaires un journaliste qui s'était permis d'affirmer que l'antenne de Cardiff avait été créée grâce à des fonds versés par un baron de la drogue.

Pour terminer, Ryan se réjouit d'apprendre que l'ancien club de *lawn bowling* où Hagar avait installé sa serre appartenait à Pegasus, une société immobilière basée à Jersey qui, l'année précédente, avait versé trois cent mille livres de dividendes aux petites-filles de Lady Crewdson.

Ryan était fou de joie d'avoir mis au jour la culpabilité de cette honorable famille, mais il avait passé une heure à effectuer des recherches sur Internet et à rassembler tous les fils de l'affaire, et il ne parvenait plus à garder les yeux ouverts. Il rédigea un bref rapport accompagné de liens qu'il adressa au centre de contrôle, se laissa tomber sur son lit et sombra dans un profond sommeil.

## 42. Cinquante mille volts

Sous la menace de ses ravisseurs, Ning dut gravir un escalier situé à l'arrière d'un centre communautaire turc. On la poussa dans un cabinet dentaire désaffecté où flottait encore une légère odeur de menthol. Elle eut le temps de déchiffrer la plaque vissée sur la porte, puis on la força à s'asseoir sur une chaise bancale de la salle d'attente.

L'individu qui lui avait cassé le bras s'installa devant elle, si bien qu'elle eut tout le loisir de le dévisager. C'était un garçon d'une vingtaine d'années, à la peau mate, aux traits réguliers et à la musculature développée. En d'autres circonstances, elle l'aurait trouvé tout à fait à son goût.

— Cabinet dentaire Goldfarb ? dit-elle, espérant que James pouvait l'entendre via le système de communication. Qu'est-ce qu'on fout ici ? Et c'est quoi ce club turc en bas ?

— Ferme ta gueule, grogna Shawn en composant un numéro sur son mobile.

Tandis que deux gorilles montaient la garde devant la porte, un quatrième homme de main ne put résister au plaisir enfantin de jouer avec le fauteuil articulé de la salle d'examen.

Ning considéra son bras blessé et constata qu'il avait enflé démesurément à hauteur du coude. Gagnée par la nausée, elle ferma les yeux. La douleur était telle qu'elle aurait préféré perdre connaissance, mais la voix de James la tira de sa torpeur.

— J'ai bien reçu tes infos, dit-il. Tiens bon, on va te sortir de là.

En communication avec Eli, Shawn prenait le savon de sa vie. Dès qu'il eut raccroché, il retourna sa colère et son humiliation contre ses coéquipiers.

— Eli voulait les deux filles, et vous vous êtes tous précipités sur elle ! hurla-t-il en désignant Ning.

— L'autre fille avait une fusée au cul, grommela un homme de main.

— Tu l'as vu comme nous, plaida son voisin. On aurait cru voir Usain Bolt.

— Vous étiez quatre, tempêta Shawn. Il me semble que vous aviez les moyens de rattraper deux filles de quinze ans.

Ulcéré par ces accusations, l'un des individus qui surveillait la porte se rebella.

— Toi aussi, tu aurais peut-être capturé l'autre, si tu ne l'avais pas laissée t'en coller une dans les bijoux de famille.

Hors de lui, Shawn se planta devant lui et le fusilla du regard.

— Tu sais à qui tu t'adresses, mec ? Je bossais déjà pour Eli quand tu portais encore des couches.

— Oui, je sais exactement qui tu es : un petit dealer de rue qui a gagné du galon en travaillant pour un type qui n'a rien dans le froc. On devrait être en train de s'occuper de la bande d'Hagar, mais Eli préfère nous faire courir après deux gamines.

Étonnée de voir ses ravisseurs se disputer ouvertement, Ning saisit l'opportunité qui s'offrait à elle d'envenimer la situation.

— Il n'a pas tort, Shawn.

— Tu veux perdre le bras qui te reste, toi ? gronda ce dernier.

Ning leva les yeux au ciel.

— Je n'arrive pas à croire que vous ayez laissé Fay se tirer, dit-elle d'une voix très calme. Quand elle a vu que vous abandonniez la poursuite, je suis sûre qu'elle est retournée à la cabane pour récupérer ses affaires. Si l'un de vous était resté sur place, vous l'auriez cueillie comme une fleur. Mais maintenant, elle doit être dans un train roulant vers un endroit connu d'elle seule.

— Il me semble t'avoir demandé de ne pas la ramener !

— Elle a raison, dit le garçon à la peau mate.

Shawn lâcha une bordée d'injures puis jeta son mobile contre le mur, à quelques centimètres de la tête de Ning.

— Vous n'êtes qu'une bande d'incapables ! rugit-il.

L'appareil atterrit aux pieds de Ning, qui se baissa et le ramassa de sa main valide.

— Je crois qu'il est cassé, dit-elle sur un ton innocent.

Shawn s'empourpra. Ses yeux semblaient sur le point de jaillir de leurs orbites.

— Toi, dit-il en pointant un doigt menaçant sur le garçon qui avait capturé Ning. Tu restes ici et tu ne la quittes pas des yeux. Les autres, on va chercher Fay Hoyt.

— Où ça, boss ? demanda l'homme installé dans le fauteuil de dentiste.

La voix de James se fit entendre dans l'oreillette.

— C'est bon, nous avons localisé le club. Nous serons sur place dans deux minutes.

Ning se demandait si Ryan faisait partie de ce « nous », mais se réjouissait qu'une équipe ait été rassemblée pour venir à son secours.

— On retourne à la parcelle, ordonna Shawn. Vous chercherez des indices, des lettres, des tickets de train, ce genre de trucs. Je veux savoir où cette petite conne s'est barrée.

Les trois hommes qu'il avait désignés faisaient grise mine, comme des gamins venant de recevoir une heure de colle.

— Cinq secondes, dit James dans le système de communication. Grenade incapacitante.

Ning se tourna vers la fenêtre à l'instant précis où les montants d'une échelle métallique en heurtèrent le montant. La tête casquée d'un membre des forces spéciales apparut dans l'encadrement. L'homme brisa la vitre d'un coup de poing ganté puis lança un cylindre gris à l'intérieur de la salle d'attente.

Lorsque Shawn et ses hommes tournèrent la tête, Ning plongea au sol, plaça son bras valide sur ses yeux puis garda la bouche ouverte afin d'éviter que l'explosion ne lui crève les tympans. La grenade produisit un flash et une détonation assourdissante. Au même instant, les autres membres du commando firent sauter la porte du rez-de-chaussée à coups de bélier hydraulique.

— Police ! Tout le monde à terre ! À terre ! À terre !

Quatre policiers armés, casqués et caparaçonnés gravirent l'escalier quatre à quatre puis déboulèrent dans le cabinet dentaire. Simultanément, le policier qui se tenait au sommet de l'échelle enjamba le cadre de la fenêtre, aussitôt suivi de James, qui ne portait qu'un jean, un T-shirt et son casque de moto.

— À plat ventre ! hurlèrent les membres de l'équipe d'assaut. Les mains en évidence derrière la tête !

L'un d'eux plaqua brutalement Shawn.

— Enlèvement et actes de torture, dit-il. Ça va te coûter dix ans, sale con.

Tandis que les hommes du gang étaient menottés sans ménagement, James se précipita vers Ning.

— Tu vas bien ?

— J'ai trop mal au bras, je crois que je vais tourner de l'œil.

— On ne va pas attendre l'ambulance. Une voiture de patrouille va te conduire à l'hôpital et je te suivrai en bécane.

Le garçon qui avait martyrisé Ning résistait farouchement à l'arrestation. Il ne fallut pas moins de trois policiers pour le maîtriser. L'opération achevée, ils reculèrent de deux pas puis, peinant à reprendre leur souffle, considérèrent leur prisonnier d'un œil méprisant.

Alors, Ning remarqua le Taser suspendu à la ceinture de James.

— Je crois que je suis blessée au dos, gémit-elle. J'ai l'impression que je saigne.

Lorsque James se pencha pour l'examiner, Ning s'empara de l'arme, prit son jeune tortionnaire pour cible et enfonça la détente, libérant deux pointes métalliques qui se fichèrent entre ses omoplates et délivrèrent une décharge de cinquante mille volts.

— Ça, c'est pour m'avoir cassé le bras, espèce de sale fils de pute ! hurla-t-elle.

— Hey ! lâcha James, saisi de stupeur avant de lui arracher le Taser des mains.

Les policiers, qui avaient assisté à la scène, se ruèrent sur Ning afin de la maîtriser à son tour, mais James fit rempart de son corps. Il leur avait présenté son insigne des services secrets avant le début de l'assaut, mais il n'avait pu dévoiler l'identité et les fonctions réelles de sa coéquipière.

— Je la prends en charge, dit-il. Son témoignage est capital.

Puis il se pencha à l'oreille de Ning et chuchota :

— Ce coup-là, ma petite, tu vas le regretter.

Mais Ning ne décolérait pas. Elle se tourna une dernière fois vers sa victime et lança :

— Tu as du bol qu'il y ait autant de flics dans le secteur, pauvre minable. Si on avait été seuls, j'aurais continué à te zapper jusqu'à ce que la batterie tombe à plat.

## 43. Comptine

*Trois mois plus tard*

— J'adore ton sens de la déco, dit Ryan en contournant le monticule de vêtements sales qui encombrait le couloir.

Lorsqu'il franchit la porte du salon, il bouscula une haute pile de magazines consacrés à la moto qu'il redressa d'extrême justesse.

— Vous vous êtes déjà rencontrés ? demanda James en hochant la tête en direction de Kerry, qui était assise en tailleur sur le canapé.

— Oui, on s'est déjà croisés sur le campus, répondit Ryan. Salut, Kerry. James n'a pas arrêté de me parler de toi, pendant notre dernière mission.

— Ah vraiment ? s'étonna-t-elle.

— En mal, évidemment, plaisanta le garçon. Tu es en Angleterre pour longtemps ?

— Deux semaines. Je dois me rendre à Cambridge pour assister à une conférence universitaire.

— Cool, dit Ryan tandis que James se penchait pour déposer un baiser sur la nuque de sa petite amie.

Ning franchit à son tour la porte du salon.

— Salut tout le monde ! lança-t-elle en déposant sur la table basse plusieurs sachets de pop-corn au caramel et au chocolat. Excusez le retard, mais j'avais rendez-vous chez le kiné, et on est restés coincés dans les embouteillages sur la route du campus. Eh, Kerry, ça me fait tellement plaisir de te revoir !

Elle se dirigea vers le canapé, se prit les pieds dans une veste de survêtement abandonnée sur la moquette puis, hilare, atterrit dans les bras de la jeune femme.

— Comment va ton bras ? demanda James.

— C'est pas la grande forme, mais je devrais avoir récupéré toute la masse musculaire dans six mois. Et d'ici là, rien ne s'oppose à ce que je reparte en mission.

Ning se tourna vers Kerry et s'exclama :

— Au fait, félicitations ! Allez, montre-moi ta bague.

— Quelle bague ? dit James, faisant mine de s'étonner.

— Comment l'as-tu appris ? demanda Kerry en exhibant un petit solitaire à l'annulaire gauche. Personne n'est censé savoir.

Ning haussa les épaules.

— Tu oublies qu'on est au campus, Kerry. Les rumeurs circulent vite. Désolée de te décevoir, mais tout le monde est déjà au courant.

— Au courant de quoi ? demanda Ryan.

— James a fait sa demande, expliqua Ning. Comment ça a pu t'échapper ?

Ryan haussa les épaules.

— Je ne m'intéresse pas vraiment à ce genre de ragots. Mais félicitations, alors. Et le bébé, c'est pour quand ?

— Très drôle, Ryan, grogna James. Pourquoi tu ne poses pas ton cul dans le canapé avant que j'y colle mon quarante-quatre fillette ?

Ryan désigna les vêtements et les magazines qui encombraient la dernière place disponible.

— Et ça, j'en fais quoi ?

— T'embête pas, fous tout par terre, répondit James.

— Tu ferais mieux de changer un peu tes habitudes si tu comptes vraiment me passer la bague au doigt, maugréa Kerry.

— Vous avez déjà fixé une date ? demanda Ning.

— Oh, on n'est pas pressés…

— Pour le moment, on vit à cinq mille kilomètres l'un de l'autre, ajouta James.

— Je suis avec ce cinglé depuis que j'ai douze ans, poursuivit Kerry. On a eu des hauts et des bas, mais je crois bien qu'on est faits l'un pour l'autre. Il a dit qu'il était temps qu'on s'engage pour de bon. Les relations à distance sont toujours compliquées, mais celle-ci vaut la peine qu'on se batte pour la préserver.

James lâcha un grognement.

— Bordel, où est-ce que j'ai mis ce DVD ? demanda-t-il.

— Je ne sais pas comment tu fais pour vivre dans ce foutoir, soupira Kerry. Tu passes la moitié de ton temps à chercher tes trucs.

— Je sais où sont mes affaires, tant que personne n'y touche.

Soudain, James se frappa le front.

— Ce que je suis nul ! s'exclama-t-il en saisissant la télécommande. Le DVD est déjà dans le lecteur.

Il enfonça la touche *play* et un globe terrestre composé d'images d'actualités apparut à l'écran.

— C'est l'émission qui sera diffusée mardi prochain sur BBC One. Une édition entièrement consacrée à la famille Crewdson et à la découverte du scandale de L'Abri.

— Grâce à qui ? sourit Ryan.

— Si ta tête continue à gonfler, tu ne pourras plus franchir les portes, lança Ning en levant les yeux au ciel.

— Vous devriez vous mettre ensemble, tous les deux, ironisa Kerry. Il y a une vraie alchimie entre vous.

Ning éclata de rire.

— Il a déjà Grace, sa copine psychopathe. Moi, je ne suis pas assez folle pour lui.

Impatient de changer de sujet, Ryan s'éclaircit la gorge et demanda :

— Ils parlent d'Hagar dans le reportage ?

James secoua la tête.

— Ils n'en disent pas un mot. On pensait qu'Hagar était le big boss, mais il n'était qu'un des cinquante chefs de gang qui travaillaient au service des Crewdson. Depuis la chute de ses patrons, il a complètement disparu de la circulation et abandonné son territoire à Eli.

— Il doit se la couler douce, avec tout le fric qu'il a amassé, fit observer Ning.

— Je n'arrive toujours pas à croire que Barry était un baron de la drogue, dit Ryan. Avec sa barbe et ses Clarks, il ressemblait plus à un prof de maths qu'à un narcotrafiquant.

— Et c'est pour ça que les Crewdson ont pu mener leurs activités en toute impunité pendant tant d'années, conclut Kerry.

— Ça y est, ça commence, dit James en s'asseyant sur l'accoudoir du canapé. Si vous pouviez avoir l'obligeance de bien vouloir la fermer…

Warren immobilisa la bicyclette au pied d'un grand chêne. Fay descendit du porte-bagages puis sortit des sacoches latérales quatre serviettes-éponges pliées au carré.

— T'es trop sexy dans cette tenue, gloussa Warren.

Elle portait un polo blanc qui comprimait légèrement sa poitrine, un pantalon bleu marine et des tennis immaculées. Elle posa une main sur la nuque de son petit ami puis pressa longuement ses lèvres contre les siennes.

— Je t'aime, murmura-t-elle.

— Alors remonte sur le vélo et tirons-nous, dit Warren.

— Non, sourit Fay en reculant d'un pas. Je n'en ai que pour un quart d'heure, grand maximum.

Sur ces mots, elle tourna les talons et s'engagea sur un sentier étroit qui serpentait entre les arbres. Elle n'était pas nerveuse. Le soleil bas filtrant entre les branches et le craquement discret des feuilles mortes sous ses pieds avaient quelque chose d'apaisant.

Le centre de remise en forme *Alessandro's Resort*, dont les tarifs s'élevaient à huit cents livres par jour, était niché au cœur de la forêt. C'était un grand chalet comportant deux étages. Des panaches de vapeur flottaient au-dessus des jacuzzis privatifs installés sur les balcons. Une dizaine de véhicules de luxe étaient rangés sur le parking.

Après avoir glissé une carte magnétique dans le lecteur de la porte réservée au personnel, Fay déboucha sur un couloir dont les murs aveugles et nus sillonnés de gaines électriques contrastaient avec le marbre et l'épaisse moquette des parties destinées à la clientèle.

Elle croisa un employé de maintenance qui se déplaçait en sens inverse. L'homme ne lui adressa qu'un bref regard, preuve qu'il ne manquait rien à son déguisement. Elle en avait étudié tous les détails, du logo brodé sur la poche arrière droite à l'épaisseur et au coloris des serviettes de bain qu'elle tenait dans les bras.

Une seconde porte sécurisée lui permit d'accéder à un vaste hall embaumant la vanille où des haut-parleurs diffusaient du jazz à faible volume. Un agent d'entretien armé d'un chiffon briquait les dalles de marbre afin de faire disparaître les empreintes de pieds humides laissées par un résident.

Elle jeta un rapide coup d'œil à un panneau indicateur, emprunta le couloir desservant les salles de soins onze à dix-neuf puis poussa sans frapper la porte numéro dix-sept.

À la lumière tamisée émise par des lampes LED, elle découvrit un homme étendu à plat ventre sur une table de massage, un métisse d'une quarantaine d'années souffrant d'une très légère surcharge pondérale. À ses côtés se tenait une thérapeute portant trop de maquillage. Avec ses épaules larges, elle ressemblait à une joueuse de tennis professionnelle. Elle considéra l'uniforme de Fay puis lâcha d'un ton ferme :

— Cette salle est occupée. Revenez dans une demi-heure pour le nettoyage.

Fay baissa les yeux avec humilité puis s'exprima avec un fort accent d'Europe de l'Est.

— Vous êtes Magdalena ?

— Oui, c'est bien moi.

— Il y a un appel personnel pour vous à l'accueil. Ça a l'air urgent.

La jeune femme plissa le front.

— C'est sans doute ma mère, dit-elle. Pourquoi n'ont-ils pas transféré l'appel ?

— Je ne sais pas, répondit Fay. C'est mon premier jour au centre.

La thérapeute s'excusa auprès de son client, essuya ses mains trempées d'huile de massage puis quitta précipitamment la pièce.

Fay sentit une goutte de sueur glisser entre ses omoplates.

— Erasto, n'est-ce pas ? dit Fay sans déguiser sa voix.

L'homme, qui regardait jusqu'alors le sol par le trou pratiqué dans la table de massage, se redressa sur un coude pour observer sa visiteuse.

— On se connaît ? demanda-t-il.

— En tout cas, moi, je te connais, dit-elle en étudiant la longue cicatrice rose qui barrait le torse de son ennemi. Avant, tu te faisais appeler Hagar. J'ai entendu parler de ton petit accident de santé. Le cœur est un organe capricieux… Mais cet endroit semble te profiter. Tu as l'air en pleine forme.

Comprenant enfin à qui il avait affaire, Hagar s'assit brusquement au bord de la table. Fay laissa tomber ses serviettes, dévoilant un pistolet automatique équipé d'un silencieux.

— Mais j'ai bien peur que cette cure ne suffise pas à sauver ta misérable peau, Erasto.

— J'ai de l'argent, supplia Hagar. Je peux faire de toi quelqu'un de très riche…

Fay braqua l'arme dans sa direction. Instinctivement, son ennemi leva les mains à hauteur du visage.

— C'est ma mère qui m'a appris à tirer. J'ai été à bonne école.

Puis, balançant la tête de droite à gauche, elle chantonna, comme s'il s'agissait d'une comptine :

— Une dans le cœur, une dans la tête, et tout s'arrête.

Elle enfonça la détente à deux reprises, et n'entendit que deux sifflements à peine perceptibles. Elle replaça le pistolet entre les serviettes et sentit la chaleur du canon se diffuser au travers du tissu. Enfin, elle ouvrit la porte à l'aide du pied de façon à ne laisser ni empreintes ni traces ADN, puis elle quitta calmement le centre en empruntant le couloir de service.

Ce n'est que lorsqu'elle se trouva à couvert des arbres qu'elle s'autorisa à courir. Au bout du sentier, elle sauta au cou de Warren, mais ce dernier, découvrant les minuscules gouttes de sang qui mouchetaient son polo, se déroba à cette étreinte. L'idée qu'il s'était réellement rendu complice d'un crime le remplissait d'effroi.

— Vite, il faut qu'on se taille, s'étrangla-t-il en enfourchant la bicyclette.

Fay glissa l'automatique et les serviettes dans les sacoches puis s'installa sur le porte-bagages. Enfin, elle passa les bras autour de la taille de son amoureux, et ce dernier sentit aussitôt toute crainte s'envoler.

— C'est terminé, Warren. Mais pour nous deux, c'est maintenant que tout commence.

À SUIVRE…

## **CHERUB**, agence de renseignement fondée en 1946

### 1941

Au cours de la Seconde Guerre mondiale, Charles Henderson, un agent britannique infiltré en France, informe son quartier général que la Résistance française fait appel à des enfants pour franchir les *check points* allemands et collecter des renseignements auprès des forces d'occupation.

### 1942

Henderson forme un détachement d'enfants chargés de missions d'infiltration. Le groupe est placé sous le commandement des services de renseignement britanniques. Les *boys* d'Henderson ont entre treize et quatorze ans. Ce sont pour la plupart des Français exilés en Angleterre. Après une courte période d'entraînement, ils sont parachutés en zone occupée. Les informations collectées au cours de cette mission contribueront à la réussite du débarquement allié, le 6 juin 1944.

### 1946

Le réseau Henderson est dissous à la fin de la guerre. La plupart de ses agents regagnent la France. Leur existence n'a jamais été reconnue officiellement.

Charles Henderson est convaincu de l'efficacité des agents mineurs en temps de paix. En mai 1946, il reçoit du gouvernement britannique la permission de créer CHERUB, et prend ses quartiers dans l'école d'un village abandonné. Les vingt premières recrues, tous des garçons, s'installent dans des baraques de bois bâties dans l'ancienne cour de récréation.

Charles Henderson meurt quelques mois plus tard.

## 1951

Au cours des cinq premières années de son existence, CHERUB doit se contenter de ressources limitées. Suite au démantèlement d'un réseau d'espions soviétiques qui s'intéressait de très près au programme nucléaire militaire britannique, le gouvernement attribue à l'organisation les fonds nécessaires au développement de ses infrastructures.

Des bâtiments en dur sont construits et les effectifs sont portés de vingt à soixante.

## 1954

Deux agents de CHERUB, Jason Lennox et Johan Urminski, perdent la vie au cours d'une mission d'infiltration en Allemagne de l'Est. Le gouvernement envisage de dissoudre l'agence, mais renonce finalement à se séparer des soixante-dix agents qui remplissent alors des missions d'une importance capitale aux quatre coins de la planète.

La commission d'enquête chargée de faire toute la lumière sur la mort des deux garçons impose l'établissement de trois nouvelles règles :

1. La création d'un comité d'éthique composé de trois membres chargés d'approuver les ordres de mission.
2. L'établissement d'un âge minimum fixé à dix ans et quatre mois pour participer aux opérations de terrain. Jason Lennox n'avait que neuf ans.
3. L'institution d'un programme d'entraînement initial de cent jours.

## 1956

Malgré de fortes réticences des autorités, CHERUB admet cinq filles dans ses rangs à titre d'expérimentation. Au vu de leurs excellents résultats, leur nombre est fixé à vingt dès l'année suivante. Dix ans plus tard, la parité est instituée.

**1957**

CHERUB adopte le port des T-shirts de couleur distinguant le niveau de qualification de ses agents.

**1960**

En récompense de plusieurs succès éclatants, CHERUB reçoit l'autorisation de porter ses effectifs à cent trente agents. Le gouvernement fait l'acquisition des champs environnants et pose une clôture sécurisée. Le domaine s'étend alors à un tiers du campus actuel.

**1967**

Katherine Field est le troisième agent de CHERUB à perdre la vie sur le théâtre des opérations. Mordue par un serpent lors d'une mission en Inde, elle est rapidement secourue, mais le venin ayant été incorrectement identifié, elle se voit administrer un antidote inefficace.

**1973**

Au fil des ans, le campus de CHERUB est devenu un empilement chaotique de petits bâtiments. La première pierre d'un immeuble de huit étages est posée.

**1977**

Max Weaver, l'un des premiers agents de CHERUB, magnat de la construction d'immeubles de bureaux à Londres et à New York, meurt à l'âge de quarante et un ans, sans laisser d'héritier. Il lègue l'intégralité de sa fortune à l'organisation, en exigeant qu'elle soit employée pour le bien-être des agents.

Le fonds Max Weaver a permis de financer la construction de nombreux bâtiments, dont le stade d'athlétisme couvert et la bibliothèque. Il s'élève aujourd'hui à plus d'un milliard de livres.

**1982**

Thomas Webb est tué par une mine antipersonnel au cours de la guerre des Malouines. Il est le quatrième agent de CHERUB à mourir en mission. C'était l'un des neuf agents impliqués dans ce conflit.

**1986**

Le gouvernement donne à CHERUB la permission de porter ses effectifs à quatre cents. En réalité, ils n'atteindront jamais ce chiffre. L'agence recrute des agents intellectuellement brillants et physiquement robustes, dépourvus de tout lien familial. Les enfants remplissant les critères d'admission sont extrêmement rares.

**1990**

Le campus CHERUB étend sa superficie et renforce sa sécurité. Il figure désormais sur les cartes de l'Angleterre en tant que champ de tir militaire, qu'il est formellement interdit de survoler. Les routes environnantes sont détournées afin qu'une allée unique en permette l'accès. Les murs ne sont pas visibles depuis les artères les plus proches. Toute personne non accréditée découverte dans le périmètre du campus encourt la prison à vie, pour violation de secret d'État.

**1996**

À l'occasion de son cinquantième anniversaire, CHERUB inaugure un bassin de plongée et un stand de tir couvert.

Plus de neuf cents anciens agents venus des quatre coins du globe participent aux festivités. Parmi eux, un ancien Premier ministre du gouvernement britannique et une star du rock ayant vendu plus de quatre-vingts millions d'albums.

À l'issue du feu d'artifice, les invités plantent leurs tentes dans le parc et passent la nuit sur le campus. Le lendemain matin, avant leur départ, ils se regroupent dans la chapelle pour célébrer la mémoire des quatre enfants qui ont perdu la vie pour CHERUB.

# Table des chapitres

**L'EVASION**

L'espion britannique Charles Henderson recherche deux jeunes Anglais traqués par les nazis. Sa seule chance d'y parvenir : accepter l'aide de Marc, 12 ans, orphelin débrouillard. Les services de renseignement britanniques comprennent peu à peu que ces enfants constituent des alliés insoupçonnables. Une découverte qui pourrait bien changer le cours de la guerre…

**LE JOUR DE L'AIGLE**

Un groupe d'adolescents mené par l'espion anglais Charles Henderson tente vainement de fuir la France occupée. Malgré les officiers nazis lancés à leurs trousses, ils se voient confier une mission d'une importance capitale : réduire à néant les projets allemands d'invasion de la Grande-Bretagne. L'avenir du monde libre est entre leurs mains…

**LISEZ UN EXTRAIT GRATUIT À LA FIN DE CE LIVRE**

**L'ARMÉEE SECRÈTE**

Fort de son succès en France occupée, Charles Henderson est de retour en Angleterre avec six orphelins prêts à se battre au service de Sa Majesté. Livrés à un instructeur intraitable, ces apprentis espions se préparent pour leur prochaine mission d'infiltration en territoire ennemi. Ils ignorent encore que leur chef, confronté au mépris de sa hiérarchie, se bat pour convaincre l'état-major britannique de ne pas dissoudre son unité…

**OPÉRATION U-BOOT**

Assaillie par l'armée nazie, la Grande-Bretagne ne peut compter que sur ses alliés américains pour obtenir armes et vivres. Mais les cargos sont des proies faciles pour les sous-marins allemands, les terribles U-boot. Charles Henderson et ses jeunes recrues partent à Lorient avec l'objectif de détruire la principale base de sous-marins allemands. Si leur mission échoue, la résistance britannique vit sans doute ses dernières heures…

### LE PRISONNIER

Depuis huit mois, Marc Kilgour, l'un des meilleurs agents de Charles Henderson, est retenu dans un camp de prisonniers en Allemagne. Affamé, maltraité par les gardes et les détenus, il n'a plus rien à perdre. Prêt à tenter l'impossible pour rejoindre l'Angleterre et retrouver ses camarades de **CHERUB**, il échafaude un audacieux projet d'évasion. Au bout de cette cavale en territoire ennemi, trouvera-t-il la mort… ou la liberté ?

### TIREUR D'ÉLITE

Mai 1943. **CHERUB** découvre que l'Allemagne cherche à mettre au point une arme secrète à la puissance dévastatrice. Sur ordre de Charles Henderson, Marc et trois autres agents suivent un programme d'entraînement intensif visant à faire d'eux des snipers d'élite. Objectif : saboter le laboratoire où se prépare l'arme secrète et sauver les chercheurs français exploités par les nazis. Mais quelles sont les chances de combattants si jeunes face à la puissance de leurs ennemis impitoyables ?

Robert Muchamore

# L'ÉVASION

Traduit de l'anglais
par Jean Esch

casterman

EXTRAIT : HENDERSON'S BOYS 01

# PREMIÈRE PARTIE

## 5 juin 1940 – 6 juin 1940

*L'Allemagne nazie lança l'opération d'invasion de la France le 10 mai 1940. Sur le papier, les forces françaises alliées aux forces britanniques étaient égales voire supérieures à celles des Allemands. La plupart des commentateurs prévoyaient une guerre longue et sanglante. Mais, alors que les forces alliées se déployèrent de manière défensive, les Allemands utilisèrent une tactique aussi nouvelle que radicale : le* blitzkrieg. *Il s'agissait de rassembler des chars et des blindés pour former d'énormes bataillons qui enfonçaient les lignes ennemies.*

*Dès le 21 mai, les Allemands parvinrent ainsi à occuper une grande partie du nord de la France. Les Britanniques furent contraints de procéder à une humiliante évacuation par la mer, à Dunkerque, tandis que l'armée française était anéantie. Les généraux allemands souhaitaient poursuivre leur avancée jusqu'à Paris, mais Hitler leur ordonna de faire une pause afin de se regrouper et de renforcer leurs voies de ravitaillement.*

*La nuit du 3 juin, il donna finalement l'ordre de reprendre l'offensive.*

# CHAPITRE PREMIER

Bébé, Marc Kilgour avait été abandonné entre deux pots de fleurs en pierre sur le quai de la gare de Beauvais, à soixante kilomètres au nord de Paris. Un porteur le découvrit couché à l'intérieur d'un cageot de fruits et s'empressa de le conduire au chaud dans le bureau du chef de gare. Là, il découvrit l'unique indice de l'identité du bambin : un bout de papier sur lequel on avait griffonné ces cinq mots : *allergique au lait de vache.*

Âgé maintenant de douze ans, Marc avait si souvent imaginé son abandon que ce souvenir inventé était devenu une réalité : le quai de gare glacial, sa mère inquiète qui l'embrassait sur la joue avant de monter dans un train et de disparaître pour toujours, les yeux humides, la tête pleine de secrets, tandis que les wagons s'enfonçaient dans la nuit et les nuages de vapeur. Dans ses fantasmes, Marc voyait une statue érigée sur ce quai, un jour. Marc Kilgour : as de l'aviation, gagnant des 24 Heures du Mans, héros de la France…

Hélas, jusqu'à présent, sa vie avait été on ne peut plus terne. Il avait grandi à quelques kilomètres au nord de Beauvais, dans une grande ferme délabrée dont les murs lézardés et les poutres ratatinées étaient constamment menacés par le pouvoir destructeur d'une centaine de garçons orphelins.

Les fermes, les châteaux et les forêts de la région séduisaient les Parisiens qui venaient s'y promener en voiture le dimanche, mais pour Marc, c'était un enfer ; et ces vies excitantes que lui laissaient entrevoir la radio et les magazines lui faisaient l'effet d'une torture.

Ses journées se ressemblaient toutes : la meute grouillante des orphelins se levait au son d'une canne qui frappait contre un radiateur en fonte, puis c'étaient les cours jusqu'au déjeuner, suivis d'un après-midi de labeur à la ferme voisine. Les hommes qui étaient censés accomplir ces tâches pénibles avaient tous été réquisitionnés pour combattre les Allemands.

La ferme des Morel était la plus grande de la région et Marc le plus jeune des quatre garçons qui y étaient employés. M. Thomas, le directeur de l'orphelinat, profitait de la pénurie de main-d'œuvre et recevait une coquette somme d'argent en échange du travail des garçons. Mais ceux-ci n'en voyaient jamais la couleur, et lorsqu'ils le faisaient remarquer, ils avaient droit à un regard courroucé et à un sermon qui soulignait tout ce qu'ils avaient déjà coûté en nourriture et en vêtements.

Suite à de nombreuses prises de bec avec M. Thomas, Marc avait hérité de la corvée la plus désagréable. Les terres de Morel produisaient essentiellement du blé et des légumes, mais le fermier possédait une douzaine de vaches laitières, dans une étable, et leurs veaux étaient élevés dans un abri voisin, pour leur viande. En l'absence de pâturages, les bêtes se nourrissaient uniquement de fourrage et apercevaient la lumière du jour seulement quand on les conduisait dans une ferme des environs pour s'ébattre avec Henri le taureau.

Pendant que ses camarades orphelins s'occupaient des champs, Marc, lui, devait se faufiler entre les stalles mitoyennes pour nettoyer l'étable. Une vache adulte produit cent vingt litres d'excréments et d'urine par jour, et elle ignore les vacances et les week-ends.

De ce fait, sept jours par semaine, Marc se retrouvait dans ce local malodorant à récurer le sol en pente pour faire glisser le fumier dans la fosse. Une fois qu'il avait ôté la paille piétinée et les déjections, il lavait à grande eau le sol en béton, puis déposait dans chaque stalle des bottes de foin et des restes de légumes. Deux fois par semaine, c'était la grande corvée : vider la fosse et faire rouler les tonneaux puants vers la grange, où le fumier se décomposerait jusqu'à ce qu'il serve d'engrais.

.:.

Jade Morel avait douze ans, elle aussi, et elle connaissait Marc depuis leur premier jour d'école. Marc était un beau garçon, avec des cheveux blonds emmêlés, et Jade l'avait toujours bien aimé. Mais en tant que fille du fermier le plus riche de la région, elle n'était pas censée fréquenter les garçons qui allaient à l'école pieds nus. À neuf ans, elle avait quitté l'école communale pour étudier dans un collège de filles à Beauvais, et elle avait presque oublié Marc, jusqu'à ce que celui-ci vienne travailler à la ferme de son père quelques mois plus tôt.

Au début, ils n'avaient échangé que des signes de tête et des sourires, mais depuis que le temps s'était mis au beau, ils avaient réussi à bavarder un peu, assis dans l'herbe ; et parfois, Jade partageait avec lui une tablette de chocolat. Par timidité, leurs conversations se limitaient aux cancans et aux souvenirs datant de l'époque où ils allaient à l'école ensemble.

Jade approchait toujours de l'étable comme si elle se promenait, tranquillement, la tête ailleurs, mais très souvent, elle revenait sur ses pas ou bien se cachait dans les herbes hautes, avant de se relever et de faire mine de heurter Marc accidentellement au moment où celui-ci sortait. Il y avait dans ce jeu quelque chose d'excitant.

Ce jour-là, un mercredi, Jade fut surprise de voir Marc jaillir par la porte latérale de l'étable, torse nu et visiblement de fort mauvaise humeur. D'un coup de botte en caoutchouc, il envoya valdinguer un seau en fer qui traversa bruyamment la cour de la ferme. Il en prit un autre, qu'il plaça sous le robinet installé à l'extérieur de l'étable.

Intriguée, la fillette s'accroupit et s'appuya contre le tronc d'un orme. Marc ôta ses bottes crottées et jeta un regard furtif autour de lui avant d'ôter ses chaussettes, son pantalon et son caleçon. Jade, qui n'avait jamais vu un garçon nu, plaqua sa main sur sa bouche, alors que Marc montait sur une dalle carrelée et saisissait un gros savon.

Les mains en coupe, il les plongea dans le seau et s'aspergea tout le corps avant de se savonner. L'eau était glacée et, malgré le soleil qui tapait, il se dépêchait. Quand il fut couvert de mousse, il souleva le seau au-dessus de sa tête et versa l'eau.

Le savon lui piquait les yeux ; il se jeta sur la serviette crasseuse enroulée autour d'un poteau en bois.

— J'ai vu tes fesses ! cria Jade en sortant de sa cachette.

Marc écarta précipitamment les cheveux mouillés qui masquaient son visage et découvrit avec stupéfaction le regard pétillant et le sourire doux de Jade. Il lâcha la serviette et bondit sur son pantalon en velours.

— Bon sang ! fit-il en sautant à cloche-pied pour tenter d'enfiler son pantalon. Ça fait longtemps que tu es là ?

— Suffisamment, répondit la jeune fille.

— D'habitude, tu ne viens jamais si tôt.

— J'ai pas école, expliqua Jade. Certains profs ont filé. Les Boches arrivent.

Marc hocha la tête pendant qu'il boutonnait sa chemise. Il expédia ses bottes dans l'étable.

— Tu as entendu les tirs d'artillerie ? demanda-t-il.

— Ça m'a fait sursauter. Et puis aussi les avions allemands ! Une de nos domestiques a dit qu'il y avait eu des incendies en ville, près de la place du marché.

— Oui, on sent une odeur de brûlé quand le vent tourne. Vous devriez partir dans le sud avec la belle Renault de ton père.

Jade secoua la tête.

— Ma mère veut partir, mais papa pense que les Allemands ne nous embêteront pas si on leur fiche la paix. Il dit qu'on aura toujours besoin de fermiers, que le pays soit gouverné par des escrocs français ou allemands.

— Le directeur nous a laissés écouter la radio hier soir. Ils ont annoncé qu'on préparait une contre-attaque. On pourrait chasser les Boches.

— Oui, peut-être, dit Jade, sceptique. Mais ça se présente mal…

Marc n'avait pas besoin d'explications. Les stations de radio officielles débitaient des commentaires optimistes où il était question de riposte et des discours enflammés qui parlaient de « l'esprit guerrier des Français ». Mais aucune propagande, aussi massive soit-elle, ne pouvait cacher les camions remplis de soldats blessés qui revenaient du front.

— C'est trop déprimant, soupira Marc. J'aimerais tellement avoir l'âge de me battre. Au fait, tu as des nouvelles de tes frères ?

— Non, aucune… Mais personne n'a de nouvelles de personne. La Poste ne fonctionne plus. Ils sont sans doute prisonniers. À moins qu'ils se soient enfuis à Dunkerque.

Marc hocha la tête avec un sourire qui se voulait optimiste.

— D'après *BBC France*, plus de cent mille de nos soldats ont réussi à traverser la Manche avec les Britanniques.

— Mais dis-moi, pourquoi étais-tu de si mauvaise humeur ? demanda Jade.

— Quand ça ?

— À l'instant, dit la fillette avec un sourire narquois. Tu es sorti de l'étable furieux et tu as donné un coup de pied dans le seau.

— Oh ! J'avais fini mon travail quand je me suis aperçu que j'avais oublié ma pelle dans une des stalles. Alors, je me suis penché à l'intérieur pour la récupérer et au même moment, la vache a levé la queue et, PROOOUT ! elle m'a chié en plein visage. En plus, j'avais la bouche ouverte…

— Arrggh ! s'écria Jade en reculant, horrifiée. Je ne sais pas comment tu peux travailler là-dedans ! Rien que l'odeur, ça me donne la nausée. Si ce truc me rentrait dans la bouche, j'en mourrais.

— On s'habitue à tout, je crois. Et ton père sait que c'est un sale boulot, alors je travaille deux fois moins longtemps que les gars dans les champs. En plus, il m'a filé des bottes et des vieux habits de tes frères. Ils sont trop grands, mais au moins après, je ne me promène pas en puant le fumier.

Une fois son dégoût passé, Jade vit le côté amusant de la chose et elle rejoua la scène en levant son bras comme si c'était la queue de la vache et en faisant un grand bruit de pet. « FLOC ! »

Marc était vexé.

— C'est pas drôle ! J'ai encore le goût dans la bouche.

Cette remarque fit rire Jade de plus belle, alors Marc s'emporta :

— Petite fille riche ! Évidemment que tu ne le supporterais pas. Tu pleurerais toutes les larmes de ton corps !

— PROOOUT ! FLOC ! répéta Jade.

Elle riait si fort que ses jambes en tremblaient.

— Attends, je vais te montrer ce que ça fait, dit Marc.

Il se jeta sur elle et la saisit à bras-le-corps.

— Non ! Non ! protesta la fillette en donnant des coups de pied dans le vide, alors que le garçon la soulevait de terre.

Impressionnée par la force de Marc, elle lui martelait le dos avec ses petits poings, tandis qu'il l'entraînait vers la fosse à purin située à l'extrémité de la grange.

— Je le dirai à mon père ! Tu vas avoir de gros ennuis !

— PROOOUT ! SPLASH ! répondit Marc en renversant Jade la tête en bas, si bien que ses cheveux longs pendaient dangereusement au-dessus de la fosse malodorante.

La puanteur était comme une gifle.

— Tu as envie de piquer une tête ?

— Repose-moi !

Jade sentait son estomac se soulever en voyant les mouches posées sur la croûte brunâtre où éclataient des bulles de gaz.

— Espèce de crétin ! Si jamais j'ai une seule tache de purin sur moi, tu es un homme mort !

Jade s'agitait furieusement et Marc s'aperçut qu'il n'avait pas la force de la retenir plus longtemps, alors il la retourna et la planta sur le sol.

— Imbécile ! cracha-t-elle en se tenant le ventre, prise de haut-le-cœur.

— Cela te semblait si drôle pourtant quand ça m'est arrivé.

— Pauvre type, grogna Jade en arrangeant ses cheveux.

— Peut-être que la princesse devrait retourner dans son château pour travailler son Mozart, ironisa le garçon en produisant un bruit strident comme un violon qu'on massacre.

Jade était furieuse, non pas à cause de ce qu'avait fait Marc, mais parce qu'elle avait eu la faiblesse de se prendre d'affection pour lui.

— Ma mère m'a toujours dit d'éviter les garçons de ton espèce, dit-elle en le foudroyant du regard, les yeux plissés à cause du soleil. Les orphelins ! Regarde-toi ! Tu viens de te laver, mais même tes vêtements propres ressemblent à des haillons !

— Quel sale caractère, dit Marc.

— Marc Kilgour, ce n'est pas étonnant que tu mettes les mains dans le fumier, tu es dans ton élément !

Marc aurait voulu qu'elle se calme. Elle faisait un raffut de tous les diables et M. Morel adorait sa fille unique.

— Chut, pas si fort, supplia-t-il. Tu sais, nous autres,

garçons de ferme, on aime faire les idiots. Je suis désolé. Je n'ai pas l'habitude des filles.

Jade s'élança et tenta de le gifler, mais Marc esquiva. Elle pivota alors pour le frapper derrière la tête, mais ses tennis en toile glissèrent sur la terre sèche et elle se retrouva en train de faire le grand écart.

Marc tendit la main pour la retenir, tandis que le pied avant de la jeune fille continuait à déraper ; hélas ! le tissu de sa robe glissa entre ses doigts et, impuissant, il ne put que la regarder basculer dans la fosse.

# CHAPITRE DEUX

Les premières bombes s'abattirent sur Paris dans la nuit du 3 juin. Ces explosions qui symbolisaient l'avancée des troupes allemandes donnèrent le coup d'envoi de l'évacuation de la capitale.

Un an plus tôt, le régime nazi avait terrorisé Varsovie après l'invasion de la Pologne et les Parisiens redoutaient de subir le même sort : juifs et fonctionnaires du gouvernement assassinés dans la rue, jeunes femmes violées, maisons pillées et tous les hommes valides envoyés dans les camps de travail. Alors que la plupart des habitants de la capitale fuyaient, en train, en voiture ou à pied, d'autres, en revanche, considérés comme des inconscients et des idiots par ceux qui partaient, continuaient à vivre comme si de rien n'était.

Paul Clarke était un frêle garçon de onze ans. Il faisait partie des élèves, de moins en moins nombreux, qui fréquentaient encore la plus grande école anglophone de Paris. Celle-ci accueillait les enfants britanniques dont les parents travaillaient dans la capitale, mais n'avaient pas les moyens d'envoyer leur progéniture dans un pensionnat au pays. C'étaient les fils et les filles des petits fonctionnaires d'ambassade, des attachés militaires de grade inférieur, des chauffeurs ou des modestes employés d'entreprises privées.

Depuis le début du mois de mai, le nombre d'élèves était passé de trois cents à moins de cinquante. D'ailleurs, la plupart des professeurs étaient partis, eux aussi, dans le sud ou bien étaient rentrés en Grande-Bretagne. Les enfants restant, âgés de cinq à seize ans, suivaient un enseignement de bric et de broc dispensé dans le hall principal de l'école, une immense salle ornée de boiseries, sous le portrait sévère du roi George et une carte de l'empire britannique.

Le 3 juin, il ne restait qu'une seule enseignante : la fondatrice et directrice de l'établissement : Mme Divine. Elle avait réquisitionné sa secrétaire pour lui servir d'assistante.

Paul était un garçon rêveur qui préférait cet arrangement de fortune à toutes ces années passées au milieu des élèves de son âge, assis droit comme un I sur sa chaise, à recevoir des coups de règle en bois sur les doigts chaque fois qu'il laissait son esprit vagabonder.

Le travail exigé par la vieille directrice n'était pas au niveau de l'intelligence de Paul, ce qui lui laissait du temps pour gribouiller. Il n'y avait pas un cahier de brouillon, pas un bout de papier dans son pupitre qui ne soit recouvert de dessins à la plume. Il avait un penchant pour les chevaliers en armure et les dragons qui crachaient le feu, mais il savait aussi représenter très fidèlement les voitures de sport et les aéroplanes.

Les doigts tachés d'encre de Paul traçaient les contours d'un biplan français qui fondait héroïquement sur une rangée de chars allemands. Ce dessin lui avait été commandé par un garçon plus jeune et devait être payé d'un Toblerone.

— Hé, fil de fer !

La fillette assise juste derrière Paul lui donna une chiquenaude dans l'oreille et il rata l'extrémité d'une hélice.

— Bon sang ! pesta-t-il en se retournant pour foudroyer du regard sa sœur aînée.

Rosie Clarke venait d'avoir treize ans et elle était aussi différente de Paul que peuvent l'être un frère et une sœur. Certes, il y avait une certaine ressemblance dans les yeux et ils partageaient les mêmes cheveux bruns, les mêmes taches de rousseur, mais alors que les vêtements de Paul semblaient honteux de pendre sur son corps chétif, Rosie possédait des épaules larges, une poitrine précoce et des ongles longs qui faisaient souvent couler le sang de son frère.

— Rosemarie Clarke ! intervint Mme Divine avec son accent anglais très snob. Combien de fois devrai-je vous répéter de laisser votre frère tranquille ?

Paul se réjouissait d'avoir la directrice de son côté, mais cette intervention rappela à tous les élèves qu'il se faisait martyriser par sa sœur et il fut la cible des quolibets qui parcoururent la classe.

— Mais, madame, notre père est dehors ! expliqua Rosie.

Paul tourna vivement la tête vers la fenêtre. Concentré sur son dessin, il n'avait pas vu la Citroën bleu foncé entrer dans la cour de l'école. Un coup d'œil à la pendule au-dessus du tableau noir confirma qu'il restait une bonne heure avant la fin des cours.

— Madame Divine ! lança M. Clarke d'un ton mielleux en pénétrant dans le hall quelques instants plus tard. Je suis affreusement désolé de venir perturber votre classe.

La directrice, qui n'aimait pas les effusions, ne parvint pas à masquer son dégoût lorsque Paul et Rosie embrassèrent leur père sur les joues. Clarke était le représentant en France de la Compagnie impériale de radiophonie. Il était toujours vêtu d'un costume sombre, avec des chaussures brillantes comme un miroir et une extravagante cravate à pois que Mme Divine trouvait vulgaire. Toutefois, l'expression de la directrice se modifia quand M. Clarke lui tendit un chèque.

— Nous devons passer chercher quelques affaires à la maison avant de nous rendre dans le sud, expliqua-t-il. J'ai payé jusqu'à la fin du trimestre, alors je tiens à ce que cette école soit encore là quand la situation redeviendra normale.

— C'est très aimable à vous, dit Mme Divine.

Elle avait passé trente ans de sa vie à bâtir cet établissement, à partir de rien, et elle parut sincèrement émue lorsqu'elle sortit un mouchoir de la manche de son cardigan pour se tamponner les yeux.

Aujourd'hui, c'était au tour de Paul et de Rosie de jouer la scène des adieux à laquelle ils avaient si souvent assisté ce mois-ci. Les garçons se serraient la main, comme des gentlemen, alors que les filles avaient tendance à pleurer et à s'étreindre, en promettant de s'écrire.

Paul n'eut aucun mal à prendre un air distant car ses deux seuls camarades, ainsi que le professeur de dessin, étaient déjà partis. Un peu gêné, il se dirigea vers les plus jeunes élèves assis au premier rang et rendit le cahier de brouillon à son propriétaire de huit ans.

— Je crois que je ne pourrai pas terminer ton dessin, dit-il d'un ton contrit. Mais tu n'as plus qu'à repasser sur les traits au crayon à papier.

— Tu es vraiment doué, dit le garçon, admiratif devant l'explosion d'un char à moitié achevé. *(Il ouvrit son pupitre pour y ranger son cahier.)* Je le laisserai comme ça, je ne veux pas le gâcher.

Paul allait refuser d'être payé, lorsqu'il vit que le pupitre du garçon renfermait plus d'une douzaine de barres de chocolat triangulaires. Son Toblerone à la main, il regagna sa place et rangea ses affaires dans un cartable en cuir : plumes et encre, quelques bandes dessinées défraîchies et ses deux carnets d'esquisses qui contenaient ses plus beaux dessins. Pendant ce temps, sa sœur donnait libre cours à son exubérance naturelle.

— On reviendra tous un jour ! clama-t-elle de manière théâtrale en étouffant dans ses bras Grace, une de ses meilleures amies.

— T'en fais pas, papa, dit Paul en s'approchant de la porte où attendait leur père, l'air hébété. C'est ça, les filles. Elles sont toutes un peu folles.

Paul s'aperçut alors que Mme Divine lui tendait la main, et

il dut la lui serrer. C'était une personne sévère et froide, et il ne l'avait jamais beaucoup aimée, mais il avait été élève pendant cinq ans dans cette école et il perçut une sorte de tristesse dans les vieux doigts noueux.

— Merci pour tout, lui dit-il. J'espère que les Allemands ne feront rien d'horrible en arrivant ici.

— Allons, Paul ! dit M. Clarke en donnant une petite tape sur la tête de son fils. On ne dit pas des choses comme ça, voyons !

Rosie avait fini de broyer ses amies dans ses bras et elle ne put retenir ses larmes en serrant vigoureusement les mains de la directrice et de sa secrétaire. Paul, lui, se contenta d'un vague salut de la main à l'attention de toute la classe, avant de suivre son père dans le couloir, jusque sur le perron.

Le soleil brillait sur les pavés de la cour alors qu'ils se dirigeaient vers l'impressionnante Citroën. Il n'y avait aucun nuage dans le ciel, mais l'école était située sur une colline qui dominait la ville et l'on pouvait voir de la fumée s'échapper de plusieurs bâtiments dans le centre.

— Je n'ai pas entendu de bombardement, commenta Rosie en rejoignant son frère et son père.

— Le gouvernement émigre vers le sud, expliqua M. Clarke. Alors, ils brûlent tout ce qu'ils ne peuvent pas emporter. Le ministère de la Défense a même incendié certains de ses édifices.

— Pourquoi partent-ils ? demanda Paul. Je croyais qu'il devait y avoir une contre-offensive.

— Ne sois pas si naïf, espèce de bébé, ricana Rosie.

— Nous ne serions peut-être pas dans un tel pétrin si nos alliés avaient des radios correctes, dit M. Clarke d'un ton amer. Les forces allemandes communiquent instantanément entre elles. Les Français, eux, envoient des messagers à cheval ! J'ai tenté de vendre un système radio à l'armée française, mais leurs généraux vivent encore au Moyen Âge.

Paul fut surpris de voir une cascade de documents dégringoler à ses pieds quand il ouvrit la portière arrière de la voiture.

— Fais attention à ce que le vent ne les emporte pas ! s'exclama son père en plongeant pour ramasser les enveloppes de papier kraft éparpillées dans la cour.

Paul s'empressa de refermer la portière et colla son nez à la vitre : la banquette était couverte de classeurs et de feuilles volantes.

— Ce sont les archives de la Compagnie impériale de radiophonie. J'ai dû quitter le bureau précipitamment.

— Pourquoi ? demanda Rosie.

Son père ignora la question. Il ouvrit la portière du passager, à l'avant.

— Paul, je pense qu'il est préférable que tu te faufiles entre les sièges. Et j'aimerais que tu ranges tous ces papiers pendant le trajet. Rosie, monte devant.

Paul trouvait son père tendu.

— Tout va bien, papa ?

— Oui, bien sûr.

M. Clarke lui adressa son plus beau sourire de représentant de commerce.

— J'ai eu une matinée épouvantable, voilà tout. J'ai dû faire quatre garages pour trouver de l'essence, et finalement, j'ai été obligé d'aller en quémander à l'ambassade de Grande-Bretagne.

— À l'ambassade ? répéta Rosie, étonnée, en claquant la portière.

— Oui, ils ont des réserves de carburant pour permettre au personnel de fuir en cas d'urgence, précisa son père. Heureusement, je connais quelques personnes là-bas. Mais j'ai dû mettre la main à la poche.

M. Clarke n'était pas riche, mais sa Citroën six cylindres était une somptueuse berline qui appartenait à la Compagnie impériale de radiophonie. Paul adorait voyager à l'arrière, sur l'immense banquette en velours, avec les garnitures en acajou et les rideaux à glands devant les vitres.

— Il y a un ordre pour classer ces papiers ? demanda-t-il en dégageant une petite place pour poser ses fesses, alors que son père sortait de la cour de l'école.

— Contente-toi de les empiler, dit M. Clarke pendant que Rosie se retournait pour faire de grands signes à son amie Grace qui était sortie sur le perron. Je prendrai une valise à la maison.

— Où va-t-on ? interrogea Paul.

— Je ne sais pas trop. Dans le sud, en tout cas. Aux dernières nouvelles, il y avait encore des bateaux qui ralliaient la Grande-Bretagne au départ de Bordeaux. Sinon, nous devrions pouvoir passer en Espagne et embarquer à Bilbao.

— Et si on ne peut pas entrer en Espagne ? demanda Rosie avec une pointe d'inquiétude dans la voix, tandis que son frère ordonnait une liasse de feuilles en les tapotant sur l'accoudoir en cuir.

— Eh bien... répondit M. Clarke, hésitant. Nous ne serons fixés qu'en arrivant dans le sud. Mais ne t'en fais pas, ma chérie. La Grande-Bretagne possède la plus grande flotte marchande et la marine la plus puissante du monde. Il y aura toujours un bateau en partance.

La Citroën dévalait la colline en passant devant des rangées d'immeubles qui abritaient parfois une boutique ou un café au rez-de-chaussée. La moitié des commerces avaient baissé leur rideau de fer, certains étaient condamnés par des planches, mais d'autres continuaient à servir les clients, en dépit des nombreuses pancartes signalant les pénuries comme : « *plus de beurre* » aux devantures des épiceries, ou bien : « *tabac réservé aux personnes prenant un repas* », sur les façades des cafés-restaurants.

— On ne devrait pas s'arrêter chez le fleuriste ? demanda Rosie.

M. Clarke posa sur sa fille un regard solennel.

— Je sais que je te l'ai promis, ma chérie, mais le cimetière est à quinze kilomètres, dans la direction opposée. Il faut qu'on fasse nos bagages et qu'on quitte Paris au plus vite.

— Mais… protesta Rosie, tristement. Si on ne peut plus revenir ? On ne reverra plus jamais la tombe de maman !

À l'arrière, Paul se figea, alors qu'il finissait d'empiler les feuilles. Les visites au cimetière le faisaient toujours pleurer. Son père aussi, et il restait devant la tombe pendant une éternité, même quand il gelait à pierre fendre. C'était horrible, et franchement, l'idée de ne plus y retourner le soulageait.

— Il ne s'agit pas d'abandonner ta maman, Rosie, dit M. Clarke. Elle nous accompagnera durant tout le trajet, de là-haut.